Christin-Marie Below

Pension Herzschmerz

Roman

Ullstein

Besuchen Sie uns im Internet:
www.ullstein.de

Wir danken den Döntje Singers Norderney für die Verwendung ihres Namens und ihrer Liedtitel. Das Zitat auf Seite 196 stammt aus dem Lied »Ich möcht so gern mit Dir allein«.

MIX
Papier
FSC FSC® C083411

Originalausgabe im Ullstein Taschenbuch
1. Auflage März 2021

Umschlaggestaltung: Sabine Kwauka, München
Titelabbildung: shutterstock / © Yeti studio (Herz)
shutterstock / © Lavandaart (versch. Elemente)
shutterstock / © Lavandaart (Leuchtturm)
shutterstock / © Lana Veshta (Fond)
Zitate in den Innenklappen von links nach rechts frei zitiert nach:
Phrase1, Erich Fried, Phrase1, Albert Einstein,
Walter Winchell, 21 Kollektiv
Satz: Pinkuin Satz und Datentechnik, Berlin
Gesetzt aus der Stempel Garamond
Druck und Bindearbeiten: CPI books GmbH, Leck
ISBN 978-3-548-06365-2

Für meine Freundinnen Hannah,
Yvi und Stina

PHASE 1
SCHOCK

Du hast es gerade erst erfahren.
Noch realisierst du nicht, was genau passiert ist.
Es ist das Beste, wenn jetzt jemand bei dir ist,
um dich aufzufangen: eine gute Freundin!
Du hast Lust auf Schokolade,
Eis und haufenweise Pralinen? Gönn sie dir!

1

»Gut so?«

»Hmmm, ja.«

»Das ist der Reflexzonenpunkt für dein Gehirn.« Beständig streiche ich über Nils' großen Zeh.

»Dann gebe ich mich mal meinen Gedanken hin«, murmelt er und schließt genießerisch die Augen.

Meine Finger tasten sich etwas weiter runter, zum Ballen hin. »Und der hier stimuliert dein Herz. Merkst du schon was?«

»Massier mal fester.«

»Besser?« Kräftig drücke ich zu.

»Sehr gut! Du darfst gerne jeden Tag an mir üben.« Nils öffnet die Augen und grinst mich an. Dabei vertiefen sich die beiden Grübchen unter seinem Dreitagebart. Das dunkle Haar fällt ihm über die graublauen Augen, und mir wird zum bestimmt hunderttausendsten Mal bewusst, wie verdammt gut mein Freund aussieht.

In dem Moment ertönt der unverkennbare Klingelton meines Handys, der einen Anruf meiner Freundin Anna ankündigt. Es ist kurz vor elf am Abend, um diese Uhrzeit schreibt sie normalerweise erst eine Nachricht, bevor sie anruft, um abzuchecken, dass sie nicht stört.

Nils seufzt und verzieht das Gesicht. »Ist ja nicht so, als ob ihr heute noch nicht miteinander gesprochen hättet.«

Ich lasse es klingeln und massiere weiter. Doch nur wenig später folgt der Signalton für Annas Nachrichten, und kurz darauf noch mal – und noch mal.

Ungewöhnlich, dass sie so hartnäckig ist, denke ich. »Scheint wichtig zu sein.«

»Mach schon, schau nach. Du hast sonst eh keine Ruhe mehr.«

Ich nicke, greife nach dem Frotteehandtuch, um meine Hände vom überschüssigen Öl zu befreien, und gehe rüber in die Küche.

Anna hat mir drei Sprachnachrichten per Whatsapp geschickt. Sie sollte sich echt langsam mal angewöhnen, ihre Nachrichten zu schreiben, denke ich, muss aber dabei grinsen. Denn genau genommen liebe ich Annas kleine skurrile Mitteilungen, die sie in ihr Handy spricht.

Ich drücke auf *Abspielen* und halte mein Telefon vorsichtshalber ans Ohr, damit Nils drüben nicht mitbekommt, was Anna mir zu sagen hat. Bei meiner Freundin kann man nie wissen. Sie kommt manchmal auf die verrücktesten Ideen.

»Hör mal, Lou«, sagt Anna. »Gleich geht es wieder los.« Ihre Absätze klackern über den gefliesten Boden. »Achtung, jetzt!« Ich drücke das Handy etwas fester an mein Ohr. Kurz darauf vernehme ich ein lautes Klopfen, und dann ein Rufen. »Mach auf, Anna, komm schon!«

Das war Annas Freund, Timo, schießt es mir durch den Kopf, als die Aufnahme beendet ist. Was ist denn da los? Gespannt spiele ich die nächste Nachricht ab.

»Ich hab den Mistkerl im Bad eingesperrt«, erklärt

meine Freundin und ruft im nächsten Moment: »Von wegen Max, du Arschloch.«

Den Namen Max habe ich noch nie gehört. Aber schon in der nächsten Nachricht werde ich aufgeklärt.

»Max heißt eigentlich Eva und poppt meinen Freund. Ich lass den Scheißkerl hier im Bad verrotten.« Einen Moment lang ist Anna still, ich höre nur ihren Atem, bevor sie aufseufzt und sagt: »War ja klar. Es ist mir einfach nicht gegönnt, auch mal einen normalen Kerl zu kriegen. Kannst du kommen, Lou? Ich dreh gleich durch.«

Ohne weiter darüber nachzudenken, drücke ich die Schnellwahltaste für Anna. Sie geht sofort ran.

»Timo geht fremd«, erklärt sie und hört sich dabei völlig ruhig und gefasst an. »Mit seiner Kollegin.«

»Shit. Sicher?«

»Ja, ich habe sein Handy gecheckt.« Sie schnalzt mit der Zunge. »Der Idiot hat sie als Max in seinen Kontakten gespeichert. Ich dachte im ersten Moment, er hat seine schwule Seite entdeckt. Aber dann habe ich diesen Max angerufen, und er, oder besser gesagt, *sie*, hat mir ein zuckersüßes ›Eva Meinhardt‹ entgegengehaucht.«

»Ich bin in zehn Minuten da.«

»Danke.« Im Hintergrund vernehme ich wieder ein Klopfen und eindeutig Timos Stimme. »Er steckt immer noch im Bad«, erklärt meine Freundin. »Na ja, da kann er eine Weile überleben. Wasser hat er ja.«

»Mach keinen Blödsinn! Ich beeil mich.«

Timos Badezimmer ist sehr klein. Und es hat kein Fenster, aus dem er sich notfalls befreien könnte. Meine Freundin ist die Wucht! Hätte ich Nils beim Fremdgehen ertappt, würde ich jetzt wie ein Häufchen Elend im Bett liegen und mir die Augen aus dem Kopf heulen. Anna bleibt, zumindest erst einmal, cool und sperrt den untreuen Kerl kurzerhand ein.

»Tut mir echt leid, Nils.« Ich lächle meinen Freund an, der lang ausgestreckt auf der Couch liegt, die Arme hinter dem Kopf verschränkt. »Anna geht es nicht gut. Sie hat Timo beim Fremdgehen erwischt.« Ich beuge mich zu ihm runter und drücke ihm einen Kuss auf den Mund. »Den schönen Abend holen wir nach, okay? Wir haben ja beide bald Urlaub und dann viel Zeit füreinander. Aber jetzt muss ich erst mal zu Anna fahren. Sie ist kurz vorm Ausrasten.« Ich kann ganz genau sehen, dass Nils mit den Augen rollt, ignoriere es aber und strahle ihn an. »Ich mach es wieder gut, versprochen!«

Nur ein paar Minuten später parke ich meinen Wagen vor dem Haus, in dem Anna seit Anfang des Jahres mit Timo wohnt. Ich hatte ihr geraten, sich etwas mehr Zeit zu lassen und ihre Wohnung nicht gleich aufzugeben. Aber Anna hatte eine dermaßen fette rosa Brille auf, dass sie sich voller Euphorie von ihren alten Möbeln getrennt hat und nach nur drei Monaten Beziehung bei Timo eingezogen ist. Meine Ratschläge hat sie ignoriert, denn sie war sich zu hundert Prozent sicher, dass Timo der Richtige ist.

Aber jetzt geht es nicht darum, wer recht hat, Schadensbegrenzung ist angesagt. Anna hat im ersten Moment sehr abgeklärt reagiert. Aber wie ich meine Freundin kenne, wird sie im Liebeskummerblues versacken, sobald sie wirklich realisiert, was passiert ist. Bei Anna gibt es nur himmelhochjauchzend oder zu Tode betrübt. Die feinen Nuancen dazwischen liegen ihr nicht.

Ich nehme gleich zwei Treppenstufen auf einmal und bin völlig außer Atem, als ich oben im dritten Stock ankomme, wo ich schon von meiner Freundin erwartet werde.

Anna steht in der geöffneten Tür und nickt mir mit grimmig entschlossenem Gesicht zu.

»Gut, dass du da bist«, sagt sie. »Ich habe schon angefangen, meine Sachen zusammenzupacken.«

»Komm erst mal her.« Ich schließe meine Freundin fest in die Arme, doch sie macht sich sofort wieder los.

»Jetzt lieber nicht, sonst fange ich an zu heulen und kann nicht mehr aufhören. Erst einmal muss ich einen klaren Kopf bewahren.«

»Okay, sag mir einfach, was ich machen soll.«

»Du kannst meine Klamotten aus dem Kleiderschrank holen. Blaue Säcke habe ich schon aufs Bett gelegt. Stopf einfach alles rein. Ich will so schnell wie möglich weg hier.«

»Wird gemacht. Was ist mit Timo?«, frage ich, als ich mit Anna durch den Flur ins Wohnzimmer gehe.

Wie auf Kommando ertönt ein lautes Klopfen, das eindeutig aus dem Badezimmer kommt, und danach Timos Stimme.

»Anna, mach endlich auf, das ist jetzt echt nicht mehr lustig!«

»Stimmt«, ruft meine Freundin laut. »Vielleicht kommt Max ja …« Sie legt eine bedeutungsvolle Pause ein. »… oder nennen wir ihn doch lieber *Eva* – um dich zu retten, und findet dich, bevor du verhungerst.« Sie hält mir ein Handy hin, das eindeutig nicht ihres ist.

Danke für die wundervolle Nacht, Lieblingskollege, lese ich. Hinter der Nachricht blinkt ein kleines rotes Herz. Oben in der Adresszeile entdecke ich den Namen Max.

»Mistkerl!«, rutscht es mir heraus. Timo ist für drei Tage beruflich auf einem Weiterbildungsseminar gewesen, mit Übernachtung im Hotel.

»Bist du das, Lou?«, ruft der Übeltäter prompt. »Kannst du deiner Freundin bitte ins Gewissen reden? Das ist Freiheitsberaubung.«

Ich sehe Anna an, und als sie nickt, sage ich laut: »Ja, ich bin's. Und du bist ein Arschloch, Timo.« Er hat einen Denkzettel verdient, und außerdem ist es gar nicht schlecht, wenn er eingesperrt ist und wir in Ruhe Annas Sachen packen können.

»Na super!«, ertönt es aus dem Bad. Danach bleibt es still.

Ich grinse. »Dann mach ich mich mal an die Arbeit.«

Anna deutet mit dem Kopf auf zwei halb volle Säcke, die auf dem Boden neben dem Couchtisch stehen. »Ich packe hier weiter.«

Eine gute halbe Stunde später sind wir fertig. Gemeinsam gehen wir noch einmal alle Räume durch.

Im Wohnzimmer nimmt Anna einen Topf mit einer Palme auf und stellt ihn in der Diele ab. »Die nehme ich auch mit, er hat sie eh nie gegossen.« Sie stemmt ihre Arme auf die Hüften und überlegt einen Moment. »Warte mal!«

Ich schaue meiner Freundin nach, die in der Küche verschwindet. Kurz darauf kommt sie zurück und hält triumphierend eine Flasche in die Luft. »Schottischer Whisky. Der kostet knapp hundertfünfzig Euro. Timo hat ihn von seinem Vater geschenkt bekommen. Und der hat ihn von einem Patienten.« Sie seufzt. »Ist ja auch egal. Timo war jedenfalls zu geizig, sie zu öffnen. Der richtige Anlass fehle noch, sagte er immer!« Anna wickelt die Flasche in einen ihrer Pullis und stopft sie in den Sack. »Die köpfen wir demnächst.«

Whisky gehört eigentlich nicht zu meinen Getränkefavoriten, dennoch nicke ich. Mit ordentlich Cola gemixt wird es schon gehen.

Anna lächelt mich schief an. Sie versucht noch immer, Haltung zu bewahren, aber lang geht das nicht mehr gut. Es wird Zeit, dass wir hier rauskommen.

Ich zeige auf die Badezimmertür, hinter der Timo gerade wieder poltert und schimpft.

»Was ist mit ihm?«, frage ich.

Anna zuckt mit der Schulter. »Der kann hier versauern. Nur schade um meine Kosmetikprodukte. Aber die sind ersetzbar – so wie Timo.« Sie schnappt sich zwei der prall gefüllten Müllsäcke und sagt ungerührt: »Gehen wir. Es gibt hier nichts mehr für uns zu tun.«

»Willst du ihn echt nicht befreien?«, frage ich.

»Nö!«, sagt Anna und zieht den Schlüssel von der Badezimmertür. »Das können andere machen.«

Mir ist ein wenig mulmig bei dem Gedanken, Timo tatsächlich eingesperrt zu lassen. Aber Anna scheint fest entschlossen zu sein. Bepackt wie Esel verlassen wir das

Haus. Ich klappe die Rücksitze meines Autos um, und wir verstauen das Hab und Gut meiner Freundin.

»Deinen Wagen holen wir besser morgen«, schlage ich vor. »Du solltest jetzt nicht fahren.«

Anna nickt und wirft einen Blick nach oben zur Wohnung. »Am liebsten würde ich den Mistkerl wenigstens über Nacht im Bad eingesperrt lassen.« Sie zieht den Schlüssel aus der Hosentasche. »Aber bei meinem Glück passiert dem Idioten was, und dann bin ich schuld und lande im Knast.«

»Da ist was dran«, bestätige ich schnell. »Soll ich ihn rauslassen?«

Anna schüttelt den Kopf. Sie deutet auf das geöffnete Fenster unten im Erdgeschoss, an dem eine ältere Frau steht und uns beobachtet. »Das lassen wir Frau Krassnitz erledigen. Der ist immer langweilig. Dann hat sie endlich mal wieder was erlebt – und was zu erzählen. Den Wohnungsschlüssel kann sie ihm auch direkt geben, den brauch ich ja jetzt nicht mehr.«

Meine Freundin winkt der Nachbarin zu und geht los. Ich beobachte, wie sie mit ihr spricht und dann den Arm ausstreckt, um ihr die Schlüssel zu geben. Kurz darauf ist Anna wieder zurück und setzt sich neben mich ins Auto.

»Warte noch einen Moment«, sagt sie.

Nach ein paar Sekunden geht im Hausflur das Licht an. Wir beobachten durch die Fenster, wie Frau Krassnitz die Etagen nach oben geht. Ein wenig später geht auch die Lampe in Timos Wohnzimmer an.

»Das war's dann wohl«, sagt Anna und schüttelt den

Kopf. »Warum war ich nur so doof und habe meine Wohnung gekündigt?«

»Du kannst das Gästezimmer haben und so lange bleiben, wie du möchtest.« Ich drehe den Schlüssel und fahre los.

Anna lässt den Kopf gegen die Autoscheibe sinken. Als ich aus den Augenwinkeln sehe, dass Tränen über ihr Gesicht laufen, lege ich kurz meine Hand auf ihr Knie.

»Wir haben schon so viel gemeinsam geschafft, das bekommen wir auch hin.«

Sie schnieft herzerweichend. »Ich weiß. Aber es tut trotzdem so verdammt weh.«

2

Nils liegt in seinen Sportshorts auf der Couch, schaut sich irgendeinen Actionfilm an und trinkt eine Flasche Bier. Bemerkt hat er uns nicht. Er hat das Surround-System eingeschaltet, viel zu laut, wie ich finde.

»Bin wieder da. Und ich habe Anna mitgebracht«, rufe ich.

Nils drückt den Pausenknopf auf der Fernbedienung und sieht zu uns rüber.

»Hi«, sagt Anna und stellt die Palme auf dem Fußboden ab. »Ich hoffe, es ist okay für dich, dass ich hier übernachte.«

»Klar«, antwortet Nils. Aber anstatt aufzustehen, um Anna zu begrüßen und sie, wie sonst üblich, kurz zu umarmen, bleibt er liegen.

»Anna schläft im Gästezimmer«, erkläre ich.

»Hab ich mir schon gedacht«, kommt es einsilbig von meinem Freund zurück.

»Ich hol dann eben die beiden letzten Säcke aus dem Auto«, sagt Anna.

Meine Freundin hat die angespannte Stimmung auch mitbekommen.

Ich warte, bis sie zur Tür raus ist, bevor ich zu meinem Freund sage: »Du bist nicht ernsthaft sauer, weil ich meiner Freundin helfe, oder?«

Nils setzt sich auf. »Ich hatte mir den Abend einfach nur anders vorgestellt.« Er streckt sich. »Außerdem bin ich müde.«

»Anna geht es nicht gut«, erkläre ich und verschränke die Arme vor der Brust. »Du könntest echt ein bisschen netter zu ihr sein.«

»Ist ja gut. Wie lange bleibt sie denn?«

»Keine Ahnung, sie hat ja keine eigene Wohnung mehr. Und zu Timo kann sie auf keinen Fall zurück. Ich habe ihr angeboten, erst einmal hier bei uns unterzuschlüpfen. Tut mir leid, dass ich dich vorher nicht gefragt habe. Es ging alles so schnell.«

Nils nickt und schaltet den Fernseher aus. »Aber seid bitte nicht so laut. Ich muss morgen früh aufstehen und geh jetzt ins Bett.«

»Okay, ich schlafe dann heute im Gästezimmer bei Anna. Es ist besser, wenn sie erst einmal nicht allein ist.«

»Aha. Na dann, angenehme Nacht.«

Nils geht mit versteinertem Gesicht an mir vorbei und verschwindet im Badezimmer. Es ist offensichtlich, dass er ganz und gar nicht begeistert davon ist, dass ich meiner Freundin spontan angeboten habe, erst einmal bei uns zu übernachten. Mein Blick bleibt einen Moment an der geschlossenen Badezimmertür hängen, bevor ich den Flur entlang bis zum Gästezimmer gehe, das wir in erster Linie als Abstellraum benutzen.

Das schlechte Gewissen, weil ich Nils einfach vor vollendete Tatsachen gestellt habe, verdränge ich. Jetzt geht es erst einmal darum, für meine Freundin da zu sein. Nils wird sich schon wieder beruhigen. Ich räume das Bügelbrett und den Staubsauger beiseite und bin gerade dabei, die Couch auszuziehen, da kommt Anna zur Tür herein.

»Alles klar mit Nils?«, fragt sie. »Ich kann auch bei meiner Schwester schlafen.«

»Quatsch! Das kommt gar nicht in die Tüte. Du bleibst hier, bei mir«, erkläre ich. Da sehe ich aus den Augenwinkeln, dass Nils aus dem Bad und auf uns zukommt.

»Timo ist ein Idiot«, sagt er zu Anna.

Sie nickt. »Das ist wohl wahr.«

»Tut mir leid für dich, echt«, sagt Nils und gähnt.

»Schlaf gut!« Froh darüber, dass mein Freund sein Mitgefühl beim Zähneputzen wiedergefunden hat, gebe ich ihm einen Kuss.

Gut zwanzig Minuten später sitzen Anna und ich in unseren Pyjamas im Schneidersitz auf der Schlafcouch. Zwischen uns steht ein Tablett und darauf eine eisgekühlte Flasche Riesling, zwei Gläser – und die Schachtel mit den Schichtnougatpralinen, die mir meine Oma letztens geschenkt hat.

»Jetzt erzähl noch mal von Anfang an«, sage ich, während ich versuche, den Korken aus der Weinflasche zu ziehen.

Anna seufzt tief auf. »Als Timo vorhin unter der Dusche stand, habe ich zufällig sein Handy auf dem Regal mit den Handtüchern gesehen. Sein geliebtes Telefon nimmt er sonst nie mit ins Bad. Die Feuchtigkeit sei tödlich dafür, das hat er zumindest immer gesagt. Also wollte ich es mit rausnehmen – völlig ohne Hintergedanken. Genau in dem Moment blitzt die Nachricht von Max auf dem Display auf.« Sie zieht die Brauen hoch. »Mit einem roten Herzchen am Ende.«

Plopp! Ich habe es endlich geschafft, die Flasche von dem Korken zu befreien. »Max alias Eva«, sage ich, während ich uns beiden einschenke.

»Yep! Sie hat bei Whatsapp übrigens ihren Labradoodle als Profilfoto eingestellt.« Anna schüttelt den Kopf. »Timo hat seit ungefähr drei Wochen auch ein neues Foto, einen Schnappschuss von einem Frachter auf dem Rhein-Herne-Kanal. Ist doch merkwürdig, oder? Ich wette mit dir, die Sache läuft schon länger, und sie hat ihn unter einem Frauennamen abgespeichert! Wenn er ihr schreibt, erscheint ein unverfängliches Bild von einem Fluss auf dem Display. Und wenn sie nicht so doof gewesen wäre, das Herzchen mitzuschicken, hätte ich mir gar nichts dabei gedacht, wenn ein Max mit Hundebild meinem Freund schreibt.«

»Klingt nach Berechnung, nicht nach einem spontanen Fehltritt.« Ich reiche Anna eines der Gläser und halte ihr meins entgegen. »Auf uns – und darauf, dass du den Mistkerl ganz schnell vergisst.«

Wir genehmigen uns beide einen tiefen Schluck und greifen danach fast zeitgleich zu den Pralinen.

Anna lächelt mich an, zum ersten Mal heute. »Ich bin so froh, dass es dich gibt.«

»Dito!« Ich stecke mir ein Stück Schichtnougat in den Mund.

Da sagt Anna: »Sie ist übrigens verheiratet.«

»Im Ernst?« Ich verschlucke mich fast.

Anna nickt – und beugt sich runter zu ihrer Handtasche, die neben der Couch auf dem Boden liegt. »Ihr Ehemann heißt Gregor. Ich habe ihn im April auf der Jubiläumsfeier der Firma kennengelernt. Er hat seine Frau begleitet, ich Timo. Warte …«

Nur kurz darauf drückt Anna mir ein Handy in die Hand, das mir irgendwie bekannt vorkommt.

»Ist das Timos?«, frage ich.

Meine Freundin betrachtet stirnrunzelnd das Telefon. »Ups! Das ist mir ja noch gar nicht aufgefallen. Ich muss es aus Versehen eingesteckt haben. Wie ist das denn passiert?« Sie blinzelt mit den Augen und setzt ihren Unschuldsblick auf. »Die Zahlenkombi ist drei-eins-eins-null. Der 31. Oktober. Wir haben uns doch Halloween kennengelernt. Hätte ich mal lieber auf ihn gehört, als er mir geraten hat, mich besser nicht auf ein Monster einzulassen. Aber ich Doofe stehe nun mal auf Männer mit Arschlochfaktor. Und außerdem war vom Monster nichts mehr zu sehen, nachdem er sich das Kostüm ausgezogen hatte. Das habe ich jetzt davon.« Meine Freundin zeigt auf das Handy. »Einunddreißig-zehn, wenn du dir seine doofe Bett-Ische ansehen willst, musst du in die Galerie gehen. Da findest du ein aktuelles Foto. Der Doofmann hat während des Seminars tatsächlich ein Foto von ihr geschossen.«

Ich schaue zögernd auf das Handy. Aber Anna ist ungeduldig. Sie nimmt es wieder an sich, tippt die PIN ein und hält mir kurz darauf den Schnappschuss von Eva vor die Nase.

Mein Blick ist auf Annas Nebenbuhlerin gerichtet, eine Frau mit hellbraunem Bob, sonnengebräunter Haut und rot geschminkten Lippen. Ich kneife die Augen zusammen und scrolle das Foto etwas größer. »Sie hat irgendwie was Primitives …« Ich suche nach den richtigen Worten, um Annas Nebenbuhlerin schlechtzumachen. Dass sie eigentlich recht gut aussieht, verschweige ich natürlich.

»Kommt vom Assi-Toaster«, erklärt meine Freundin da. »Außerdem ist an der gar nichts dran! Ich weiß echt nicht, was Timo an ihr findet.« Anna leert den restlichen Wein in einem Zug. Danach erklärt sie: »Normalerweise ist Timos Handy tabu. Ich wäre ausgerastet, wenn ich mitbekommen hätte, dass er in meinem rumschnüffelt. Und ich hatte auch echt nicht vor, in seinem nachzuschauen. Aber dann habe ich das Herzchen gesehen, und mein Gefühl hat mir gesagt, dass da irgendwas ganz und gar nicht stimmt. Ich habe also das Handy mit aus dem Bad genommen, die Nachricht gelesen und, ohne weiter darüber nachzudenken, angerufen. Na, und dann führte eins zum anderen. Mit Eva habe ich allerdings nicht gerechnet. Als ich sie plötzlich am Telefon hatte, war ich so perplex, dass ich kein Wort rausbekommen habe. Im ersten Moment habe ich gedacht, dass ich vielleicht aus Versehen die falsche Taste gedrückt habe, zumal sie sich mit Vor- und Zunamen gemeldet hat. Ich habe also vorsichtshalber nachgeguckt, habe festgestellt, dass er sie umgetauft und ihr taktisch klug einen Männernamen gegeben hat. Ich habe aufgelegt und bin zurück ins Badezimmer gegangen, wo Timo noch nichts ahnend unter der Dusche stand, habe den Schlüssel von innen nach außen gesteckt und ihn umgedreht.«

»Eine sehr coole Aktion übrigens.« Ich muss grinsen bei dem Gedanken und schenke uns beiden nach.

»Ja, aber – ach, Lou. Ich dachte wirklich, diesmal wäre es anders. Doch wieder mal habe ich mich getäuscht. Den nächsten Kerl suchst du mir aus.«

Ob das eine gute Idee wäre? Nils' Reaktion auf meine Mitteilung, Anna würde hier übernachten, kommt mir wieder in den Sinn. Er ist Einzelkind. Und die können verdammt anstrengend werden, wenn sie nicht im Mittelpunkt stehen. Aber meine Beziehung ist jetzt erst einmal unwichtig. Ich zeige auf das Handy. »Was machst du damit? Behältst du es?«

Anna betrachtet es nachdenklich. »Keine Ahnung.« Auf einmal wirkt sie müde und traurig. »Im ersten Moment hatte ich vor, ihr zu schreiben, dass ich es weiß. Während ich darauf gewartet habe, dass du mich abholst, habe ich mir vorgenommen, stattdessen lieber ihrem Ehemann zu stecken, dass sie was mit meinem Freund hat. Eigentlich denke ich, er hat ein Recht darauf, es zu erfahren.« Sie schüttelt den Kopf. »Aber nicht von mir. Das ist ihre Sache.« Anna rutscht nach hinten, schließt die Augen und lässt ihren Kopf an die Lehne sinken. »Ich bin einfach nur so wahnsinnig enttäuscht.«

»Das kann ich gut verstehen.« Ich stelle das Tablett nach unten auf den Boden und rücke ganz nah an meine Freundin heran. Was hat Timo denn zu der ganzen Sache gesagt?«

Anna dreht sich zu mir. »Zuerst hat er versucht, den Spieß umzudrehen. So nach dem Motto: Angriff ist die beste Verteidigung. Er hat mir Vorwürfe gemacht, weil ich sein Handy kontrolliert habe. Also bin ich doch ein bisschen fies geworden und habe gesagt, dass ich gespannt bin, was Evas Mann von der ganzen Sache hält. Da ist Timo eingebrochen. Er hat beteuert, dass es nicht geplant war, sie beide zu viel getrunken hätten, und dann sei es halt passiert.« Anna legt eine kleine bedeutungsvolle Pause ein. »Und dass es absolut nichts zu bedeuten hatte, nie wieder vorkommen würde, ihm wahnsinnig leidtäte und jeder mal einen Fehler mache.«

»Ja klar, deswegen auch die Fotos und der falsche Name. Fremdgehen ist kein Fehler, Fremdgehen ist eine Entscheidung. Hat sie Kinder?«

»Nein. Aber auf der Jubiläumsfeier haben sie und ihr Mann ganz stolz davon erzählt, dass sie ein Haus gekauft haben, mit Garten für den Hund – der Labradoodle vermutlich. Für Kinder sei noch keine Zeit, sie würden sich beide erst mal auf ihre Karrieren konzentrieren. Ich kann mich noch ganz genau daran erinnern, dass ich gedacht habe, die beiden würden sehr glücklich miteinander wirken. Nach der Feier habe ich sie sogar noch nach Hause kutschiert, weil ich die Einzige war, die keinen Alkohol getrunken hatte.« Anna schüttelt den Kopf. »Ich versteh das nicht, echt nicht. Normalerweise habe ich immer ein sehr gutes Gespür dafür, wenn eine andere Frau auf meinen Freund steht. Aber bei ihr habe ich absolut nichts gemerkt.«

»Es ist drei Monate her, wer weiß, was da alles passiert ist«, sage ich. Genau in dem Moment vibriert Timos Handy.

Meine Freundin überlegt nicht lang und sieht nach,

wer da zu so später Stunde noch Kontakt zu Timo aufnimmt.

»Der Labradoodle«, sagt sie, »war ja klar!«, sie öffnet die Nachricht und liest vor: *Konnte nicht sprechen. Gregor stand neben mir!!! Warum hast du angerufen?* Anna schnaubt laut auf. »Diese blöde Funze! Jetzt verstehe ich auch, weswegen sie sich mit Vor- und Nachnamen gemeldet hat. Bestimmt hat sie behauptet, da hätte sich jemand verwählt. Es ist jetzt Viertel nach eins. Wahrscheinlich hat sie gewartet, bis ihr Mann schläft. Und der weiß von nix!«

»Sei froh, dass du es rausgefunden hast. Sonst würdest du jetzt auch nichts ahnend neben Timo liegen.«

»Das ist ein gruseliger Gedanke.« Anna runzelt die Stirn. »Ein bisschen Strafe muss sein!«

Ich mache einen langen Hals und schaue zu, was meine Freundin ihrer Nebenbuhlerin antwortet.

Ich wollte unbedingt deine Stimme hören, tippt sie in Timos Handy.

Du bist verrückt!, kommt es postwendend zurück. Und kurz darauf trifft die nächste Nachricht ein. *Morgen um elf geht klar! Kann es kaum erwarten!*

»Pf! Von wegen, es war eine einmalige Sache«, sagt Anna. »Mir hat Timo erzählt, dass er morgen einen Hantelkurs im Fitnessstudio mitmacht. Unfassbar! Was schreibe ich ihr?«

»Nichts«, antworte ich.

»Meinst du?« Anna kaut kurz auf ihrer Unterlippe herum, nickt dann aber. »Du hast recht, am besten, ich ignorier sie einfach.«

»Sehr gut, umso schneller kommst du drüber weg.«

Annas Blick bleibt auf das Handy gerichtet. »Und außerdem geht sie davon aus, dass es Timo ist, der gerade online ist, und macht sich Gedanken, warum er nicht antwortet. Aber weißt du, was mich wundert? Warum Timo das Handy nicht hat sperren lassen. Wenn er meins mitgenommen hätte, wäre das meine erste Maßnahme gewesen.«

»Was, wenn er es gar nicht sperren lassen konnte, weil deine Nachbarin ihn gar nicht befreit hat?«

»Glaub ich nicht. Wir haben doch gesehen, dass oben im Wohnzimmer das Licht angegangen ist.« Anna grinst. »Aber der Gedanke gefällt mir.«

»Hm«, mache ich. »Komisch ist es schon. Auf der anderen Seite ... Wie hätte er es sperren lassen sollen? Sein Handy hast du – und er hat doch kein Festnetz, um jemanden anzurufen.«

»Das geht doch online.« Anna zuckt mit den Schultern. »Ist ja auch egal, auf jeden Fall funktioniert es noch.«

Da vibriert Timos Handy prompt wieder.

Timo???, lesen wir.

»Die Taktik funktioniert. Sie wird unsicher!«, sagt Anna. »Die Antwort sparen wir uns auch. Das wird der Blöden eine schlaflose Nacht bescheren.«

»Sehr gut!« Ich lächle meine Freundin an und halte ihr die Schachtel mit den Pralinen hin. »Du kommst drüber weg. Bald hast du den Kerl vergessen.«

Anna schiebt sich ein Stück Nougat in den Mund und nuschelt: »Das sagst du so einfach.«

»In drei Wochen weinst du ihm keine Träne mehr nach«, erkläre ich. »Da bin ich mir sicher.«

»Das hoffe ich.« Meine Freundin schweigt einen Moment. »Aber weißt du, was echt doof ist?« Wie aus dem Nichts bricht ihre Stimme. »Ich hab, ich hab …« Sie schnieft herzerweichend. »… meine Sachen im Keller vergessen. Jetzt muss ich doch noch mal dahin.« Tränen sammeln sich in ihren Augen. »Das ist so was von unfair, Lou. Es tut so verdammt weh. Und ich versteh das nicht, echt. Wir hatten doch immer so viel Spaß miteinander, auch im Bett. Er hatte das doch gar nicht nötig.«

Ich beuge mich zu meiner Freundin, schließe sie in die Arme und halte sie ganz fest, bis ihre Schluchzer wieder leiser werden und schließlich ganz verebben.

3

Mittlerweile ist es schon kurz nach drei Uhr in der Nacht. Anna ist vor Erschöpfung eingeschlafen. Ich schleiche auf Zehenspitzen ins Badezimmer und schließe behutsam die Tür. Nils hat einen sehr leichten Schlaf. Wenn ich ihn jetzt wecke, hat er morgen den ganzen Tag schlechte Laune. Das möchte ich mir und vor allem Anna nicht antun. Ich nehme also die Handzahnbürste anstelle meiner elektrischen und putze mir die Zähne. Gut, dass morgen Samstag ist, denke ich dabei. Anna wird an der Trennung von Timo arg zu knapsen haben. Sie war sich diesmal so sicher …

Zehn Minuten später lege ich mich wieder neben Anna auf die Schlafcouch. Der Wein zeigt seine Wirkung. Meine Freundin schnarcht leise vor sich hin. Der Mond scheint hell ins Zimmer. Anna hat die Bettdecke von sich gestrampelt. Es ist Ende Juni. Die Sonne knallt tagsüber auf das Dach und heizt die Wohnung auf, was hier in dem kleinen Zimmer besonders auffällt. Einen Moment lang betrachte ich meine Freundin. Sie hat echt verdammt viel Pech mit den Männern, in die sie sich verliebt. Und sie hat eindeutig Besseres verdient.

Kurz vor dem Einschlafen kommt mir Timo noch einmal in den Sinn.

Was, wenn die Nachbarin ihn wirklich nicht aus dem Bad befreit hat?

Nur gute drei Stunden später werde ich wieder wach. Es ist kurz nach sechs. Nils hat die Kaffeemaschine in der Küche angemacht. Ich höre, wie die Bohnen gemahlen werden und Nils mit dem Geschirr klappert. Gerade als ich aufstehen will, um ihm Gesellschaft zu leisten, legt Anna plötzlich ihren Arm um mich.

»Mein Herz schmerzt«, sagt sie leise. »Alles tut mir weh, der ganze Körper.«

»Ja, ich weiß, aber das geht vorbei.« Ich streiche ihr über das Haar. »Versuch, noch ein bisschen zu schlafen.«

»Is gut«, nuschelt meine liebeskranke Freundin und dreht sich zur Seite.

Ich hingegen bin hellwach und lausche Nils' Aktivitäten in der Küche. Wenn er derjenige wäre, der noch schlafen würde oder gar Besuch hätte, würde ich den Kaffee mit der Hand aufbrühen – und schon gar nicht den Mixer betätigen, um mir einen Smoothie zu machen. Ich wäre leise. Aber Nils sieht das anscheinend anders. Er verhält sich, als wäre er ganz allein auf der Welt.

Um halb sieben zieht er geräuschvoll die Tür ins Schloss. Sein Arbeitstag auf der Polizeiwache beginnt um sieben. Er hat Wochenenddienst. Auch ich muss jeden zweiten Samstag raus. Ich wünschte nur, das Reisebüro, in dem ich arbeite, würde sich nicht in einem Einkaufscenter befinden. Wir haben, wie alle anderen Geschäfte dort, von Montag bis Samstag geöffnet, immer bis zwanzig Uhr.

Von draußen ertönt Hundegebell durch das angekippte Fenster. Gleich gegenüber befindet sich eine Grünanlage, in der Hundebesitzer schon frühmorgens ihre ersten

Runden drehen. Prompt fällt mir Max, der Labradoodle, wieder ein. Einschlafen kann ich nicht mehr. Ich setze mich auf und strecke mich.

Da dreht auch Anna sich auf die Seite und blinzelt mich mit müden Augen an.

»Guten Morgen. Ich wollte dich nicht wecken«, sage ich zu meiner Freundin. »Schlaf ruhig weiter.«

»Geht nicht.« Sie dreht sich auf den Rücken und verschränkt die Arme hinter dem Kopf. »Ich kann einfach immer noch nicht fassen, dass mir das passiert ist. Du weißt ja, ich hatte echt schon viele schräge Typen mit allen möglichen Macken. Aber betrogen hat mich noch keiner.« Anna grinst schief. »Zumindest habe ich noch nie einen dabei erwischt. Aber man weiß ja nie. Bei Timo hätte ich damit auch niemals gerechnet.« Sie zuckt mit den Schultern. »Diese blöde Eva ist wirklich nicht besonders attraktiv.«

»Das stimmt. Du bist viel schöner!«

Das war nicht gelogen. Ich streiche Anna eine Haarsträhne aus dem Gesicht. Der liebe Gott hat es gut mit ihr gemeint. Ihre langen roten Locken passen perfekt zu ihrer hellen Haut. Sie legen sich wie ein Bilderrahmen um ihr Gesicht, das durch die vielen kleinen Sommersprossen auf der Nase immer freundlich wirkt. Anna erinnert mich an Pippi Langstrumpf, was nicht nur an ihrem Äußeren liegt. Ihre toughe, selbstbewusste Art habe ich schon immer bewundert.

»Ich würde es nur einfach gerne verstehen«, erklärt sie da noch einmal. »Ich kann mir nicht vorstellen, dass es nichts zu bedeuten hatte.«

»Bestätigung? Der Reiz des Verbotenen, vielleicht auch Gefühle füreinander? Die Wahrheit wirst du wahrscheinlich nie erfahren. Wie sieht es aus? Willst du dich noch einmal mit Timo treffen, um über alles zu sprechen?«

Eine steile Falte bildet sich auf Annas Stirn. »Nein, auf keinen Fall! Für mich ist die Sache klar. Das werde ich ihm nie verzeihen. Und du hast recht, mit der Wahrheit wird er wahrscheinlich sowieso nicht rausrücken.« Die Stirnfalte vertieft sich. »Am Ende landet er wieder im Badezimmer, und ich lasse ihn dann tatsächlich nicht mehr raus.«

»Keine schlechte Idee.« Ich lächle meine Freundin an. »Das geht vorbei. Ist doch immer so. Erst ist man einfach nur schockiert, dann traurig, wütend – und irgendwann kommt der Moment, in dem man feststellt, dass es einem nicht mehr wichtig ist.«

»Ich weiß«, schnieft Anna.

»In spätestens drei Wochen bist du drüber weg«, erkläre ich.

»Versprochen?«

»Versprochen!«

»Okay, das kann ich aushalten.« Anna grinst schief. »Hast du dir schon mal Gedanken darüber gemacht, dich als professionelle Liebeskummerberaterin selbstständig zu machen? Mit dem Konzept wirst du reich. ›Drei Wochen – und er ist dir egal‹.«

»Gar keine schlechte Idee.« Ich grinse breit. »Ich schätze mal, bei dir krieg ich es schneller hin. Weil ich dich gut kenne und weiß, wie du tickst. Du wirst sehr schnell einsehen, dass dich Timos Fremdgehen zwar verletzt hat, aber er letztendlich eh nicht der Richtige für dich war. Du bist viel zu schlau und zu schön für den Blödmann.«

»Danke.«

»Aber gerne doch. Was hältst du davon, wenn wir erst mal einen Kaffee trinken?«

»Hört sich gut an.«

Wir schälen uns aus dem Bett und gehen in die Küche. Normalerweise stellt Nils mir morgens immer eine Tasse bereit, wenn er vor mir geht. Früher lag sogar hin und wieder eine kleine Botschaft auf dem Untersetzer. Heute jedoch finde ich nur seine benutzte Tasse, die er demonstrativ mitten auf dem Küchentisch hat stehen lassen. Und in der Spüle entdecke ich den Mixbecher, in dem noch Smoothie-Reste kleben. Dass ich Nils immer hinterherräumen muss, nervt gewaltig. Ich stelle beides in die Spülmaschine und bereite anschließend zwei große Pötte Kaffee zu.

»Ein Löffel Zucker, ohne Milch.« Ich stelle meiner Freundin die dampfende Tasse direkt vor die Nase und setze mich neben sie an den Tisch.

»Danke.«

Wir genießen schweigend die ersten Schlucke der heißen Flüssigkeit. Ich trinke meinen Kaffee mit Milch und Zucker – blond und süß, das sagt Nils immer, so wie ich es bin. Als ich Nils kennengelernt habe, trug ich einen kurzen Bob. Jetzt fallen meine Haare mir bis über die Schultern. Schon ein paarmal habe ich darüber nachgedacht, sie wieder kürzer schneiden zu lassen. Aber Nils zuliebe habe ich drauf verzichtet. Er liebt meine lange Mähne.

»Ich werde Timo heute wohl das Handy zurückgeben, sonst habe ich bei meinem Glück auch noch eine Anzeige wegen Diebstahl am Hals«, sagt Anna da plötzlich. »Ich muss eh noch mal hin, mein Auto steht noch bei ihm vor der Tür, und außerdem stehen ja noch die doofen Kartons mit den Dokumenten im Keller. Die Kosmetik kann ich noch verkraften, aber den Papierkram brauche ich wirklich. Mal ganz abgesehen von meinem Fahrrad. Das habe ich nämlich auch vergessen.«

»Ich komme mit. Wann willst du denn los?«

Wie aus dem Nichts sammeln sich wieder Tränen in Annas Augen, die sie aber rigoros wegwischt. »Eigentlich habe ich überhaupt keine Lust, ihn noch mal zu sehen.«

»Ach, du …« Ich lege meine Hand auf Annas Schulter. »Vielleicht haben wir ja Glück, und deine Nachbarin hat ihn doch nicht befreit. Dann steckt er noch im Bad fest, und sie hat die Gunst der Stunde genutzt und ihn stattdessen ausgeraubt.«

Mein kleiner Scherz zeigt Wirkung. Anna grinst. »Verdient hätte er es. So ein Arsch!«

»Yep!«

Wir nippen beide weiter an unserem Kaffee.

»Ich kann auch allein fahren«, schlage ich schließlich vor. Du musst mir nur sagen, was noch fehlt.«

»Mein Fahrrad, die Dokumente … eigentlich muss ich ja nur in den Keller«, überlegt Anna laut. »Und da kommen wir auch so rein, wenn uns irgendjemand die Haustür öffnet. Wir bräuchten nur eine Zange, um das Schloss zu öffnen.«

»Nils hat einen fetten Werkzeugkoffer, den könnten wir mitnehmen.«

»Gute Idee. Ich glaube aber, es wäre am besten, wenn wir dann jetzt sofort fahren. Um die Uhrzeit schläft Timo in der Regel noch. Und ich habe echt überhaupt keine Lust darauf, ihm zu begegnen.«

»Dann machen wir das so!«

Wir trinken schnell unseren Kaffee aus. Auf das Frühstück verzichten wir. Nur eine Viertelstunde später sind wir beide angezogen. Als ich ins Gästezimmer komme, um Anna zu holen, sehe ich, dass meine Freundin Timos Handy in der Hand hält.

»Hat sie noch was geschrieben?«, frage ich.

»Keine Ahnung, ich kann mich nicht mehr anmelden. Anscheinend hat Timo es doch noch sperren lassen.«

»Ist besser so«, sage ich. »Häng dich da bloß nicht rein. Am besten, du bekommst ganz schnell Abstand von allem.«

»Yep!« Anna lässt das Handy in ihrer Tasche verschwinden und nickt entschlossen.

Um Punkt acht Uhr parke ich meinen Wagen vor Timos Haus.

»Das gibt es doch nicht!« Frau Krassnitz steht mit einer Tasse in der Hand am geöffneten Fenster und sieht zu uns rüber.

»Die kriegt alles mit.« Anna schmunzelt und schaut mich an. »Aber die alte Dame ist eigentlich ganz nett.« Sie atmet tief durch und öffnet entschlossen die Autotür. »Na, dann mal los!«

»Was hat er angestellt?«, fragt Frau Krassnitz, noch bevor wir sie begrüßen können.

»Fremdgegangen«, erklärt Anna ganz offen.

»Habe ich mir gedacht«, erklärt die Frau, deren Stimme sich anhört wie ein Reibeisen. Ich schätze sie auf Anfang siebzig. Ihr Haar ist blond gefärbt, aber an den Ansätzen kann man ganz deutlich einen breiten grauen Ansatz sehen. Ein schelmisches Lächeln macht sich auf ihrem Gesicht breit. »Er hat ganz schön geflucht, der Gute, als ich ihn befreit habe.«

»Er kann froh sein, dass ich Ihnen den Schlüssel gegeben habe«, sagt Anna. »Ich persönlich hätte ihn nicht rausgelassen. Danke, dass Sie das übernommen haben.«

»Aber gerne doch.« Sie nippt an ihrer Tasse und zeigt danach auf den Werkzeugkoffer, den ich in der Hand halte. »Wollt ihr einbrechen?«

»Ja, aber nur in den Keller«, sagt Anna. »Sind Sie wohl so lieb und machen uns auf?«

Frau Krassnitz nickt und verschwindet vom Fenster. Im nächsten Moment summt der Türöffner. Anna drückt die Tür auf, und schon gehen wir durch den Hausflur und die Kellertreppe hinunter. Vor einer alten Holztür mit Vorhängeschloss bleiben wir stehen.

»Puh, hoffentlich kriegen wir das irgendwie auf. Das Ding sieht aus, als hätte dein Ex Fort Knox damit gesichert.« Ich öffne den Koffer und finde zwischen etlichen Schraubenziehern und anderem Kram eine Zange, die aussieht, als wäre sie dem dicken Metallschloss gewachsen. »Vielleicht funktioniert es damit.«

»Sieht gut aus, gib her.« Anna fängt sofort an, das Metall zu bearbeiten, jedoch ohne Erfolg.

»Das wird so nix«, ertönt da Frau Krassnitz' Reibeisenstimme. Sie kommt mit schlurfenden Schritten auf uns zu und bleibt neben uns stehen. »Da müsst ihr mit einem Bolzenschneider ran.« Sie hält ein Schlüsselbund hoch. »Ich hole einen.«

Wir sehen der zierlichen Frau nach, die in ihrem Kellerraum verschwindet und kurz darauf mit einem riesigen Werkzeug unter dem Arm wieder bei uns ist.

»Das müsste gehen. Damit hat mein Mann früher immer mein Fahrradschloss geknackt, wenn ich mal wieder den Schlüssel verlegt hatte.« Sie sieht uns mit einem Funkeln in den Augen an. Die alte Frau hat sichtlich Spaß. »Darf ich?«

Anna geht zur Seite, Frau Krassnitz setzt den Bolzenschneider an und drückt fest zu. Kurz darauf ertönt ein »Klack«.

»Sehr gut, danke schön«, sagt Anna. »Sie sind echt die Beste!«

Frau Krassnitz nickt. »Dann legt mal los.«

Anna geht zielstrebig in den Kellerraum und stapelt zwei Kisten übereinander, die sie aus einem Regal zieht. »Kannst du das Fahrrad nehmen, Lou?«

»Klar«, antworte ich.

Die ganze Aktion hat maximal zehn Minuten gedauert. Oben im Hausflur umarmt Anna Frau Krassnitz. »Danke für Ihre Hilfe. Schade, dass es nicht meine Wohnung ist. Dann hätte ich Timo rausgeworfen, und wir könnten Nachbarinnen bleiben.«

»Das Leben ist kein Wunschkonzert, Kleine«, sagt Frau Krassnitz, sichtlich gerührt. »Aber gefallen hätte mir das auch.« Sie lächelt. »Wartet kurz, ich habe noch was für euch.« Sie verschwindet in ihrer Wohnung, kommt kurz darauf mit einer großen, runden Dose wieder und hebt den Deckel an. Der Duft von Plätzchen strömt in unsere Nasen. »Erdnuss-Schoko-Cookies. Das Rezept habe ich aus meiner Zeit als Köchin in Amerika. Gestern Abend frisch gebacken.«

»Oh, die sehen lecker aus«, sagt Anna. »Ich wusste gar nicht, dass Sie mal in Amerika gearbeitet haben.«

»Woher auch?«, entgegnet Frau Krassnitz. »Wir haben uns doch noch nie richtig unterhalten.«

»Stimmt.« Anna seufzt und deutet mit dem Kopf nach oben. »Wenn ich drüber weg bin, komme ich mal auf einen Kaffee rum, wenn Ihnen das recht ist.«

»Gerne.«

»Dann sollten wir vielleicht unsere Telefonnummern austauschen«, schlägt Anna vor und haut sich im nächsten Moment gegen die Stirn. »Timos Handy!« Sie zieht es aus ihrer Tasche. »Würden Sie mir noch einen Gefallen tun und es oben abgeben? Es ist seins.«

Frau Krassnitz lächelt breit. »Aber gerne doch. Und den Nachnamen lassen wir jetzt mal bleiben. Ich bin Rita. Und ihr seid Anna … und Lou?«

»Die Abkürzung von Louise«, erkläre ich.

»Ein sehr schöner Name«, stellt unsere neu gewonnene Freundin fest und wendet sich an Anna. »Ich hol was zum Schreiben, damit ich mir deine Telefonnummer notieren kann.«

»Gib mir deine, dann ruf ich kurz durch, und du hast meine«, schlägt Anna vor.

»Gute Idee …«

Nur wenige Minuten später sitzt Anna in ihrem Wagen. Und ich steige in meinen, im Kofferraum Annas Rad und eine Dose voll mit Erdnuss-Schoko-Cookies.

4

»Lecker, die Cookies deiner Nachbarin!«, stelle ich fest und tunke eine Hälfte eines Kekses in meine Tasse.

Wir haben uns für einen zweiten Kaffee entschieden, nachdem wir Annas Rad in unseren Keller gestellt haben, und sitzen nun wieder in der Küche.

Meine Freundin nickt geistesabwesend und greift in die Dose, aber anstatt den Keks zu essen, betrachtet sie ihn gedankenverloren.

»Probier mal«, ermuntere ich sie.

Doch Anna legt den Keks neben ihre Tasse und schüttelt den Kopf. »Ich kann echt immer noch nicht fassen, dass der Idiot mich tatsächlich betrogen hat.«

»Ich weiß, dass es sich im Moment nicht danach anfühlt, aber du kommst darüber hinweg«, erkläre ich noch einmal. »Und er bekommt dafür irgendwann die Retourkutsche. Man bekommt immer alles zurück im Leben.«

»Hoffentlich!« Anna legt den Kopf schief und reibt sich dabei über das Kinn. »Was meinst du, sollte ich vielleicht etwas dabei nachhelfen und Evas Mann doch über die Ehe-Nebentätigkeiten seiner Gattin aufklären?«

Ich schüttele den Kopf. »Würde ich echt nicht machen. Am Ende bist du diejenige, die sich mies fühlt, weil du ein schlechtes Gewissen bekommst.«

»Hm«, macht Anna. Wirklich überzeugt hat mein Argument sie wohl nicht. »Aber es ist echt schade, dass ich Rita den Wohnungsschlüssel gegeben habe«, erklärt sie prompt. »Ich glaube, ich würde mich zumindest momentan ein kleines bisschen besser fühlen, wenn Timo nicht ganz ungeschoren davonkommen würde.« Sie lächelt zuckersüß. »Wir hätten noch mal zu ihm fahren können, wenn er arbeitet, und ein bisschen Selbstbräuner in seine heiß geliebte Tagescreme mischen. Ich kenne keinen Mann, der so viel Wert auf Körperpflege legt wie Timo.«

Ich muss lachen. Eine wütende Anna ist mir lieber als eine traurige.

»Ist doch wahr!« Anna verschränkt die Arme vor der Brust. »Ein großes Stück Stinkekäse unter dem Bett wäre auch nicht schlecht!«

»Fisch!«, sage ich. »Der müffelt noch mehr, wenn er anfängt zu gammeln. Kannst du dich an Birthe erinnern? Sie war mal auf einem meiner Geburtstage. Groß, schlank, blond …«

Anna nickt. »Haare bis zum Hintern, große blaue Augen, der absolute Modeltyp. Jetzt sag mir nicht, dass ihr Typ auch fremdgegangen ist.«

»Doch, ist er! Daraufhin hat sie Fischreste bei ihm versteckt, bevor sie ihn verlassen hat, und zwar in seiner Gardinenstange. Nicht viel, nur ein bisschen. Es hat Wochen gedauert, bis er rausgefunden hat, warum er auf einmal so viele Fliegen in der Wohnung hat.«

»Hat er nicht anders verdient!«, stellt Anna fest, doch ich schüttele den Kopf, stehe auf und hole den Briefumschlag, den ich vor einer Woche an der Pinnwand neben dem Kühlschrank befestigt habe.

»Guck rein!«

Meine Freundin zieht die Einladungskarte aus dem Umschlag. »Ist nicht wahr!« Sie sieht mich mit großen Augen an. »Sie heiratet den Mistkerl?

»Yep!«

»Warum das denn?«

»Frag mich nicht, ich habe sie seit über einem halben Jahr nicht mehr gesehen.«

»Ach so«, sagt Anna, »deswegen.« Sie grinst. »Birthe hatte niemanden, der sie davon abgehalten hat, Ja zu sagen. Versprich mir, dass du mich in ein Flugzeug nach Australien setzt, falls ich in irgendeiner Art und Weise auch nur ansatzweise rückfällig werden sollte.«

»Besteht denn die Gefahr?«, frage ich.

Anna überlegt einen Moment, bevor sie ganz ernst »Nein« antwortet. »Aber es tut trotzdem gut, über eventuelle Rachepläne nachzudenken. Vielleicht lässt Birthe ihn ja auch knallhart vor dem Altar stehen.« Sie gluckst kurz auf. »Wäre ja nicht die erste Hochzeitsflüchtige.«

»Das stimmt allerdings.« Ich schüttele lächelnd den Kopf und denke an Kim, meine Freundin, die ich schon seit der fünften Klasse kenne. »Das war schon stark, was Kim damals gebracht hat.«

Anna grinst breit. Es tut gut, sie wieder etwas fröhlicher zu sehen. Auch wenn es nur für den Moment ist. Wir spinnen weiter Rachepläne und schimpfen über Männer.

»Irgendwann machen die doch alle Ärger«, stellt Anna schließlich fest. »Ist doch so! Ich hoffe, der Plan mit der späten Frauenvilla steht noch. Wenn wir alte Omas sind, ziehen wir zusammen, du, ich und Kim – aber ohne Kerle.«

Wie auf Kommando kündigt ein Brummen meines Handys eine Nachricht unserer Freundin an. Vor einem Jahr ist Kim regelrecht nach Norderney geflohen, als sie festgestellt hat, dass ihr Verlobter doch nicht der Richtige für sie ist. Vor drei Monaten hat sie sich mit einem kleinen Fußpflegesalon auf der Insel selbstständig gemacht und tourt seitdem mit ihrem »Pflegemobil«, das eigentlich nur ein Fahrrad ist, über die Insel.

»Gedankenübertragung …« Ich entsperre mein Handy und öffne die Nachricht. »Mist!«

»Was ist los?«

Ich halte Anna das Display unter die Nase. Auf dem Foto sieht man einen Fuß, bei dem zwei Sachen sofort ins Auge stechen: die knallig pink lackierten Fußnägel – und der dunkelblaue, fast violette Farbton des Fußes.

Sofort drücke ich die Kurzwahltaste und stelle den Lautsprecher an. Das Freizeichen ertönt nur zweimal, bis Kim abnimmt. »Was ist passiert?«, frage ich.

»Ich bin so was von blöd, das ist passiert!«, antwortet Kim.

»Hallo, Süße, ich bin auch hier«, sagt Anna. »Lou hat auf laut gestellt.«

»Ach, hi, wie schön …« Kim seufzt tief auf. »Ich kann aber leider nicht lang reden, bin in Emden im Krankenhaus und warte auf den Arzt. So wie es aussieht, habe ich mir den Mittelfuß gebrochen. Wenn ich Pech habe, kann ich Radfahren und das Fußpflegemobil erst mal knicken, und das, obwohl die Insel im Moment voller Touristen und potenzieller Kunden ist.«

»Shit!«, entfährt es mir. »Du hast aber auch ein Pech. Wie ist das denn passiert?«

»Erzähl ich später«, flüstert Kim. »Da kommt der Arzt, ich melde mich noch mal bei euch«. Sie legt auf, bevor wir uns verabschieden können.

»Wenn Kim wirklich nicht Rad fahren kann, kann sie ihre Kunden nicht besuchen. Und sie braucht die Einnahmen im Sommer, um sich die Pacht für den Winter leisten zu können«, stellt Anna fest. »Das ist hart.«

»Ja! Die Arme …« Ich betrachte noch einmal das Foto. »Das tut bestimmt höllisch weh.«

Dicken Kuss von uns beiden, meld dich bitte sofort, wenn du mehr weißt, tippe ich in mein Handy und drücke auf *Senden.*

Da sagt Anna: »Kim hat einen gebrochenen Fuß, ich habe ein gebrochenes Herz, eigentlich könnten wir beide uns zusammentun und gegenseitig trösten.« Sie zieht die Stirn in Falten, und kurz darauf strahlt sie über das ganze Gesicht. »Gar keine schlechte Idee. Lass uns hinfahren!«

»Wir hatten eigentlich vor, in der kommenden Woche die Wohnung zu streichen«, erkläre ich. »Und dann wollten wir ja auch noch eine Woche irgendwo nach Holland ans Meer fahren.«

»Ach was, komm schon! Für die paar Zimmer braucht man höchstens zwei Tage. Und wenn ich euch helfe, geht es noch schneller. Lass uns zu Kim fahren. Nils kann ja mitkommen. Dann seid ihr schon am Meer und könnt gleich dableiben, um Urlaub zu machen.«

»Ich frag ihn nachher, wenn er zurück ist«, sage ich, bin mir aber sicher, dass ich die Antwort schon weiß.

Anna kennt mich zu gut, um nicht aus dem Tonfall meiner Stimme herauszuhören, was ich eigentlich denke.

»Und wenn Nils dich lieber für sich haben will, fahren wir beide eben allein und bleiben dafür nur zwei oder drei Tage. Das wird er schon überleben. Er hat dich dann den Rest des Urlaubs.« Sie grinst. »Taktisch klug könntest du vorschlagen, dass er renoviert, während du auf Norderney bist. Und zur Belohnung fährst du dann mit ihm weg.«

»He!« Ich gebe meiner Freundin einen kleinen Klaps auf den nackten Arm. »Das war böse.«

»Na gut«, sagt Anna und wird plötzlich ernst. »Du hast ja recht. Auf der anderen Seite sind wir schon seit Ewigkeiten nicht mehr zusammen weggefahren. Und schön wäre es mal wieder, oder?«

»Ja, das stimmt allerdings.« Ich puste mir eine Haarsträhne aus dem Gesicht. »Es könnte aber auch durchaus sein, dass Kim zu uns nach Oberhausen kommt. Wenn der Fuß gebrochen ist, kann sie nicht arbeiten, wie du eben selbst gesagt hast. Und wie ich ihre Mutter kenne, wird sie darauf bestehen, dass Kim nach Hause kommt, damit sie sie gesund pflegen kann. Lass uns erst mal abwarten, was sie gleich erzählt.«

»Okay.« Anna gähnt herzhaft. »Ich habe das Gefühl, die Sache hat mir meine ganze Energie geraubt. Ich glaub, ich leg mich noch mal kurz hin und versuche, eine Runde zu schlafen. Und du? Bist du gar nicht müde?«

Ich fühle einen Moment in mich hinein. »Nein, überhaupt nicht. Das kommt wahrscheinlich irgendwann heute Nachmittag. Aber leg du dich ruhig hin. Ich spring eben unter die Dusche. Und vielleicht meldet sich Kim ja auch gleich.«

»Okay.«

Vor dem Gästezimmer bleibt meine Freundin kurz stehen. »Ich weiß echt nicht, was ich ohne dich machen würde.«

Keine zehn Minuten später läuft lauwarmes Wasser aus der Dusche über meinen Körper. Wenn wir noch einmal umziehen, werde ich auf jeden Fall auf einer Badewanne bestehen, denke ich. In dieser Angelegenheit werde ich keine Kompromisse mehr eingehen. Außerdem hat Anna recht. Wir sind schon Ewigkeiten nicht mehr gemeinsam verreist, genau genommen, seitdem ich mit Nils liiert bin. Und das ist jetzt zwei Jahre her. Das muss sich auf jeden Fall ändern. Ich werde mir mehr Freiräume für meine Freundinnen schaffen.

Ich greife nach der Duschseife, die herrlich nach Mango duftet, und schamponiere gerade mein Haar damit ein, als ich plötzlich eine mir bestens vertraute Stimme wahrnehme, und zwar ganz aus der Nähe.

»Lou?«

Anna steht im Bad. Ich drehe das Wasser aus. »Was ist los? Geht's dir nicht gut?«

»Doch, nein, aber darum geht es gar nicht. Was hältst du von einer kleinen Ex-Seeing-Tour? Ich würde zu gern wissen, ob die beiden sich tatsächlich heute um elf treffen. Kommst du mit?«

»Meinst du wirklich, dass das eine gute Idee ist?«

»Ja!«

Anna ist meine Freundin. Ich kann sie unmöglich allein fahren lassen. »Dann bin ich auf jeden Fall dabei.«

Anna grinst breit. »Sehr cool! Also schlaf ich jetzt doch nicht. Wenn du fertig bist, hüpf ich auch schnell unter die Dusche. Am besten, wir fahren mit deinem Auto, meins bemerkt Timo sofort.«

»Meins kennt er auch«, gebe ich zu bedenken.

»Stimmt.« Anna überlegt einen Moment. »Ich weiß, wo sie wohnt. Wir legen uns bei ihr auf die Lauer.«

»Okay.« Ich drehe das Wasser wieder auf. »Dann dusch ich mal fertig.«

Ein Lächeln huscht über mein Gesicht. Eigentlich hätte ich mir denken können, dass Anna mit dem Vorschlag um die Ecke kommt. Es ist nicht unsere erste Spionagetour. Früher waren wir häufiger unterwegs, denn eine von uns hatte immer mal wieder Liebeskummer. Zwar ist es nicht unbedingt die feine Art, sich stundenlang vor dem Haus des Ex-Freundes – oder auch vor dem des potenziell neuen Freundes – auf die Lauer zu legen, aber gemeinsam mit Anna und Kim wird es zu einem echten Erlebnis. Schade, dass Kim diesmal nicht dabei sein kann, denke ich – und dass das mit ihrem Fuß hoffentlich nicht so schlimm ist, wie es aussieht.

Eine Dreiviertelstunde später parken wir mein Auto schräg gegenüber von Evas Haus. Anna hat sich ein Tuch um den Kopf gebunden, und ich trage eine große Sonnenbrille, die fast mein halbes Gesicht bedeckt. Das ist zwar albern, gehört aber zu einer guten Spionagetour unbedingt dazu. Genau wie der Kaffee in Thermosbechern. Nur auf die Donuts haben wir heute verzichtet. Dafür haben wir die Kekse eingepackt.

»Ich glaub, der Mini gehört ihr«, sagt Anna und deutet mit dem Kopf auf das rote Auto, das vor der Garage steht. »Zumindest würde das Kennzeichen passen: EV für Eva, und 1992 ist bestimmt ihr Geburtsjahr. Sie scheint also noch da zu sein. Was meinst du? Soll ich lieber klingeln und ihr mal Hallo sagen? Ich würde zu gern ihr Gesicht sehen, wenn sie mich erkennt.«

»Du bleibst schön brav hier!«, sage ich streng. Genau in dem Moment klingelt mein Handy. »Das ist Kim.« Ich nehme das Gespräch an und stelle das Telefon wieder auf laut ein. »Erzähl …«

»Der Mittelfuß ist gebrochen. Ich muss ein paar Wochen einen Entlastungsschuh tragen. Der soll verhindern, dass ich abrolle. So ein Mist!«

»Du Arme. Bist du noch in Emden? Sollen wir dich abholen? Kommst du nach Hause?«

»Das ist lieb, aber ein guter Freund von mir, Fiete, holt mich gleich ab und bringt mich zurück zur Insel. Ich muss erst mal in Ruhe überlegen, wie es jetzt weitergehen soll. Der Arzt sagt, ich soll mich schonen. Aber ein gewisses Maß an Bewegung sei ganz gut. Vielleicht kann ich ja wenigstens einen Teil meiner Kunden bedienen.«

»Ich kann zu dir kommen und dir helfen«, sagt Anna neben mir und grinst mich frech an. »Und Lou kommt vielleicht auch mit.«

»Ihr wollt nach Norderney kommen? Das wär ja schön!«, ruft Kim. »Ein bisschen seelische Unterstützung könnte ich echt gut gebrauchen.«

Na super! Ich werfe Anna einen kleinen bösen Blick zu und erkläre: »Erst mal muss ich mit Nils sprechen, wir wollten eigentlich renovieren.«

»Ach so, Nils, den hätte ich ja fast vergessen.« Kim seufzt. »Schade, wäre echt schön gewesen.«

»Ich spreche nachher mit ihm«, versichere ich und ärgere mich dabei über mich selbst, weil ich weiß, dass Anna recht hat. Nils wird alles andere als begeistert sein. Und das liegt nicht nur daran, dass wir renovieren wollten. Er hatte schon immer Probleme mit meinen Freundinnen. Zeit, die ich mit ihnen verbringe, kann ich nicht ihm schenken.

»Wenn es nicht klappt, ist das auch kein Problem«, antwortet Kim. Du warst ja auch erst zur Eröffnung hier.

Mit Nils, denke ich, da werde ich von Anna abgelenkt, die nach meinem Arm greift.

»Die Tür geht auf«, sagt sie. »Sie kommt raus!«

Ich schaue rüber zum Haus, vor dem nun eine braunhaarige Frau in dreiviertellanger grauer Jogginghose und schlichtem weißen T-Shirt steht. Über ihre Schulter baumelt eine sehr große bunte Tasche.

»Die Tasche sieht gut aus«, stellt Anna prompt und sehr nüchtern fest.

»Was ist los? Was für eine Tasche? Was macht ihr?«, fragt Kim.

»Eine Ex-Seeing-Tour. Wir sitzen im Auto«, erklärt Anna. »Draußen steht die Schneckenpisspocke, mit der

Timo mich betrogen hat. Sie sieht kacke aus, aber ihre Tasche ist schön.«

Ich muss lachen. Anna hat nicht nur ein Faible für Taschen, sie ist auch die Meisterin neuer Wortkreationen.

»Wie jetzt?«, hakt Kim nach. »Timo hat eine andere?«

»Ja! Habe ich gestern rausgefunden.«

»Es ist eine Kollegin«, erkläre ich. »Sie wollte sich heute um elf mit Timo treffen. Wir wollen ihr nachfahren.«

»Krass«, sagt Kim. »Schade, dass ich nicht dabei bin.«

»Jetzt wird es spannend«, meldet sich Anna da wieder zu Wort. »Da ist gerade Gregor aus der Tür rausgekommen. Und ich kann mir beim besten Willen nicht vorstellen, dass er sie zu ihrem Rendezvous begleiten wird. Auf der anderen Seite … wer weiß das schon.«

Die beiden gehen zu einem schwarzen SUV und steigen ein.

»Fahren wir ihnen trotzdem nach?«, frage ich.

»Aber so was von!«, entscheidet Anna.

»Na gut.« Ich drücke Anna mein Smartphone in die Hand. »Dann mal los.«

»Wer ist Gregor?«, fragt Kim.

»Der Mann«, erklärt Anna.

»Die ist verheiratet? Geht gar nicht! Wie hast du es denn rausgefunden? Tut mir übrigens leid für dich.«

»Timo hatte sein Handy mit im Bad …«

Während Anna Kim auf den neuesten Stand ihres Liebeslebens bringt, fahre ich der Übeltäterin samt Mann hinterher. Weit kommen wir allerdings nicht. Der SUV biegt nur ein paar Hundert Meter weiter in eine Seitenstraße ein und parkt vor einem Supermarkt.

»Die gehen einkaufen«, stelle ich fest und halte einige Parkbuchten später an. »Timo wird ihr gesteckt haben, dass du es rausgefunden hast, Anna.«

»Kann gut sein.« Anna schnallt sich ab. »Sag mal, müssen wir nicht auch noch einkaufen? Nils freut sich doch bestimmt, wenn wir ein paar Leckereien für heute Abend besorgen.«

»Geht ihr den beiden nach?«, fragt Kim. »Dann lass bloß das Handy an, damit ich mithören kann.«

Das kann ja was werden! Ich setze meine Sonnenbrille ab. Und auch Anna entledigt sich ihrer Tarnung. Kurz darauf schieben wir einen Einkaufswagen durch die Obst- und Gemüseabteilung des Supermarkts.

»Siehst du sie?«, fragt Anna.

Ich deute mit dem Kopf Richtung Frischetheke.

»Perfekt«, sagt Anna, »komm, Lou.« Sie schiebt den Wagen zielstrebig auf die beiden zu und bleibt genau neben ihnen stehen.

»Eva, Gregor?«, flötet sie.

Eva läuft an wie eine rote Tomate. Ihr Mann bekommt davon nichts mit. Er lächelt und scheint sich zu freuen, Anna zu sehen.

»Hi, das ist ja eine Überraschung! Hallo, Anna.«

Anna deutet auf mich. »Das ist Lou, meine Freundin.«

Ich setze mein charmantestes Lächeln auf. »Hallo.«

Eva hat bisher kein Wort gesagt. Sie steht einfach nur da und schaut dumm aus der Wäsche.

Da ertönt plötzlich eine dritte Stimme wie aus dem Nichts. Unsere Freundin, die über das Handy zuhört, meldet sich zu Wort: »Und ich bin Kim, hallo zusammen«, sagt sie fröhlich.

Ich halte mein Smartphone hoch. »Unsere Freundin hat sich den Fuß gebrochen und braucht ein wenig Aufmunterung«, erkläre ich.

Gregor schüttelt den Kopf, grinst aber dabei. Er sieht nett aus, denke ich. Aber das ist auch bei Anna der Fall. Und trotzdem sind beide betrogen worden.

»Was macht ihr hier?«, fragt er, beantwortet seine Frage aber dann selbst, indem er sich an mich wendet. »Einkaufen natürlich, ich weiß. Wohnst du hier in der Nähe?«

»Wir kaufen für ihren Freund ein, als Wiedergutmachung dafür, dass ich den beiden gestern den Abend versaut habe, weil ich ganz spontan dort übernachten musste«, antwortet Anna. »Es ist nämlich so, dass ich gestern erfahren habe …«

Ich schiele gespannt rüber zu meiner Freundin, die den Satz nicht zu Ende führt, aber stattdessen ihre Nebenbuhlerin mit ihren Augen fixiert.

»Ach, lassen wir das jetzt.« Anna winkt schließlich ab und sieht zu Gregor. »War nett, dich mal wiedergesehen zu haben. Alles Gute für dich.« Sie greift nach dem Einkaufswagen und schiebt los.

»Na dann, ciao«, sage ich und gehe flugs meiner Freundin hinterher.

»Gut gemacht!«, ertönt es aus meinem Smartphone, das ich fast vergessen hätte. »Ich bin stolz auf dich, Anna.«

Ich streiche meiner Freundin über den Arm. »Lass uns gehen, die Sachen für heute Abend können wir auch woanders besorgen.«

»Das fehlt mir noch!«, sagt Anna und strafft die Schultern. »Wir kaufen hier ein! Und dann macht ihr beide es euch heute Abend richtig schön gemütlich.«

»Wir beide? Was ist mit dir?«, frage ich.

»Ich schlafe heute bei meiner Schwester«, erklärt Anna. »Ist nicht böse gemeint, aber ich habe doch gemerkt, wie Nils dazu steht, dass ich bei euch wohnen soll.«

»Kommt nach Norderney«, ruft Kim. »Aber lasst uns später noch mal telefonieren. Ich muss noch mal zum Arzt rein wegen des Entlastungsschuhs. Bis später, tschö, ihr zwei.«

»Sicher, dass du lieber bei deiner Schwester schlafen willst, Anna?«, frage ich.

Meine Freundin nickt. »Und weißt du, was? Ich frage eine Kollegin, ob sie die kommende Woche für mich arbeiten will. Sie ist Studentin und freut sich, wenn sie für mich einspringen kann. Und dann fahre ich wirklich zu Kim. Ich war noch nie auf Norderney. Ein bisschen Zeit am Meer wird mir guttun.«

Wir sitzen schon wieder im Auto, als ich eine Entscheidung ganz aus dem Bauch heraus treffe: »Ich komme mit, für zwei oder drei Tage!«

5

Die Fähre schiebt sich behäbig durch die Nordsee. Wir haben zwei Sitzplätze direkt am Fenster ergattert. Anna sitzt mir gegenüber. Keine von uns sagt ein Wort. Einen Moment hängen wir beide unseren Gedanken nach und schauen aufs Wasser.

»Was hat das Meer nur an sich, dass es einem sofort besser geht, sobald man es sieht?«, fragt Anna da plötzlich.

»Keine Ahnung.« Ich fühle tief in mich hinein. Mir geht es keinen Deut besser, seitdem wir uns auf der Fähre befinden. Das mulmige Gefühl in meinem Bauch hat sich verstärkt. Ich kann immer noch nicht fassen, dass Nils mich vor die Wahl gestellt hat. Entweder er oder meine Freundinnen. Und dabei wollte ich Anna wirklich nur für zwei Tage begleiten, damit wir noch genügend Zeit haben, um gemeinsam die Wohnung zu renovieren. Aber dann ergab ein Wort das andere. Und nun sitze ich hier, den Koffer für eine Woche gepackt, weil ich ihm gesagt habe, dass ich mich nicht erpressen lasse. Seitdem hat Nils kein Wort mehr mit mir gesprochen.

»Der wird sich schon wieder beruhigen«, sagt meine Freundin. »War doch bisher immer so. Gib ihm einfach ein bisschen Zeit.«

Ich widerstehe dem Bedürfnis, mein Handy aus der Tasche zu ziehen, um einen Blick auf meine Nachrichten zu werfen. Das Telefon ist auf Vibration eingestellt, eine Nachricht von Nils würde ich sofort bemerken. Es sei denn, ich hätte es doch nicht mitbekommen, weil es eben sehr laut war, als wir auf die Fähre drauf sind … Ich seufze auf. »Auf solche Spielchen habe ich keine Lust, echt nicht!«

»Kann ich verstehen. Hast du absolut nicht nötig.«

Ich nicke grimmig und ziehe mein Handy doch aus der Tasche. »Nichts!«

Da ertönt plötzlich eine glockenklare, sehr helle Stimme. »Ist hier noch frei?«

An unserem Tisch stehen eine Frau und ein Mann. Ich schätze beide etwa auf unser Alter, knapp dreißig.

»Klar«, sagt Anna.

Ich lächle der jungen Frau kurz zu, die es sich jetzt schräg gegenüber von mir bequem macht. Sie hat raspelkurz geschnittenes braunes Haar und große blaue Augen, die in ihrem feinen Gesicht schön zur Geltung kommen.

»Sauber sieht das Meer hier ja nicht gerade aus, Julian«, sagt sie und rümpft ihre Nase. »Das Wasser ist total grau. Vielleicht hätten wir doch lieber auf die Kanaren fliegen sollen.« Sie greift über den Tisch hinweg nach der Hand ihres Begleiters. »Aber ich bin unendlich froh, dass wir wenigstens mal ein paar Tage nur für uns haben.«

»Ich auch, Hase. Das Wasser ist aber nicht wirklich schmutzig, das sieht nur so aus, weil die Nordsee relativ flach ist. Außerdem ist sie sehr nährstoffreich und voller Plankton.«

Die Frau wirft noch einen Blick aus dem Fenster. »Sieht auf jeden Fall nicht einladend aus.«

Ein ungleiches Paar, denke ich. Der Kerl ist relativ breit gebaut, fast massig. Sein Bierbauch ist nicht zu übersehen. Aber dafür hat auch er schöne Augen. Sie sind ungewöhnlich dunkel und werden von dichten langen Wimpern umrahmt.

»Nele geht generell nur baden, wenn die Wassertemperatur mindestens dreißig Grad beträgt«, sagt er zu uns.

Sie kneift ihm in die Hand. »He, sei nicht so frech.«

Er lächelt und steht auf. »Ich brauche jetzt einen Kaffee. Wollt ihr auch einen?«

»Da sage ich nicht Nein«, ertönt es sofort von Anna. Und auch ich stimme zu. Wir geben unsere Bestellung auf, und der Mann, der wie ein großer Teddybär aussieht, verschwindet in Richtung Theke.

»Julian ist ein Schatz«, sagt unsere Fährenbekanntschaft gut gelaunt. »Ich bin übrigens Nele.«

Kurz darauf wissen wir, dass die beiden aus Würzburg kommen, Nele noch nie Urlaub an der Nordsee gemacht hat und dass sie mit einem Heiratsantrag während des Inselurlaubs rechnet.

Anna wirft mir unauffällig einen kurzen Blick zu. Ich weiß genau, was sie denkt. Nele ist zwar ganz nett, aber sie redet zu viel.

Erst als ihr Freund, zukünftiger Verlobter und baldiger Ehemann, mit dem Kaffee zurückkommt, hört sie auf zu plappern und fragt: »Und ihr? Wart ihr schon mal auf Norderney?«

»Ich ja, Anna noch nicht …«

Die Unterhaltung lenkt mich vom Handy in der Hosentasche ab. Und es ist schön mit anzusehen, wie liebevoll Julian seine Nele immer wieder betrachtet, während sie fröhlich drauflosplaudert – bis die Lautsprecher das Ende der Überfahrt ankündigen.

»Liebe Fahrgäste, in Kürze erreichen wir unser Ziel Norderney. Das Team der Frisia wünscht Ihnen einen schönen Aufenthalt.«

Wir schauen alle aus dem Fenster, während die Fähre sich dreht und in den Hafen einfährt. Kurze Zeit später legen wir an. Die meisten Fahrgäste haben sich schon in dem kleinen Vorraum der Fähre versammelt und suchen hektisch nach ihren Koffern. Auch Nele und Julian sind ungeduldig. Wir bedanken uns noch einmal für den Kaffee und die nette Gesellschaft, verabschieden uns von den beiden, bleiben aber noch einen Moment sitzen.

»Boah«, macht Anna. »War die anstrengend.«

»Aber ganz nett«, werfe ich ein.

»Stimmt. Er auch. Sind dir seine schönen Augen aufgefallen?

»Klar!« Ich grinse breit. »Komm, Hase, die Insel wartet.«

Wir schnappen uns unsere Reisetrolleys und laufen mit den anderen Passagieren einen kleinen Anlegesteg hinauf. Wir scannen unsere Tickets und stehen endlich vor der Norderneyer Hafenhalle. Vor dem großen Gebäude tummeln sich etliche Urlauber, die mit dem Bus oder einem Taxi zu ihrer Ferienunterkunft aufbrechen wollen. Sobald sich eins der gelben Flitzer nähert, stürmen die Leute auf die Autos zu und belagern sie.

»Lass uns einen Moment warten, bis sich der Trubel

etwas gelegt hat«, schlägt Anna vor. Doch da hält prompt ein Taxi neben uns an. Der Fahrer lässt das Fenster runter.

»Moin, Lou, Moin, Anna. Kim schickt mich. Einsteigen bitte.«

Wir zögern nicht und packen unsere Trolleys in den Kofferraum.

»He, ich bin Fiete.« Der Fahrer dreht sich zu uns um und lächelt uns an, als wir uns beide auf die Rückbank setzen. Er hat dunkelbraune Locken, grüne Augen und zwei süße Grübchen, die sein Lächeln unglaublich sympathisch machen. »Ich soll eine wahnsinnig gut aussehende Blondine und eine rothaarige Schönheit abholen.« Er fährt los. »Heute ist An- und Abreisetag auf der Insel, hier wird es jetzt richtig voll. Bei den ganzen verrückten Touristen hättet ihr noch bis morgen früh auf ein Taxi gewartet.«

Fiete gibt Gas. Er fährt einen kleinen Berg hoch, der vom Hafen wegführt, und biegt auf die Deichstraße ab. Vor uns sind einige Urlauber auf Fahrrädern unterwegs, die sie sich vermutlich direkt am Hafen ausgeliehen haben. Ihre Koffer sind mit Kabelbindern am Gepäckträger befestigt und rollen etwas unsicher hinter ihnen her.

»Das wäre ja was für mich«, sagt Anna. »So würde ich niemals bei Kim ankommen.«

»Ich auch nicht«, pflichte ich ihr bei. »Wir sollten uns später allerdings auch um Räder kümmern, ohne ist man hier aufgeschmissen.«

»Bei Kim um die Ecke ist ein Verleih, da können wir

ein ordentliches Fahrrad organisieren. Eins ist ja schon da, Kim kann mit ihrem Fuß eh nicht fahren«, mischt Fiete sich nun ein.

»Stimmt, die Arme. Das hatte ich fast vergessen«, murmelt Anna.

Fünf Minuten später halten wir direkt am Deich vor dem großen wunderschönen Haus, in dem Kim ihren Salon eröffnet hat. Die Fassade strahlt in einem klaren Weißton. Helle Holzfenster und eine riesige alte Eingangstür setzen das Gebäude perfekt in Szene. Über der Tür steht in großen Buchstaben *Inselpension Swantje* geschrieben. Als wir aussteigen, entdecke ich an der Wand ein Schild, das bei meinem letzten Besuch noch nicht dort hing. »*Inselfüße*«, lese ich laut und bin ein bisschen stolz, da ich den Schriftzug und den angedeuteten Fuß als Logo entworfen habe. Kim hat ihren Traum Wirklichkeit werden lassen. Sie hat sich selbstständig gemacht und ist tatsächlich auf der Insel geblieben.

»Sie ist die Mutigste von uns«, sagt Anna da neben mir. Und in dem Moment fliegt auch schon die Tür auf, und unsere Freundin winkt uns mit einer ihrer Krücken zu. Dabei strahlt sie über das ganze Gesicht. Und mir geht es gleich viel besser.

»Ihr seid tatsächlich hier«, ruft sie. »Ihr seid der Wahnsinn!«

Fiete sieht aus dem Fenster seiner Taxe und grinst uns an. »Viel Spaß!«

»Danke, was bekommst du für die Fahrt?«, fragt Anna.

»Einen Drink, wenn wir uns das nächste Mal sehen«, antwortet er. »Ich muss leider noch mal los. Die Koffer könnt ihr im Taxi lassen. Ich hol euch später ab und bring euch zu eurem Luxushotel.«

Was die beiden noch besprechen, bekomme ich nicht mehr mit. Ich laufe los und fliege in die Arme meiner fußkranken Freundin. »Was machst du denn für Sachen?«

Sie lacht. »Man sollte besser nicht auf Tonnen klettern.«

Wir drücken uns ganz fest. »Das tut gut«, sage ich. »Du fehlst mir, echt!«

»Du mir auch.«

Anna steht mittlerweile neben uns und wartet lächelnd, bevor auch sie Kim herzlich umarmt. Ich bin froh, dass die beiden sich mögen und wir auch zu dritt viel Spaß miteinander haben können. Mit Kim bin ich schon seit Ewigkeiten befreundet. Wir kennen uns in- und auswendig. Anna habe ich erst während meiner Ausbildung zur Reisekauffrau kennengelernt. Sie hat damals in dem Hotel gearbeitet, in dem wir eine Schulung hatten. Wir haben uns vom ersten Moment an verstanden, unsere Telefonnummern ausgetauscht, uns getroffen und angefreundet. Kim hat sie sofort akzeptiert, ohne eifersüchtig zu sein. Und jetzt sind wir beide hier.

»Kommt erst mal rein«, wir folgen ihr durch das Foyer der Pension. Der Eingangsbereich ist sehr groß und hell, wenn auch etwas altmodisch eingerichtet. An der Rezeption nickt uns eine sehr adrett aussehende Dame im Alter meiner Mutter zu. Wir begrüßen sie freundlich und folgen Kim.

»Hereinspaziert«, sagt sie und öffnet die Tür zu ihrem Salon.

»Boah, wie schön«, platzt es aus Anna heraus, als wir in dem kleinen Studio unserer Freundin stehen. Sie hat es mit viel Liebe zum Detail eingerichtet. Seit der Eröffnung hat sich hier so einiges geändert. Im Empfangsbereich des Salons stehen ein großer Tresen aus Eichenholz und zwei gemütliche Sessel. Ein frischer zitroniger Duft kriecht mir in die Nase, die ganze Atmosphäre schreit nur so nach Wellness. Hinter einer Tür aus Milchglas befinden sich das Behandlungszimmer und ein kleines Bad mit Dusche.

»Traumhaft«, sagt Anna und lächelt Kim an. »Ich bin stolz auf dich. Das hast du echt gut gemacht!«

»Ja, oder?« Kim strahlt und lässt sich in einen der Sessel fallen. »Ich biete jetzt auch Massagen an. Das einzige Problem ist mein Fuß. Meine Kunden außerhalb zu versorgen ist damit absolut nicht drin. Mit diesem blöden Spezialschuh kann ich nicht Rad fahren. Wenn das so weitergeht, kann ich direkt wieder dichtmachen, bevor es richtig losgegangen ist. Und das, obwohl die Insel voller Urlauber ist.«

Ich streichle meiner Freundin über das Bein, das sie mittlerweile auf einem kleinen Hocker abgelegt hat. »Du bist echt ein Pechvogel.«

Kim zeigt auf ihren Fuß. »Das war kein Pech, das war Doofheit.« Sie seufzt. »Und zwar so was von!«

»Sag mal, wo schläfst du eigentlich?«, fragt Anna da.

Kim seufzt auf. »Das ist das nächste Problem. Momentan wohne ich in einem kleinen renovierungsbedürftigen Zimmer hier in der Pension. Auf Dauer ist das aber keine Lösung für mich. Ich habe noch nicht einmal eine Küche. Bezahlbaren Wohnraum auf der Insel zu finden, ist nur leider echt schwer. Die Wartelisten sind unglaublich lang.«

»Klingt aber nicht so prickelnd. Wie hältst du das aus?«

»Alles gut, für den Moment ist das super so. Aber da wären wir auch schon beim Thema. Eine Wohnung zu finden, ist mindestens genauso schwer wie ein bezahlbares Hotelzimmer in der Hauptsaison. Da war echt nichts mehr zu machen.«

»Wie, und jetzt?«, frage ich. »Schlafen wir zu dritt in deinem Bett?«

»Dann wäre Fiete wohl kaum mit unseren Koffern abgebraust«, wirft Anna ein.

Kim bewirft mich mit einem kleinen Zierkissen und lacht. »Schön wär's, du kennst doch mein Zimmer, Lou. Da müssten wir uns stapeln. Fiete war allerdings so nett und hat mir angeboten, euch in seinem Schrebergarten unterzubringen.«

»So viel zum Thema ›Luxushotel‹.« Anna schüttelt sich. »Hauptsache, da gibt es keine Spinnen.«

»In dem Garten steht ein richtiges kleines Häuschen. Eine Toilette und eine Dusche gibt es auch. Fast wie eine Ferienwohnung«, erklärt Kim.

»Das hört sich doch super an, wann können wir unser Luxusdomizil denn beziehen?«, frage ich und schaue auf mein Handy. Mittlerweile ist es Viertel vor sieben. So langsam macht sich der Hunger in mir breit. Und ein bisschen platt von der Fahrt bin ich auch. Oder liegt das flaue Gefühl in meinem Magen vielleicht doch daran, dass Nils es anscheinend immer noch nicht für nötig hält, sich bei mir zu melden? Und das, obwohl er ganz genau weiß, wie sehr mich das verletzt.

»Fiete ist gleich wieder hier und holt uns ab. Eingekauft habe ich gestern schon, wir müssen uns um nichts mehr kümmern. Vielleicht könnt ihr mir noch helfen, meine Reisetasche von oben zu holen und meinen Fußpflegekoffer, den muss ich auch noch mitnehmen. Dann kannst du dir auch gleich mein Zimmer anschauen, Anna. Du kennst es ja noch nicht.«

»Reisetasche?«, hake ich nach.

»Klar, was denkst du denn. Ich ziehe natürlich mit euch im Garten ein. Den Spaß lasse ich mir nicht entgehen.«

»Das ist ja schön!« Ich klatsche vor Freude in die Hände. Dabei wird mir wieder einmal klar, wie sehr ich Kim eigentlich vermisse. Wir telefonieren zwar regelmäßig und schicken uns Nachrichten. Aber sie jetzt hier persönlich zu sehen, ist doch was ganz anderes.

Sie pustet sich eine Ponysträhne aus dem Gesicht. «Sollen wir?«, fragt Kim und hüpft auf einem Bein die schmale Treppe vor uns her nach oben.

»Das sieht gefährlich aus. Mach langsam!«, schimpfe ich.

»Stundenlange Übung«, kontert Kim und hopst weiter. »Oben habe ich noch ein zweites Paar Krücken deponiert.«

Zwei Treppen später hält sie uns die Tür zu ihrem Zimmer im Dachgeschoss auf. »Hereinspaziert!«

In Kims Zimmer hat sich seit meinem letzten Besuch nicht viel verändert. Unter einem kleinen Fenster, das nicht wirklich viel Licht in den Raum fallen lässt, steht ein schmales Bett, auf dem ihre gepackte Reisetasche steht. An der gegenüberliegenden Wand befindet sich ein wuchtiger alter Kleiderschrank. Kim hat es mit ihrer kreativen Art geschafft, Gemütlichkeit einziehen zu lassen. Vor dem Bett liegt ein fransiger Kuschelteppich in einem warmen Bordeauxrot. Die Wand am Kopfende des Bettes hat sie mit Fotos dekoriert. In der Mitte entdecke ich einen Schnappschuss von uns drei Freundinnen. Kim hält strahlend ihr Ausbildungszeugnis in die Luft, während Anna und ich ihr von beiden Seiten einen Kuss auf die Wangen drücken. Der Tag war wirklich schön.

»Gemütlich hier«, sagt Anna und schnappt sich die Reisetasche. »Aber auf Dauer würde mir ehrlich gesagt die Decke auf den Kopf fallen.«

»Noch geht es«, erklärt Kim gut gelaunt. »Mir graut es nur schon vor dem Winter. Momentan halte ich mich die meiste Zeit im Studio oder irgendwo draußen auf der Insel auf.« Sie lächelt. »Das Meer ist meine Badewanne.«

»Die schmutzige graue Nordsee«, unkt Anna, und ich muss lachen.

»An den Strand wird wirklich viel Müll angespült«, erklärt Kim. »Aber noch gefährlicher sind die ganz kleinen Teilchen. Für Tiere ist Mikroplastik lebensbedrohlich.«

»Das ist echt schlimm, aber das meinte ich gar nicht …«

Während wir die Treppe wieder nach unten gehen, erzählt Anna von unserer Fährenbekanntschaft.

Gerade als wir an der Rezeption vorbeigehen, hören wir ein Hupen.

»Fiete«, sagt Kim.

»Danke, dass wir in deinem Garten nächtigen können«, ich lächle unseren Fahrer an. »Und fürs Kutschieren.«

»Nicht dafür.« Fiete zeigt auf die Pension. »Die gehört meiner Oma. Aber da war echt nichts mehr zu machen, bis auf das letzte Zimmer alles ausgebucht. Auf dem Rest der Insel sieht es ähnlich aus. Sommer eben, da hat man hier keine Chance. Das Haus im Garten ist aber auch nicht schlecht. Für ein paar Tage kann man es gut aushalten.« Er grinst breit. »Es sei denn, man hat Angst vor Spinnen.«

Anna rollt mit den Augen. »Na, ganz toll!«

Fiete grinst noch ein bisschen breiter und wendet den Wagen.

Wir fahren parallel zum Watt die Deichstraße entlang. Auf dem Deich gehen jede Menge Urlauber spazieren, allein, zu zweit, mit Kinderwagen oder mit Hund.

»Seht ihr die Fahnen?«, fragt Fiete. »Das ist die Norderneyer Surfschule, mein Bruder Jonte arbeitet dort als Surflehrer. Direkt daneben befindet sich das Surferbecken. Wenn es vollgelaufen ist, kann man da super kite- und windsurfen.«

»Wie cool«, antwortet Anna. »Surfen wollte ich schon immer lernen, vielleicht können wir ja einen Kurs machen, Lou.«

»Ja, vielleicht«, weiche ich aus. Ein Surfkurs stand auf Nils' Wunschliste für unseren nächsten Urlaub. Wenn ich den jetzt mit Anna auf Norderney mache, wird Nils mir das nie verzeihen.

»Und hier direkt gegenüber ist die Kleingartenanlage«, sagt Fiete da.

»Das war's schon?«, fragt Anna.

»Ja, wir sind gleich da. Wir sind auf einer kleinen Insel, hier ist alles nur einen Katzensprung voneinander entfernt«, erklärt Fiete.

»Es sei denn, du hast einen kaputten Fuß, dann kommt dir alles wie eine verdammte Weltreise vor«, mischt Kim sich ein.

Fiete biegt nach rechts in einen kleinen Weg ab. Vor einem großen Eisentor hält er an.

»*Norderneyer Gartenclub*«, lese ich vor. »Ich fühle mich wie zu Hause bei uns im Ruhrpott. Fehlt nur noch, dass hier jemand Tauben hat, so wie mein Opa damals.«

6

»Kim kennt sich aus und hat die Schlüssel. Vielleicht komme ich später noch mal vorbei«, erklärt Fiete, während er unsere Trolleys aus dem Kofferraum holt. »Schafft ihr das mit dem Gepäck?«

»Klar«, sagt Anna und schultert Kims Reisetasche. »Jetzt hast du mindestens zwei Drinks bei uns gut, oder auch drei, Fiete.«

»Darauf komme ich ganz sicher irgendwann zurück.« Er deutet mit dem Kopf auf Kim. »Passt gut auf sie auf.«

»Immer!«, sage ich. »Und danke für alles.«

»Nettes Kerlchen«, stellt Anna fest, nachdem Fiete wieder abgebraust ist.

»Ja, absolut«, sagt Kim und humpelt los.

Wir folgen ihr einen schmalen Weg entlang. Auf beiden Seiten befinden sich Eingänge zu Gartenparzellen, die teilweise mit viel Liebe und sehr eindrucksvoll bepflanzt wurden.

Vor einem hellen Holztor bleibt Kim stehen. Sie öffnet es, und schon stehen wir auf einem Weg aus Kieselsteinen, der durch den gepflegten Rasen bis zu einem kleinen Gartenhäuschen führt.

»Gut, das Ding hat echte Wände. Ich habe schon befürchtet, dass es aus morschen Brettern besteht«, sagt Anna.

Rechts neben dem Haus stehen zwei Apfelbäume, zwischen denen eine Hängematte gespannt wurde. Am Zaun entlang wachsen lauter Himbeersträucher, Bäumchen und andere Pflanzen, sodass man vor Blicken von außen geschützt ist.

Die Kieselsteine knirschen unter Annas und meinen Füßen, als wir zum Haus gehen.

Kim geht neben uns auf dem Rasen mit ihren Krücken. »Fiete hat heute Morgen schon alles für uns vorbereitet«, sagt sie.

»Sag mal, hast du was mit ihm?«, fragt Anna da auf ihre direkte Art.

»Nein, er ist mein bester Freund hier. Und das soll auch so bleiben. Sex ist tabu.« Sie rümpft die Nase. »Davon mal ganz abgesehen, bin ich sowieso erst mal bedient, was Kerle angeht. Hier auf der Insel laufen nur Graupen rum.« Sie schließt die Tür auf. »Aber von den Inselgraupen erzähle ich euch später. Dafür brauche ich erst einen Prosecco.« Sie lächelt uns an. »Hier wären wir also, unser Domizil für die nächsten Tage.«

»Wow!«, sage ich. »Das wird kuschelig!«

Das Häuschen ist wirklich nicht sehr groß. Auf dem Fußboden liegen links an der Wand nebeneinander drei Schaumstoffmatratzen, darauf verteilt ein Meer aus bunten Kissen. Daneben steht ein kleiner quadratischer Tisch mit vier Klappstühlen. An der rechten Wandseite befindet sich eine Küchenzeile, die aus einem Kühlschrank, einem Herd und einer Spüle besteht.

»Wo ist die Toilette?«, fragt Anna.

»Draußen«, erklärt Kim. »Die Dusche auch.« Sie humpelt zum Kühlschrank und holt eine Flasche Prosecco raus. »So, meine Lieben, ich würde sagen, wir stoßen jetzt erst einmal auf unser Wiedersehen an. Anna, holst du mal bitte drei Gläser aus dem Schrank neben dir?«

Anna bewegt sich jedoch keinen Zentimeter von der Stelle. »Ein Plumpsklo etwa?«, fragt sie.

Ich muss lachen, als ich Annas entsetzten Gesichtsausdruck entdecke. Kim und ich sind campingerprobt. Wir haben es auch schon mal eine Woche lang in einem kleinen engen Zelt mit Notdurft zwischen den Büschen ausgehalten. Anna mag es lieber etwas luxuriöser.

»Quatsch, ein chemisches. So richtig mit Spülung und sogar einem kleinen Waschbecken, nur eben outdoor«, sagt Kim. »Ist wirklich ganz komfortabel.«

Anna seufzt theatralisch auf. »Ich hab euch echt verdammt lieb, wisst ihr das?«

»Yep!«, antworte ich und hole die Gläser aus dem Schrank. »Darauf stoßen wir jetzt an. Aber ich würde vorschlagen, wir gehen nach draußen. Die Sonne ist noch so schön warm.«

»Im Schuppen hinter dem Haus stehen Liegestühle.« Kim strahlt uns an. »Ach, Mädels, ich kann euch gar nicht sagen, wie froh ich darüber bin, dass ihr hier seid!«

Einen kurzen Moment schleicht Nils sich in meine Gedanken. So ganz kann ich Kims Wiedersehensfreude noch nicht teilen. Ich wünschte, mein Freund würde sich wenigstens einmal kurz melden, damit ich weiß, dass zwischen uns trotz des Streits alles wieder in Ordnung kommen kann.

»Los!« Anna stupst mich an.

Wir gehen einmal um das Gartenhäuschen herum. Neben dem Schuppen entdecken wir die berüchtigte Freiluftdusche und das hellgrün gestrichene Toilettenhäuschen, das Anna gerade mit Argusaugen inspiziert.

»Sieht sehr sauber aus. Aber eins sag ich dir, du wirst mich schön begleiten, Lou, wenn ich nachts mal pinkeln muss. Allein geh ich hier auf keinen Fall aufs Klo, wenn es dunkel ist.«

»Abgemacht«, stimme ich sofort zu, während ich dabei bin, einen der Stühle aus dem baufälligen Schuppen zu wuchten, und dann sofort den nächsten. »Ich nehme die beiden, einer fehlt noch.«

»Okay.« Endlich reißt Anna sich vom Toilettenhäuschen los und packt mit an. »Duschen können wir notfalls ja auch in Kims Zimmer«, überlegt sie laut, als wir die Stühle durch den Garten tragen. »Ich hasse kaltes Wasser.«

»Wenn du dann mit dem Rad hierher zurückfährst, bist du direkt wieder nass geschwitzt«, gebe ich zu bedenken.

»Vielleicht spielt Fiete Taxidienst. Was meinst du, ob da wirklich nichts zwischen Kim und ihm läuft? Ich mein ja nur, der sieht echt gut aus. Und nett scheint er auch zu sein. Hast du seinen Blick bemerkt, als er uns darum gebeten hat, auf Kim aufzupassen?«

»Klar, er schmachtet sie an, das war nicht zu übersehen«, sage ich. »Vielleicht ist er eher der Kumpeltyp und einfach zu nett. So einen hatte Kim doch schon mal. Du weißt ja, wie es ausgegangen ist.«

»Hm«, macht Anna. »Mein Bedarf an Männern mit

Arschlochfaktor ist erst mal gestillt. Nett klingt sehr attraktiv, wenn du mich fragst.«

»Für dich oder für Kim?«

Eine Antwort bekomme ich von Anna nicht mehr. Wir sind vor dem Haus angekommen und stellen fest, dass Kim den Tisch eigenhändig nach draußen getragen hat.

»Du sollst dich schonen!«, schimpfe ich, klappe den Stuhl für sie auf, hole einen der Hocker und ein Kissen aus dem Haus und sage: »So, und jetzt setzt du dich und legst das Bein hoch!«

»Ist ja gut«, sagt Kim. »Aber dann muss eine von euch das Essen aus dem Kühlschrank holen. Ihr habt doch bestimmt Hunger.«

Keine zehn Minuten später haben wir den Tisch gedeckt. Es gibt Baguette, Butter, Käse, Schinken, ein paar Tomaten, Oliven – und Prosecco. Kim lässt den Korken mit einem lauten Plopp aus der Flasche knallen und schenkt uns ein.

Anna hebt ihr Glas. »Auf uns.«

»Auf uns«, stimmen wir mit ein.

»Erzähl, Anna«, sagt Kim, nachdem wir andächtig das erste Gläschen geleert haben. »Gibt es was Neues von Timo und seinem Mäxchen?«

Anna zuckt mit den Schultern. »Ich habe nie wieder etwas von Timo gehört. Und das ist auch gut so.«

»Nils hüllt sich auch in Schweigen«, sage ich.

»Tut mir leid, wenn du jetzt wegen mir Ärger hast.« Kim schüttelt den Kopf. »Männer!«

»Dafür kannst du doch nichts«, erkläre ich schnell. »Nils kommt einfach nicht damit klar, dass er nicht immer die erste Geige spielt. Dass er enttäuscht ist, kann ich ja verstehen. Aber seine Psychospielchen sind echt unfair. Ich weiß doch, wie er tickt. Er wartet darauf, dass ich klein beigebe und um Verzeihung bitte. Erst, wenn ich mich mindestens dreimal entschuldigt habe, wird er zufrieden sein.«

»Wie oft hast du dich seit gestern entschuldigt?«, fragt Kim.

Ich verschränke die Arme vor der Brust. »Gar nicht. Diesmal bleibe ich eisern. Dass er mich vor die Wahl gestellt hat, geht gar nicht.«

»Sehr gut.« Anna schüttet unsere Gläser wieder voll. »Ich mag Nils, das weißt du ja. Aber ich verstehe echt nicht, warum er so ein Problem mit uns hat. So oft sehen wir uns doch gar nicht. Wenn wir Kerle wären, würde ich es ja irgendwie noch verstehen. Freundschaft zwischen Männern und Frauen funktioniert einfach nicht. Irgendwann spielen immer Gefühle eine Rolle. Das muss er bei uns nicht befürchten.« Sie sieht zu Kim. »Apropos Freundschaft. Sicher, dass Fiete das genauso sieht wie du?«

»Ich denke schon, hat er zumindest gesagt. Von meiner Seite aus ist da auf jeden Fall nichts.« Sie grinst schief. »Ich Doofe habe mich lieber bis über beide Ohren in einen Kerl verliebt, der sich nicht mehr bei mir meldet, nachdem wir eine Nacht miteinander verbracht haben. Er ist Insulaner, antwortet nicht auf meine Nachrichten und geht nicht ans Telefon, wenn ich ihn anrufe. Beim Ausspionieren bin ich auf eine Tonne geklettert, beim Runterspringen total blöd auf einem Stein gelandet und habe mir dabei den Fuß gebrochen. Das Schlimmste ist:

Der Typ will absolut nichts von mir wissen. Aber mein Hirn kann das einfach nicht einsehen.«

Anna findet zuerst die Sprache wieder. »Du hast ihn echt ganz alleine gestalkt? Das ist krass!«

»Ja klar, mir blieb doch nichts anderes übrig«, sagt Kim. »Jetzt habe ich allerdings nicht nur ein gebrochenes Herz, sondern auch einen gebrochenen Fuß. Und wenn ich ganz viel Pech habe, schaffe ich es deswegen finanziell nicht über den Winter.«

»Dafür habe ich keine Wohnung mehr«, wirft Anna ein.

»Das Gartenhäuschen ist doch gar nicht so schlecht.« Kim grinst Anna an. »Bleib hier. Als Barista findest du auf der Insel immer einen Job.«

»Gar keine schlechte Idee«, sagt Anna.

»He! Und was wird dann aus mir?«, rufe ich.

»Dich bringen wir in der Touristeninformation unter. Oder in der Wohnungsverwaltung«, überlegt Kim.

»Irgendwie cool wäre das schon.« Anna lehnt sich zurück, verschränkt die Arme hinter dem Kopf und schaut sich im Garten um. »Warum eigentlich nicht? Aber eine andere Bleibe bräuchte ich dann auf jeden Fall.«

»Wohnraum ist hier echt mau. Aber wir könnten uns zusammen was suchen«, schlägt Kim vor.

Jetzt bekomme ich es mit der Angst zu tun. Es fehlt mir noch, dass die nächste Freundin einfach so auf die Insel abhaut. Ich will gerade protestieren, doch Anna kommt mir zuvor: »Ich glaube, als Ferienjob fände ich das ganz spannend, aber für immer? So eine Insel ist schon verdammt klein.«

»Ein Dorf mit Wasser drum herum«, bestätige ich

schnell. Da vibriert plötzlich mein Handy, das ich vor mir auf dem Tisch liegen habe, und kündigt eine Nachricht an. »Nils.«

Können wir reden?, lese ich.

Mein Bauch zieht sich zusammen. Die knappe Nachricht bedeutet nichts Gutes. Einen Moment kämpfe ich mit mir. Ich könnte die Nachricht einfach ignorieren, so wie Nils das mit meinen Kontaktversuchen auch gemacht hat.

Aber wie heißt es so schön? Behandele andere so, wie du selbst von ihnen behandelt werden willst. »Ich ruf ihn eben an.«

»Bleib stark«, ruft Anna mir nach, als ich in Richtung der Apfelbäume gehe. Mein Bauch zieht sich erneut zusammen, als ich die Kurzwahltaste für Nils wähle. Und mein Herz klopft laut von innen gegen meine Brust. Der Freizeichenton ertönt genau achtmal, bevor Nils das Gespräch annimmt.

»Hi«, sagt er.

»Hi.«

Wir schweigen einen Moment. Während ich nach den richtigen Worten suche, hat Nils sich seine anscheinend schon vorher zurechtgelegt.

»Du solltest dir ernsthaft Gedanken machen, wie und mit wem du deine Zukunft gestalten willst, Lou. Und vor allem, wie du deine Prioritäten setzt. Noch mal mach ich so eine Aktion nicht mit«, legt er los.

Es könnte so einfach sein. Ich könnte Nils jetzt recht geben, ihm sagen, dass es mir leidtut und es nie wieder vorkommen wird. Aber das würde nicht stimmen.

»Wie meinst du das?«, frage ich stattdessen.

»So, wie ich es gesagt habe, Lou. Mach dir Gedanken. Und melde dich, wenn du dir sicher bist, was du willst.«

»Ich weiß, was ich will«, erwidere ich. »Ich will dich. Aber ich will mir auch keine Gedanken darüber machen müssen, dich zu verlieren, nur weil ich mich auch mal um meine Freundinnen kümmere.«

»Auch mal?« Nils schnaubt laut. »Das mit Anna habe ich ja noch verstanden. Aber musstest du unbedingt zu Kim nach Norderney? Sie hat sich den Fuß gebrochen, Lou, nicht beide Beine.«

»Du hättest mitkommen können.«

»Du hättest zu Hause bleiben können. Ich meine es ernst, Lou. Mach dir Gedanken darüber, wie das in Zukunft weitergehen soll. Noch mal mach ich das nicht mit.«

»Das sagtest du schon.«

»Stimmt«, kontert Nils. »Aber das interessiert dich ja anscheinend nicht. Und wenn du ehrlich bist, hast du dich bereits entschieden. Ich hoffe nur, dass du es nicht irgendwann bereust.«

Es dauert einen Moment, bis ich begreife, was Nils mir damit stecken möchte – und dass er damit gar nicht so unrecht hat. Ich habe mich längst entschieden! Nicht für meine Freundinnen, aber gegen einen eifersüchtigen Freund, der sich niemals ändern wird. Jetzt muss ich ihm das nur noch beibringen.

Mein Herz schmerzt. Es fühlt sich so an, als würde es gerade auf die Größe einer Walnuss zusammenschrumpfen. Ich suche nach den richtigen Worten, kann sie aber nicht finden, da ich im Moment keinen klaren Gedanken mehr fassen kann.

»Vielleicht ist es besser, wenn wir das Gespräch jetzt beenden«, höre ich Nils wie durch einen Wattebausch sagen. Und da hat er mich auch schon weggedrückt. Ich starre noch immer fassungslos auf mein Handy, als es vibriert und eine Nachricht von Nils ankündigt.

Mit zitternden Fingern öffne ich die Nachricht.

Das war's dann wohl. Schade!

Ich schließe die Augen, atme ein paarmal tief ein und wieder aus und versuche dabei, meine Gedanken zu sortieren. Aber es gelingt mir nicht. Da dringt das Lachen meiner beiden Freundinnen zu mir durch. Ich gehe mit wackeligen Beinen zu ihnen.

»Anna, jetzt wäre der richtige Moment für einen Whisky«, sage ich. »Wir haben gerade Schluss gemacht.«

Meine Freundinnen sehen mich an, als wäre ich ein Geist. Und so fühle ich mich auch.

PHASE 2
BEGREIFEN

Du möchtest das Geschehene abwenden und versuchst zu verhandeln. Du hast vielleicht das Bedürfnis, super emotionale Bilder und Texte bei Instagram zu posten, um ihn an eure schöne Zeit zu erinnern. Doch das bringt nichts. Die bessere Lösung: ablenken – mit einer guten Freundin.

7

Anna schenkt mir Whisky ein und reicht mir das Glas. Aber ich bin unfähig zuzugreifen. Nils' Worte spuken in meinem Kopf herum. Sie fühlen sich an wie Tausende kleiner Nadelstiche in meinem Herzen.

Kim legt eine Hand auf mein Bein. »He, was ist denn passiert? Was hat er gesagt?«

Ich öffne die Nachricht, die Nils mir geschickt hat, lese sie selbst noch mal und zeige sie den beiden.

Das war's dann wohl. Schade!

»Er hat nicht ernsthaft durch eine Whatsapp mit dir Schluss gemacht?«, sagt Anna.

Ich fahre mir durchs Haar und massiere mit den Fingern meine Kopfhaut, um meine Gedanken zu sortieren. »Er hat es so gedreht, dass ich diejenige bin, die Schluss gemacht hat, weil ich mich nicht eindeutig für ihn entschieden habe.«

»Okay«, sagt Kim. »Was hat er denn jetzt ganz genau gesagt?« Sie deutet auf das Handy. »Das hört sich für mich nämlich nicht so an, als würde er wirklich wollen, dass es zwischen euch aus ist. Sonst hätte er nur ›das war's‹ geschrieben und nicht ›dann wohl‹ dahintergesetzt.«

So gut es geht wiederhole ich das Gespräch. Danach reibe ich mir über die Arme, weil mich ein Frösteln erfasst. »Ihr hättet ihn mal hören sollen. Nils klang so verdammt abgeklärt und kühl, dass mir noch im Nachhinein kalt wird.«

»Der hat sie nicht mehr alle!«, zetert Anna los. »So ein Psycho! Der ist nicht eifersüchtig, sondern besitzergreifend.« Sie drückt mir das Glas in die Hand. »Hier, trink! Das wird dir guttun.«

Ich genehmige mir einen großen Schluck, und fast im gleichen Moment schießen mir die Tränen in die Augen. Aber nicht wegen Nils, sondern weil der Whisky verdammt scharf schmeckt. Ich huste und schnappe nach Luft. »Bah!«

»Und das Zeug kostet hundertfünfzig Euro!«, stellt Anna fest und steht auf. »Ich hol die Cola aus dem Kühlschrank. Gemixt dürfte es funktionieren.«

»Bring die Eiswürfel oben aus dem Fach mit«, ruft Kim Anna hinterher, dann sieht sie mich an. »Für mich klingt es wirklich nicht so, als hätte Nils Schluss gemacht, sondern so, als würde er auf einen Protest deinerseits warten. Anna hat recht, Nils ist verdammt besitzergreifend. Die Frage ist, ob er es einsieht und bereit ist, daran zu arbeiten. Davon mal ganz abgesehen hat er ja auch viele positive Eigenschaften. Du musst auf ihn zugehen, wenn du eure Beziehung retten möchtest. Die Frage ist nur, ob du das noch willst.«

Kim hat es auf den Punkt gebracht. Ich fühle noch einmal in mich hinein, komme aber wieder auf das gleiche Ergebnis. »Nils wird sich nie ändern. Und auf Dauer werde ich mit seiner Eifersucht nicht klarkommen. Wenn ich jetzt nicht gehe, werde ich vielleicht den Rest meines Lebens unglücklich sein.« Ich seufze auf. »Wahnsinn! Vor ein paar Tagen bin ich noch davon ausgegangen, den Rest meines Lebens mit Nils zu verbringen. Wir wollten die Wohnung renovieren. Und wir haben sogar übers Heiraten und Kinder nachgedacht, und jetzt …«

»Mach das bloß nicht, Lou!«, höre ich da Anna sagen, die in dem Moment zurückkommt. »Wenn du Nils heiratest, darfst du wahrscheinlich gar nicht mehr vor die Tür.« Sie stellt eine Flasche Cola und einen Eiswürfelbehälter auf den Tisch. »Der ändert sich nicht, vergiss es!«

»Ich weiß!«, entgegne ich und greife zum Glas. Und auch meine Freundinnen langen zu. »Waren wir eigentlich mal gleichzeitig Singles, seitdem wir uns kennen?«

Kim sieht zu Anna, und dann schauen beide zu mir und schütteln den Kopf.

»Dann feiern wir wohl heute Premiere!«, sage ich und versuche dabei, fröhlich zu wirken.

Kim greift nach meiner Hand. »Ganz ehrlich, Lou, ich glaube, dass du da richtig entschieden hast.«

»Ja …« Aber ich bin trotzdem traurig.

Zwei Getränke später bin ich gut angeschickert, immer noch traurig, fühle mich andererseits aber auch irgendwie erleichtert. Nils hat sich nicht mehr gemeldet. Und ich mich auch nicht bei ihm. Dabei gäbe es noch so viel zu klären. Wie soll es jetzt weitergehen? Die Wohnung behält ganz sicher er. Aber was passiert mit den Möbeln? Einen Teil davon haben wir gemeinsam gekauft. Dass wir kein Paar mehr sind, kommt mir unwirklich vor. Bisher haben wir uns immer wieder versöhnt, wenn wir mal Streit hatten – wobei in den allermeisten Fällen ich diejenige gewesen bin, die auf Nils zugegangen ist … Mittlerweile ist es stockdunkel. Unzählige Sterne funkeln am Himmel. Irgendwo in der Ferne ruft eine Eule.

»Mal abgesehen von der Tatsache, dass wir momentan alle unter akutem Herzschmerz leiden, finde ich es verdammt schön, dass wir drei jetzt hier zusammensitzen«, sagt Kim da. »Mit euch fühlt sich mein eigenes Leid gleich gar nicht mehr so schlimm an. Ihr seid das beste Mittel gegen Herzschmerz.«

»Du trauerst ja auch nur einer Nacht hinterher«, stellt Anna sachlich fest. »Bei mir sind es ein paar Monate und bei Lou zwei Jahre.«

»Zwei Jahre und zwei Monate«, sage ich. »Aber du hast recht, Kim, geteiltes Leid ist halbes – oder in unserem Fall – ein Drittel Leid. Am besten, wir bleiben alle so lange zusammen, bis wir komplett vom Liebeskummer geheilt sind.«

»Guter Plan!« Anna grinst schelmisch.

»Wartet mal, ich habe eine Idee.« Ich springe auf und gehe leicht wankend zum Schuppen. Der Whisky hat es tatsächlich in sich. Weil ich keinen Lichtschalter finde, benutze ich mein Handy als Taschenlampe. »Hier war doch irgendwo …«, murmele ich vor mich hin. »Ah, da bist du ja!« Ich ziehe den Eimer mit roter Farbe, den ich vorhin gesehen habe, als wir die Stühle geholt haben, aus dem Regal. Kurz darauf entdecke ich einen breiten Pinsel und ein großes Holzbrett, das in der gleichen Farbe gestrichen wurde wie das Toilettenhäuschen. Ich packe alles zusammen in eine Schubkarre und marschiere zurück zu meinen Freundinnen.

Dort lege ich das Holzbrett auf den Boden, öffne den Eimer, tauche den Pinsel in die Farbe und schreibe in großen Buchstaben *Pension Herzschmerz* darauf.

»Hammer!«, sagt Anna. »Jetzt haben wir endlich die Pension, von der wir schon immer geträumt haben.«

Und auch Kim ist begeistert. »Das hängen wir auf, sobald die Farbe getrocknet ist.«

Zufrieden betrachte ich mein Werk. Da zeigt Kim auf meine Beine. »Du hast dich mit Farbe bekleckert.«

»Echt?« Ich schaue an mir runter. »Wie habe ich das denn geschafft?« Nicht nur mein Unterschenkel, auch mein Fuß hat etwas abbekommen.

Anna grinst breit. »Das ist die Gelegenheit, die Freiluftdusche hier im Garten zu testen.«

Doch mir schwebt anderes vor. »Lieber wäre mir die Badewanne.« Ich schaue zu Kim. »Wie weit ist es von hier bis zum Meer?«

»Nicht so weit. Zu Fuß normalerweise etwa zwanzig Minuten. Aber ich glaub, das schaff ich nicht mit den Krücken und dem Whisky intus.«

Ich zeige auf die Schubkarre. »Wenn wir die mit ein paar Kissen auspolstern, hast du es schön bequem.«

Kim verzieht skeptisch das Gesicht. Anna hingegen ist direkt Feuer und Flamme.

»Ich hol welche!«

Nur kurz darauf ist unsere Freundin wieder da. Und sie bringt nicht nur Kissen, sondern auch eine pinke

Wolldecke, eine Flasche Prosecco, ein großes Windlicht und eine runde Dose mit.

»Die Cookies von Frau Krassnitz«, stelle ich fest. »Du hast sie eingepackt!«

»Wer ist Frau Krassnitz?«, fragt Kim.

»Rita, die Nachbarin, die Timo befreit und mit dem Bolzenschneider den Keller geknackt hat«, erklärt Anna, während sie die Kissen in die Schubkarre legt.

»Den Keller?«, hakt Kim nach. »Davon weiß ich ja noch gar nichts.«

»Erzähl ich dir, sobald wir am Meer sind«, lockt Anna. »Wenn du mit Details deiner Stalkingaktion rausrückst.«

»Abgemacht!«

»Gut, dann mach's dir in deiner Kutsche bequem.«

Ohne weiter zu zögern, klettert Kim in das Transportmittel. »Das ist so was von schräg«, sagt sie.

»Am besten streckst du das Bein mit dem verletzten Fuß aus«, schlage ich vor. Und schieb genügend Kissen darunter.« Jetzt wird mir plötzlich doch ein wenig mulmig zumute. »Nicht, dass du dich irgendwie stößt.« Ich greife nach den Krücken. »Und die sollten wir auch mitnehmen. Die Schubkarre können wir bestimmt nicht durch den Sand schieben.«

Anna wartet, bis Kim sich richtig positioniert hat, bevor sie ihr die Flasche, die Keksdose, drei Becher und noch eine Decke in die Hand drückt. »Los geht's!«

Ich muss lachen und stelle das Windlicht vom Tisch auf Kims Beine. »Gut festhalten!« So viel Spaß hatte ich schon lange nicht mehr – und das, obwohl meine Beziehung sich gerade völlig unerwartet in Luft aufgelöst hat.

Ich schnappe mir die Griffe der Schubkarre und fahre Kim, etwas wackelig, über den Rasen. Anna flitzt an mir vorbei, um das Tor zu öffnen, und macht einen Knicks, während ich Kim durch das Gartentor manövriere.

»Bitte sehr, die Damen«, sagt sie, grinst und schließt das Tor hinter uns zu.

Wir laufen den schmalen Weg zwischen den Gärten entlang, bis wir wieder gegenüber der Surfschule auf der Deichstraße stehen. »Und nun? Wo müssen wir lang?«, frage ich meine Freundin.

»Vor uns liegt nur das Wattenmeer, wenn wir zum richtigen Strand wollen, müssen wir noch eine Weile die Deichstraße langlaufen«, erklärt Kim.

Zum Glück kommen uns nur wenige Autos entgegen. Kim hat das Windlicht angezündet, damit man uns schon von Weitem sieht. So kommen wir sicher an der Kreuzung vor dem Hafen an. Mit einem Rums lasse ich die Schubkarre auf den Boden sinken.

»He!«, ruft Kim. »Ich bin nicht Nils, du kannst ruhig ein bisschen sanfter sein.«

»Sorry!«, schnaufe ich. »Ich kann nicht mehr, meine Arme fallen gleich ab.« Ich tippe auf die Griffe der Schubkarre. »Du bist dran, Anna.«

»Ist auch nicht mehr so weit, wir sind gleich da«, erklärt Kim.

»Na dann, Endspurt«, ruft Anna und sprintet mit Kim über die Kreuzung. Ich bleibe noch einen Moment stehen und schaue auf den Hafen. Heute Mittag herrschte hier noch das reinste Chaos, jetzt, in der Dunkelheit, sieht er schon fast ein bisschen gespenstisch aus.

»Komm schon, Lou!«, rufen meine Freundinnen, und Kim winkt mit dem Windlicht.

Prompt fällt mir eine Postkarte mit einem schönen Spruch ein, die Kim mir erst letztens geschickt hat. *Eine beste Freundin ist wie eine Laterne am Weg. Sie macht ihn zwar nicht kürzer, aber heller.*

Ich darf mich glücklich schätzen, gleich zwei richtig gute Freundinnen an meiner Seite zu haben, denke ich und laufe ihnen nach. »Wartet auf mich!«

Gemeinsam schieben wir Kim einen kleinen Weg den Deich hinunter. Unten angekommen, bleiben wir stehen.

»Das ist so was von schön!« Ich atme tief durch. Vor uns liegt der breite Strand, und dahinter rollt das Meer in der Dunkelheit in sanften Wellen auf das Ufer zu. Der Himmel ist voller winziger Sterne. Glücklich und gleichzeitig traurig greife ich nach Annas Hand und blinzele eine Träne weg, die sich in mein Auge geschlichen hat. Anna scheint es ähnlich zu gehen. Sie ist ungewöhnlich still und drückt einfach nur ganz fest meine Hand.

»Das ist einer der Gründe dafür, dass ich gerne hierbleiben möchte«, sagt Kim da. »Ich bin süchtig nach Wellen, Strand und Meer.«

»Kann ich verstehen. Schaffst du das über den Sand mit den Krücken, Kim?«, frage ich.

Unsere Freundin nickt. Ich lasse Annas Hand los, und gemeinsam helfen wir unserer Freundin, bis sie sicher steht. Anschließend ziehe ich meine Sandalen aus und befördere sie in die Schubkarre. Annas Schuhe landen daneben.

Und schon gehen wir los. Ich schiebe die Karre, Anna

bleibt dicht bei Kim, um sie notfalls stützen zu können. Die ersten paar Meter sinken wir tief mit den Füßen in den Sand ein, aber schon bald wird er fester.

»Lasst uns die Decke hier hinlegen«, schlägt Kim vor, »gleich wird der Sand feucht.«

Ich stelle die Schubkarre ab, hole die Decke heraus und breite sie aus. Kim schmeißt die Kissen darauf. Kurz darauf finden auch die Cookies, die Flasche Prosecco, die Becher und wir drei Freundinnen Platz auf unserem Strandlager.

Anna streckt sich lang aus, die Arme hinter dem Kopf verschränkt. Ich mache es mir im Schneidersitz bequem. Kim sitzt neben mir, die Beine lang ausgestreckt.

»Ich könnte stundenlang hier liegen und dem Rauschen des Meeres zuhören«, sagt Anna.

»Geht mir auch immer so.« Kim seufzt wohlig auf, häuft einen kleinen Sandhügel auf und stellt das Windlicht hinein. »Romantik pur!«

»Ja«, seufzt Anna.

Ich öffne den Prosecco und schütte die Pappbecher voll. »Worauf stoßen wir an?«

Anna richtet sich auf. »Auf eine wunderschöne Zeit hier auf der Insel!«

»Und auf das Meer!«, fügt Kim hinzu.

Wir trinken die Becher leer und hängen dabei unseren Gedanken nach. In meine mischt sich Nils. Wie es ihm jetzt wohl geht? Mein Handy habe ich taktisch klug im Gartenhäuschen gelassen, damit ich erst gar nicht in Versuchung gerate, ihm zu schreiben oder darauf zu warten, dass er sich bei mir meldet.

Auf einmal kann ich die Stille, die nur durch das Rauschen des Meeres unterbrochen wird, nicht mehr aushalten. »Ich geh die Farbe abwaschen«, sage ich und stehe auf.

»Aber nicht zu tief ins Wasser gehen«, rät Kim. »Du hast getrunken, und außerdem sind die Strömungen manchmal unberechenbar.«

»Ich gehe mit«, bietet Anna sich sofort an.

Kurz darauf stehen wir mit den Füßen im Meer. Das Wasser schwappt an unseren Knöcheln hoch.

»Eigentlich hatten Nils und ich vor, irgendwo Urlaub im Süden zu machen. Aber dann hatte er die Idee mit der Wohnungsrenovierung«, erzähle ich. »Verrückt, wie sich alles von einem Moment auf den anderen verändern kann.«

Nebeneinander gehen wir etwas weiter, bis das Wasser knapp bis zu meinen Knien reicht. Ich bücke mich und reibe über meine Unterschenkel. Die Farbe beeindruckt das überhaupt nicht – sie ist anscheinend nicht wasserlöslich.

Da sagt Anna: »Was hältst du davon, wenn wir zusammenziehen?«

Genau in dem Moment rollt eine Welle auf uns zu und klatscht an uns hoch. Wir quietschen beide laut auf. Dann lachen wir.

»Das mit dem Zusammenziehen ist eine gute Idee«, sage ich, als wir zurück zu Kim gehen. »Allerdings gehe ich davon aus, dass Nils in der Wohnung wird bleiben wollen. Von dort aus hat er es nicht weit bis zur Wache. Außerdem haben wir den Mietvertrag damals nur bekommen, weil der Vermieter ein Freund seines Vaters ist.«

»Dann sind wir beide vielleicht bald obdachlos«, scherzt Anna. Aber den Gedanken finde ich gar nicht lustig.

Ich bin froh, dass meine Freundinnen heute sehr redselig sind. Zurück auf der Decke, lausche ich erst Kims Bericht über ihre Nacht mit dem Mann, den sie »Inselgraupe« nennt. Und anschließend höre ich mir Annas Version über Max, Eva und Timo an. Dabei werde ich so müde, dass ich gleich ein paarmal hintereinander gähnen muss. Und traurig bin ich auch.

»Lasst uns zurückgehen«, schlägt Anna vor.

Und das machen wir.

»Nicht erschrecken, ich bin hier«, ertönt es laut, als wir das Tor aufdrücken.

»Fiete«, sagt Kim.

Er sitzt am Tisch und fängt laut an zu lachen, als er sieht, dass wir Kim in der Schubkarre transportieren.

»Da du nicht auf meine Nachrichten reagierst, Kim, wollte ich schnell mal nachschauen, ob bei euch auch alles okay ist«, sagt er, als wir bei ihm ankommen. »Sieht aber ganz danach aus, dass es euch gut geht.«

»Yep, alles paletti!« Kim drückt sich aus der Schubkarre hoch. Fiete springt auf, um ihr zu helfen, und tritt dabei auf das Brett, das ich vorhin bemalt habe.

»Ich hoffe, du hast das Ding nicht mehr gebraucht«, sage ich schnell.

»Alles gut. Ich bin froh, dass ihr den Namen eurer

Pension nicht direkt auf die Tür geschrieben habt.« Er grinst. »Süße Idee übrigens. Vielleicht solltet ihr mal bei meiner Oma vorsprechen. Sie will ab dem nächsten Jahr die Pension verpachten.«

»Wie? Davon wusste ich ja noch gar nichts!«, ruft Kim. »Und was wird dann aus mir?« Sie schiebt Fietes Arm von sich und setzt sich auf einen der Stühle.

»Hat Oma letztens erst entschieden. Es gibt ein paar ernsthafte Interessenten«, erklärt Fiete. »Sie überlegt immer mal wieder, die Pension abzugeben, bringt es dann aber doch nicht übers Herz. Und wenn, dann wird sie ganz sicher dafür sorgen, dass du mit deinem Salon bleiben darfst.«

»Das sagst du so …« Kim zieht eine Schnute, dann zuckt sie mit den Schultern. »Ach, ist ja auch egal, ich bin eh bald pleite und kann den Laden dichtmachen.« Sie seufzt. »Nur doof, dass ich mich bis über beide Ohren in die Insel verliebt habe.«

»Notfalls arbeitest du in einem der Hotels mit Wellnessbereich, die suchen doch immer gute Leute«, sagt Fiete.

Kims Augenbrauen schnellen in die Höhe. »Du denkst also auch, ich schaffe es nicht? Oder steht der Verkauf doch schon fest?«

»Quatsch! Meine Oma hat sich noch nicht entschieden.« Er deutet auf den Fuß. »Ich bin einfach nur realistisch. Wenn das eine längere Angelegenheit werden sollte, brauchst du einen Plan B.«

»Warum übernimmst du die Pension nicht, Fiete?«, frage ich. »Oder deine Eltern?«

»Meine Eltern wohnen nicht hier. Und für mich ist das nichts. Außerdem habe ich einen Job«, erklärt Fiete. »Webseiten programmieren macht mir Spaß, und ich verdiene ganz gut damit.«

»Ich dachte, du bist Taxifahrer«, wirft Anna ein.

»Nur manchmal, ab und an helfe ich aus. Vor allem in der Hauptsaison. Da fahre ich eigentlich mehr, als dass ich programmiere.«

»Ach so«, sagt Anna. »Programmierst du hier auf der Insel?«

Fiete nickt. »Hauptsächlich für Hotels, Pensionen …«

Ich schaue zu Kim, die angestrengt auf ihrer Unterlippe herumkaut. Erst bricht sie sich den Fuß, und jetzt befürchtet sie wahrscheinlich gerade, dass sie den Salon im nächsten Jahr nicht mehr weiterführen kann, weil ihr schlicht die Räumlichkeiten fehlen. Ich will ihr gerade Mut zusprechen, dass es schon gut gehen wird, da kommt sie mir zuvor: »Wenn deine Oma wirklich einen neuen Pächter sucht, bewerben wir uns dafür!«

Augenblicklich ist es still. Wir schauen alle zu Kim. Die zeigt auf mein bemaltes Holzbrett. »Das Schild haben wir schon, *Pension Herzschmerz.* Bei uns wird es nicht nur Zimmer, sondern auch Erste Hilfe bei Liebeskummer geben. Was haltet ihr davon?«

»Die Idee ist so was von genial!«, ruft Anna. »Ich bin sofort dabei, wenn du das ernst meinst!«

»Gut, dann kümmerst du dich um das leibliche Wohl unserer Gäste. Unten ist genug Platz für ein Café oder Bistro. Ich habe mich sowieso immer gefragt, warum es in der Pension noch keine Gastronomie gibt. Ich verwöhne unsere Gäste mit Massagen und ein wenig Wellness für die Seele.« Kim sieht zu mir: »Du bist Touristikfachfrau. Du könntest dich um die Vermietung, Marketing und so weiter kümmern.«

Mir fehlen die Worte. Ich schaue erst zu Kim, danach zu Anna.

Anna strahlt über das ganze Gesicht. »Das ist *die* Chance, Lou! Komm, trau dich! Wie oft haben wir in der Vergangenheit zusammengesessen und von einer eigenen kleinen Pension geträumt. Und außerdem hast du letztens selbst erst gesagt, es sei keine schlechte Idee, sich als Liebeskummerberaterin selbstständig zu machen.«

»Was? Das habe ich doch nur gesagt, um dich aufzumuntern.«

Anna nickt. »Ich weiß. Es hat übrigens gewirkt.«

Kim zeigt wieder auf das Schild, das ich gemalt habe. »Du bist doch immer die, die behauptet, dass alles einen Sinn hat, Lou. Da hast du ihn!«

8

»Das meint ihr nicht ernst!« Ich ziehe die Strickjacke etwas fester um meinen Körper. Mittlerweile ist es schon nach eins. Fiete hat sich gerade verabschiedet. Mir ist kalt, und ich bin müde – während Anna und Kim immer noch ganz besessen von der Idee sind, eine Pension auf Norderney zu eröffnen. »Wir haben doch gar nicht die finanziellen Mittel.«

»Aber man darf ja wohl träumen, und außerdem können wir, wenn wir ganz fest daran glauben, alles schaffen, was wir möchten«, sagt Kim und schaut mich an.

Diesen Blick kenne ich, genauso hat meine Freundin mich angesehen, als sie den Entschluss gefasst hat, nach Norderney zu gehen. Wenn Kim sich etwas in den Kopf setzt, zieht sie es meistens auch durch. Wäre kein Alkohol im Spiel, müsste ich mir jetzt womöglich Sorgen machen.

»Nehmt es mir nicht übel, meine Lieben«, sage ich. »Ich finde die Idee toll, und ich hab euch echt lieb. Aber wir sollten erst mal alle nüchtern werden und uns morgen noch mal darüber unterhalten. Ich bin nämlich echt betrunken und außerdem hundemüde.«

»Ach, komm schon, Lou, sei kein Spielverderber«, lallt Anna. »Wir drei mit unserer eigenen Pension, das wäre der absolute Oberhammer.«

»Lou hat recht, lasst uns morgen noch mal reden«,

kommt Kim mir zur Hilfe. Sie drückt sich aus ihrem Stuhl hoch und grinst breit. »Ich habe voll einen sitzen. Ich muss ins Bett.«

Ich springe auf und halte Kim die Krücken hin. Zwar habe ich auch einiges getrunken, aber bei Weitem nicht so viel wie meine Freundinnen.

Und auch Anna steht auf. Sie atmet tief durch, bevor sie sagt: »Wisst ihr, was echt gut ist? Ich habe kaum an Timo gedacht, seitdem wir hier sind. Ihr beiden seid das beste Mittel gegen Liebeskummer.«

»Genau«, pflichtet Kim ihr bei und humpelt los – in Richtung des Toilettenhäuschens. »Kommt ihr? Pipirunde vor dem Schlafengehen!«

»Verrückt, oder?«, sagt Anna, als wir nebeneinander vor dem kleinen Häuschen stehen und auf Kim warten, die zuerst darin verschwunden ist. »Wie das Leben manchmal so spielt, meine ich. Wenn Timo mich nicht mit Eva betrogen hätte, wären wir jetzt nicht hier und würden nicht darüber nachdenken, eine Pension zu eröffnen.« Sie sieht mich an und lächelt. »Ja, ich weiß, dass es absolut unrealistisch ist. Aber ehrlich gesagt habe ich mich schon seit Ewigkeiten nicht mehr so … so lebendig gefühlt. Ich vermute mal, dass Timo wirklich nicht der Richtige für mich war, sonst würde es mir jetzt nicht so gut gehen. Pass mal auf, am Ende sind wir Max alias Eva auch noch dankbar.«

»Na ja …«, beginne ich meine Erwiderung, aber Anna unterbricht mich.

»Kerle«, lässt sie vom Stapel. »Meiner ist untreu, deiner total eifersüchtig auf die besten Freundinnen. Das ist mindestens genauso schlimm. Ehrlich, Lou, ich hab eh nie verstanden, dass du dich so von dem hast behandeln lassen. Das kleine Liebchen zu spielen, passt überhaupt nicht zu dir. Du hättest ihm schon viel eher den Laufpass geben sollen. Du warst gar nicht mehr du selbst.«

Zum Glück geht in dem Moment die Toilettenspülung und fast im gleichen Moment die Tür auf. »Die Nächste bitte!«

»Darf ich?«, fragt Anna, »Ich platze gleich!«, und huscht ins Klohäuschen, ohne meine Antwort abzuwarten.

»Du siehst unglücklich aus«, sagt Kim, die nun neben mir steht. »So schlimm?« Sie legt ihren Arm um meine Schulter. »Alles wird gut, du wirst sehen.«

»Ja, ich weiß …«, erwidere ich lahm.

Annas nicht gerade einfühlsame Worte haben mich getroffen. Aber jetzt ist nicht der richtige Moment, um darüber zu reden. Außerdem muss ich es mit ihr persönlich klären.

Da ertönt plötzlich ein schriller Schrei aus dem Häuschen, kurz darauf ein derbes Fluchen.

»Anna hat die Spinne entdeckt«, stellt Kim nüchtern fest, oben links in der Ecke. »Ich habe extra nichts gesagt, sonst wäre sie nicht reingegangen, bevor wir sie für sie eingefangen hätten.«

Ein breites Grinsen macht sich in meinem Gesicht breit. Und ich kann mir ein schadenfrohes »Geschieht ihr recht« nicht verkneifen.

Gut eine Viertelstunde später haben wir den haarigen Achtbeiner erfolgreich verscheucht. Wir putzen uns nebeneinander vor der kleinen Küchenzeile im Gartenhaus die Zähne und lassen uns kurz darauf in das Meer aus bunten Kissen fallen.

»Ich will gar nicht wissen, wie viel Kleinzeugs heute Nacht über uns drüber marschiert«, sagt Anna. »Ich habe mal gelesen, dass man im Jahr etwa acht Spinnen im Schlaf verschluckt.«

»Echt? Ist ja ekelig.« Kim zieht ihre Decke bis zur Nase.

Ich kämpfe einen Moment mit mir, da ich immer noch ein bisschen angesäuert wegen Annas Spruch bin, obwohl ich weiß, dass sie eigentlich recht hat. Das mit dem Liebchen hätte sie sich allerdings sparen können. Aber schließlich kläre ich die beiden dann doch auf.

»Das mit den Spinnen ist ein Mythos. Spinnen sitzen nachts auf ihren Netzen. Und wenn sie rumkrabbeln, dann nicht auf uns Menschen. Und schon gar nicht in unsere Münder. Wir atmen Luft aus, das schreckt sie ab.«

»Sicher?«, hakt Anna nach.

»Klingt logisch«, antwortet Kim.

»Hat mein Opa mir so erklärt.« Ich rolle mich zur Seite. »Und der musste es ja wissen.«

»Ah, okay«, murmelt Anna neben mir. »Dann ist es ja gut.«

Mein Opa war Lehrer. Er hat Biologie und Mathe unterrichtet. Leider ist er letztes Jahr gestorben. Er mochte Nils, denke ich, verschränke die Arme hinter meinem Kopf und starre an die Decke.

Es dauert nicht lang, bis Kim leise vor sich hin schnarcht. Auch Anna ist eingeschlafen. Sie liegt eingerollt wie eine Schnecke auf der Seite. Ich schließe die Augen und wiederhole in Gedanken, was Kim vorhin zu mir gesagt hat. »Alles wird gut, alles wird gut, alles wird gut …«

Als ich aufwache, ist es noch stockduster draußen. Ich wühle zwischen den Kissen, bis ich mein Handy finde, und schaue auf die Uhr. Halb drei, mitten in der Nacht, keine Nachricht von Nils, und ich muss aufs Klo. Na super. Ich überlege kurz, Anna zu wecken, schließlich haben wir ein »Pipi-Abkommen« für die Nacht geschlossen, entscheide mich jedoch dagegen und raffe mich auf. Angst vor Spinnen hatte ich zum Glück noch nie. Und auch mit Dunkelheit habe ich keine Probleme.

Auf wackeligen Beinen schleiche ich aus dem Gartenhaus und steuere auf das grüne Klohäuschen zu. Oben in der Ecke sitzt wieder eine Spinne. Sie ist nicht sehr groß, aber Anna hätte jetzt wahrscheinlich wieder laut losgeflucht.

Kurz darauf stehe ich wieder im Garten. Die Wiese fühlt sich feucht an unter meinen nackten Füßen. Ich strecke mich, lege dabei den Kopf in den Nacken und schaue in den Himmel. Kim hat schon oft vom Norderneyer Sternenhimmel geschwärmt, den man mit Glück in einer klaren Sommernacht bewundern kann. Sie hatte recht, so eine wunderschöne Sternendecke habe ich noch nie gesehen. Über mir glitzert und funkelt es. Ganz gefesselt von dem wahnsinnig schönen Himmel, schnappe ich mir die pinke Decke und ein Kissen aus der Schubkarre und mache es mir in der Hängematte zwischen den

Apfelbäumen bequem. Mein Blick geht nach oben. Dabei denke ich an meinen Opa und daran, wie er Nils geholfen hat, die neue Schrankwand im Wohnzimmer aufzubauen. Die beiden haben sich wirklich gut verstanden.

Als Kind bin ich mit meinen Großeltern jedes Jahr in den Sommerferien nach Greetsiel an die Nordsee gefahren. Wenn es dunkel wurde und ich eigentlich schon schlafen sollte, hat Opa mich heimlich aufstehen lassen und ist mit mir auf die Terrasse geschlichen, um auf Sternschnuppen zu warten. Meistens saßen wir einfach nur still da, bis wir die erste Sternschnuppe entdeckt hatten – oder bis Oma uns erwischt hat.

Ich kuschele mich fest in die Decke und denke an die schöne Zeit, die wir gemeinsam miteinander verbringen durften. Opa hatte immer einen guten Ratschlag für mich. Vermutlich würde er jetzt sagen: »Louise, wenn du schon in den Seilen hängst, dann schaukle wenigstens ordentlich.« Danach hätte er mir einen Kuss auf die Wange gedrückt und mir gesagt, dass ich weiß, dass ich wirklich richtigliege, wenn mein Herz und mein Verstand sich miteinander verbünden. Aber momentan tut mein Herz einfach nur weh, während mein Kopf mir sagt, dass ich die richtige Entscheidung getroffen habe.

9

»Guten Morgen, Sonnenschein«, höre ich Anna flüstern.

Ich blinzle in ihr strahlendes Gesicht und strample mich unter der Wolldecke hervor.

»Guten Morgen«, murmele ich.

»Geht's dir gut? Ich habe mich richtig erschrocken, als ich aufgewacht bin und du nicht mehr im Bett gelegen hast.«

»Ja, alles gut. Ich bin letzte Nacht aufgewacht, weil ich aufs Klo musste, und bin dann in der Hängematte eingeschlafen.«

»Hauptsache, es ist alles okay. Du, Lou, tut mir leid, was ich gestern gesagt habe. Also die Sache mit dem Liebchen. Ich habe das nicht so gemeint. Der Alkohol hat mich wohl ein bisschen verwirrt.«

»Alles gut, du hattest ja recht«, unterbreche ich meine Freundin, die mich allerdings komplett überhört und einfach weiterredet.

»Nils' Eifersucht war allerdings schon nervig …«

»Du hast recht, Anna!«, wiederhole ich. »Nils hat viele tolle Seiten. Und ehrlich gesagt war es genau seine besitzergreifende Art, die ich anfangs so mochte. Er hat mir das Gefühl gegeben, das Wichtigste für ihn zu sein. Und wenn du sonst niemanden hast, außer deinen Großeltern, ist das ein verdammt beruhigendes Gefühl. Kim und du, ihr habt Eltern und Geschwister. Ich habe nur noch meine Oma. Und wenn die mal nicht mehr ist, bin ich ganz allein. Deswegen bin ich, was Nils angeht, Kompromisse eingegangen. Aber dass er mich so krass vor die Wahl stellt, geht gar nicht. Damit ist er zu weit gegangen. Selbst wenn er das jetzt noch zurücknehmen würde, könnte ich es nicht vergessen. Außerdem habe ich keine Lust, den Rest meines Lebens Angst zu haben, dass mein Kerl mich verlässt, weil ich mich mit einer Freundin treffe. Damit hat er mir genau die Sicherheit genommen, die ich so sehr geliebt oder – besser gesagt – gebraucht habe.« Ich hole tief Luft. »Aber das ist jetzt vorbei. Ich habe es nur noch nicht ganz verdaut. Es kommt so plötzlich …«

»Rück mal ein bisschen, in dem Ding ist Platz für zwei.« Meine Freundin legt sich zu mir in die Hängematte. Obwohl sie aufpasst, fliegen wir dabei fast auf den Boden.

»He!« Ich muss lachen – fange aber schon im nächsten Moment an zu weinen.

Anna greift nach meiner Hand und wartet, bis ich mich wieder etwas beruhigt habe. »Kim und ich, wir sind auch Teil deiner Familie. Du bist nicht allein.«

»Danke.« Ich schniefe noch ein paarmal.

»Weißt du was?«, sagt Anna da und klingt plötzlich total gut gelaunt. »Jetzt, wo du auch Liebeskummer hast, kommt mir meiner auf einmal gar nicht mehr so schlimm vor. Und weißt du, was ich richtig schön finde? Dass du dich für uns entschieden hast!«

»Ihr seid ja auch toll!« Ich schniefe ein letztes Mal und wische mir die Tränen aus dem Gesicht. »Hast du wirklich vor, hier auf Norderney zu bleiben?«

»Ganz ehrlich? Ich weiß es nicht. Vorstellen könnte ich es mir schon. Davon mal ganz abgesehen, muss ich mir wirklich Gedanken machen, was ich mit meinem Leben anfangen will. Ich bin Single, quasi obdachlos und arbeite als Aushilfs-Barista in einem Coffeeshop. Noch perspektivloser kann man schon fast nicht sein.«

»Hast du denn schon eine Idee, was du machen möchtest?«

»Vielleicht wäre es ja wirklich nicht so schlecht, erst mal ein paar Monate auf der Insel zu bleiben. Ich meine, hier verdiene ich bestimmt mehr, und ich könnte mich endlich mal um mich kümmern. Ganz weit weg von Timo und Eva.«

»Ja, das hört sich wirklich gut an«, sage ich, während es mich vor dem Gedanken, ganz allein zurück ins Ruhrgebiet zu fahren, graust.

»Und du? Kannst du dir nicht auch vorstellen zu bleiben? Zumindest ein bisschen?«, fragt Anna.

»Na ja, eigentlich schon. Ich muss aber definitiv irgendwann zurück. Ich habe meinen Job und eine gemeinsame Wohnung mit Nils. Das muss geklärt werden. Für mich wird es zu Hause erst mal unangenehm, doch da muss ich jetzt wohl oder übel durch. Aber weißt du was? Bei dem ganzen Männerchaos haben wir ganz vergessen, warum wir eigentlich hier sind. Was machen wir mit Kim und ihrem Fuß?«

»Wir bleiben hier und schieben sie mit der Schubkarre zu ihren Kunden«, witzelt Anna.

»Gar keine so schlechte Idee«, sage ich. »Wenn Kim mir die Fußnägel lackiert, setzt sie sich immer im Schneidersitz vor mir auf den Boden. Das würde auch funktionieren, wenn sie das verletzte Bein ausstreckt. Eine Woche kann ich auf jeden Fall bleiben. Vielleicht auch ein bisschen länger.«

»Schubkarrenfahrdienst?« Anna grinst mich an. »Klingt nach einem guten Plan. Aber jetzt habe ich Hunger. Kim hat Brötchen in den Ofen geschoben. Während wir frühstücken, sprechen wir mit ihr.«

»Guten Morgen, die Damen, bitte setzen Sie sich. Ihr Frühstück wurde soeben angerichtet.« Kim strahlt uns an und lässt sich in einen der Gartenstühle fallen.

»Das sieht aber gut aus«, sage ich und muss grinsen. In der Mitte des Tisches steht ein Korb mit etwas zu dunkel geratenen Aufbackbrötchen. Daneben hat unsere Freundin ein großes Glas Schokocreme gestellt.

»Super, genau wie früher«, sagt Anna und greift zu. Auch ich schnappe mir eins der Brötchen, schneide es auf und bestreiche es mit der zuckersüßen Schokocreme.

»Lecker!«, schnaubt Anna. »Bei Timo und mir war sie tabu. Hundert Gramm haben über fünfhundert Kalorien. Er hat immer penibel auf sein Gewicht geachtet. Und von mir hat er das dann natürlich auch erwartet.«

»Ja, so ist das mit den Kompromissen«, rutscht es mir heraus.

Kim muss grinsen. »In Anbetracht der Tatsache, dass ich die nächsten Wochen nicht Rad fahren darf, werde ich wahrscheinlich sowieso zehn Kilo zunehmen. Da kommt es auf eins mehr auch nicht mehr an.«

»Was macht eigentlich dein Fuß?«, frage ich und schaue unter den Tisch.

»Es geht, zwischendurch tut es weh, außerdem juckt es fürchterlich unter dem Schuh.«

»Das ist gut!«, sagt Anna und wischt sich mit dem Handrücken ein wenig Schokocreme aus dem Mundwinkel. »Wenn es juckt, dann heilt es.«

»Hoffentlich!«

»Wie sieht es jetzt eigentlich mit deinen Terminen aus?«, frage ich. »Könntest du die Kunden trotz des Entlastungsschuhs behandeln?«

»Ja, das würde gehen. Ich kann meinen Fuß ja hochlagern, für die Fußpflege brauche ich eigentlich nur meine Hände. Das große Problem ist nur, dass ich nicht Fahrrad fahren kann. Und die meisten Fußpflegefälle bediene ich außer Haus. Es fährt zwar ein Bus, aber ich muss meinen Fußpflegekoffer immer mitschleppen. So wird das bestimmt nichts. Meine Wellnessmassagen in der Pension kann ich allerdings vergessen. Dafür müsste ich stehen.«

»Und wenn wir eine Lösung für deine Termine auf der Insel finden würden? Können wir uns vielleicht ein Auto leihen?«, frage ich. »Wir sind ja jetzt beide hier und könnten dir helfen.«

»Nein, ich wüsste nicht, von wem, außerdem darf man mit dem Auto auch nicht so ohne Weiteres über die Insel düsen. Du brauchst in der Hauptsaison eine Sondergenehmigung für einzelne Fahrten.«

»Dann bleibt uns also doch nur die Schubkarre«, feixt Anna.

Kim lächelt und tunkt einen Löffel in das Glas Schokocreme. »Das schafft ihr nicht! Die Termine sind kreuz und quer über die Insel verteilt. Und ich wiege bestimmt bald hundert Kilo.«

»Und wenn wir das Ding an ein Rad hängen?«, schlage ich vor.

»Hm …«, macht Kim und legt den Kopf schief. »Das mit der Schubkarre könnt ihr vergessen. Aber ein Lastenfahrrad, das könnte gehen«, sagt sie schließlich. »Und ihr würdet mich fahren? Das wäre echt super. Dann hätte ich wenigstens einen Teil der Einnahmen.«

»Klar«, sagen Anna und ich gleichzeitig.

»Nur, wo bekommen wir so ein Ding her?«, fragt Anna.

»Wir könnten gleich mal zum Fahrradverleih rübergehen, wir brauchen doch eh noch eins für euch«, sagt Kim. »Eine von euch kann meins nehmen. Fiete hat es schon in den Garten gebracht. Lou, du kennst die Insel ja schon, aber Anna hat noch gar nichts von hier gesehen. Ihr wollt doch bestimmt mal rumfahren.«

»Gute Idee«, pflichte ich meiner Freundin bei. »Gehen wir rüber zum Radverleih! Aber erst einmal teste ich die Freiluftdusche im Garten.«

Zwanzig Minuten später sitze ich frisch geduscht vor der Hütte und warte auf meine Freundinnen, als Fiete plötzlich durch das Gartentor hereinkommt.

»He, Lou«, ruft er mir zu und winkt.

»He!«, antworte ich und lächle Fiete an.

»Na, geht's euch gut? Ich habe ehrlich gesagt nicht damit gerechnet, dass ihr schon wach seid.«

»Wir wollen zum Fahrradverleih und nach einem Lastenrad fragen, um Kim zu ihren Terminen zu bringen«, erkläre ich.

»Ein Lastenrad?« Fiete fängt an zu lachen.

»Ja, wir setzen Kim auf die Ladefläche und bringen sie zu ihren Terminen.«

Fiete lacht immer noch, als meine Freundinnen aus der Hütte kommen.

»He, Fiete, was ist denn hier so lustig?«, fragt Kim.

Fiete wischt sich eine Träne aus dem Gesicht. »Lou hat mir eben von eurem Plan mit dem Lastenrad erzählt. Versteht mich nicht falsch, ich finde es super, dass ihr helfen wollt. Auf einem Lastenrad kann es allerdings ein bisschen holprig werden. Das ist für Kims Fuß bestimmt nicht die optimale Lösung. Aber ich habe da vielleicht eine bessere Idee. Wartet mal kurz, ich muss eben telefonieren«, sagt Fiete und verschwindet vor das Gartentor.

Kim schüttelt den Kopf. »Typisch Fiete. Macht ein Geheimnis draus. Warum sagt er uns nicht einfach, was er vorhat? Männer!«

»Ich finde ihn sehr süß«, sagt Anna. »Ich mag die Grübchen in seinem Gesicht, wenn er lächelt.«

»›Süß‹ ist die kleine Schwester von ›nett‹«, erklärt Kim.

»Das stimmt so nicht«, kläre ich sie auf. »Eigentlich sagt man, dass ›nett‹ die kleine Schwester von ›scheiße‹ ist. Und das Sprichwort habe ich eh nie verstanden. Warum darf ein Kerl nicht nett sein?«

»Darf er!«, erklärt Kim. »Ich steh nur nicht auf süß, solange es keine Schokocreme ist, die ich mit einem Löffel essen kann. Und das ist auch gut so. Fiete ist mein bester Freund hier auf der Insel. Und ich werde den Teufel tun, unsere Freundschaft aufs Spiel zu setzen, weil vielleicht irgendwelche Gefühle dazwischenkommen. Und du lass lieber auch die Finger von ihm, Anna. Ich habe nämlich keine Lust darauf, zwischen euch zu stehen, wenn einer von euch beiden heult.«

Oha! Ich schaue überrascht zu Kim. Dass sie Anna so abwatscht, passt gar nicht zu ihr. Ob sie vielleicht doch mehr auf ihren besten Freund steht, als ihr selbst klar ist?

Anna sieht das wohl ähnlich. Sie reagiert nicht auf Kims kleinen Gefühlsausbruch, grinst aber.

Da kommt Fiete mit einem Strahlen im Gesicht auf uns zu. »Vielleicht habe ich die Lösung für euer Problem.«

»Und die wäre?«, fragt Kim skeptisch.

»Lasst euch überraschen, wir müssten nur kurz zur Taxizentrale, um uns dort mit Onno, dem Inhaber, zu treffen. Es wäre aber gut, wenn eine von euch mit Kims Rad fährt und die anderen beiden mit mir. Ich muss nämlich dann von dort aus gleich los. So könnt ihr allein zurückfahren. Lou, du warst doch schon auf Norderney, weißt du, wo die Taxizentrale ist?«, fragt Fiete und schaut mich an.

Grob kann ich mich tatsächlich erinnern. »Werde ich schon finden.«

»Wenn du dich verfährst, ruf einfach kurz an«, schlägt Fiete vor.

»Eigentlich wollte ich mein Handy nicht mitnehmen …«, erkläre ich.

Kim versteht sofort, warum. So komme ich erst gar nicht in Versuchung, mich doch bei Nils zu melden.

Sie lächelt mich an. »Du kannst dich gar nicht verfahren, radle einfach hier vorne die Südstraße runter, bis du zur ersten Kreuzung kommst. Da biegst du nach links auf die Jann-Berghaus-Straße ab, und dann immer geradeaus, bis du auf der rechten Seite den Busbahnhof siehst. Da warten wir auf dich, das sind höchstens eineinhalb Kilometer.«

»Das schaffe ich.« Ich laufe hinter das Haus, wo Kims Fahrrad angelehnt an den Gartenzaun steht, und schiebe es Richtung Tor, wo die drei schon auf mich warten. Wir laufen den kleinen Gang zwischen den Gärten entlang, gehen durch das Eingangstor und stehen auf der Straße.

»Bis gleich«, sagen Anna und Kim wie im Chor und steigen in Fietes Taxi ein.

Ich schwinge mich auf das Fahrrad und mache mich auf den Weg, so wie Kim es mir erklärt hat. Das Wetter ist wieder traumhaft schön, die Sonne strahlt und legt sich angenehm warm auf meine Haut. Es sind wieder jede Menge Urlauber und bestimmt auch einige Insulaner unterwegs, die meisten auf Rädern. Und alle lächeln mich freundlich an oder begrüßen mich mit einem gut gelaunten »He!«.

Die Südstraße ist auf beiden Seiten komplett mit Wohn- und Ferienhäusern bebaut. Auf den Terrassen und in den Vorgärten sitzen die Bewohner und schauen dem bunten Treiben auf der Straße zu. An der ersten Kreuzung angekommen, biege ich auf die Jann-Berghaus-Straße ab. Ich fahre an einigen wunderschönen Häusern, einem kleinen Tante-Emma-Laden und dem Norderneyer Friedhof vorbei, bis ich vor dem Busbahnhof anhalte. Kim, Anna und

Fiete sind schon da und stehen mit einem großen weißhaarigen Mann vor dem Eingang der Taxizentrale. Er ist etwas stämmig und trägt einen Vollbart. Irgendwie sieht er aus wie ein alter Seebär, denke ich. Das wird der Inhaber sein.

»Da bist du ja endlich, wir dachten schon, wir müssen einen Suchtrupp losschicken«, feixt Anna.

»Das musst du gerade sagen, ohne Navi kommst du nirgendwo an«, kontere ich. Ich reiche dem Mann die Hand und stelle mich vor. »Hi, ich bin Louise.«

»He, und ich bin Onno.« Er reibt sich über seinen grauen Bart und lächelt. Die vielen kleinen Lachfältchen, die sich dabei um seine Augen bilden, lassen ihn ungemein sympathisch wirken. »Ihr habt also Interesse an meinem Fehlkauf des Jahres?«, fragt er.

»Die drei wissen noch gar nicht, was ich hier organisiert habe, Onno«, sagt Fiete und grinst.

Onno schaut Fiete an und zieht eine Augenbraue hoch. »Na, dann kommt einfach mal mit.«

Wir folgen ihm, bis er vor einer alten Garage haltmacht. »Da drinnen steht die alte Dame. Geht ruhig rein und schaut sie euch an.«

»Wie cool ist das denn! Das ist eine Rikscha«, platzt es aus Anna heraus, als wir entdecken, was Fiete für uns organisiert hat. Sofort stürmt sie los und klettert auf die Rückbank. Sie ist dunkelgrün, mit einem wunderschönen Sonnendach versehen und mit einem dicken Lederpolster bestückt. An einigen Stellen rostet die Rikscha zwar, für unsere Zwecke wäre sie aber perfekt.

»Wo hast du die denn her, Onno?«, fragt Kim. »Die ist genial!«

Der sympathische Mann fängt an zu lachen. »Vor ein paar Jahren im Sommer wollte ich die Beförderung der Urlauber optimieren, um weniger Autos auf der Insel fahren zu lassen. Meine Idee ging aber gewaltig in die Hose. Meine Fahrer hatten schon nach einem Tag die Nase voll, und den Urlaubern hat alles viel zu lange gedauert. Seit dem Fehlstart steht das schöne Teil hier in der Garage und rostet fleißig vor sich hin.«

»Dürfen wir mal Probe fahren?«, fragt Anna, und als Onno nickt, schiebe ich die Rikscha samt Anna aus der Garage.

»Ich habe gerade die Reifen aufgepumpt, nachdem Fiete mich angerufen hat. Und die Kette habe ich auch geölt«, erklärt Onno. »Fahrtüchtig ist sie.«

Anna springt vom Wagen und hilft Kim hinauf. Währenddessen schwinge ich mich vorn auf das Fahrrad.

»Bereit?«, frage ich.

»Kann losgehen«, ruft Kim mir zu.

Ich fange an, langsam in die Pedale zu treten. Der Widerstand ist viel größer als bei einem normalen Fahrrad, so langsam kommen wir jedoch ins Rollen. Ich schaue kurz nach hinten zu Kim. Sie sitzt unter ihrem Sonnendach wie eine Königin und strahlt bis über beide Ohren.

»Ist alles gut?«, rufe ich ihr zu.

»Perfekt!«, antwortet sie.

Mittlerweile haben wir richtig Fahrt aufgenommen, das Strampeln wird nun immer leichter, und ich gewöhne mich an die Lenkung. Wir drehen noch eine kleine Runde über den Hof und halten neben Fiete, Onno und Anna an, die uns belustigt beobachtet haben.

»Und, was sagt ihr?«, fragt Onno.

»Gemütlich! Ich habe richtig viel Platz«, antwortet Kim.

»Fahren kann man sie auch gut, wenn Anna und ich uns abwechseln, klappt das mit Sicherheit prima«, füge ich hinzu.

»Was willst du denn dafür haben, Onno?«, fragt Kim, während sie vorsichtig von der Rückbank klettert.

»Nichts, ich würde euch das gute Stück einfach so überlassen«, sagt Onno. »Wenn es in der Garage steht, bis es komplett durchgerostet ist, hat niemand was davon.«

»Das ist superlieb von dir, Onno, aber dann komme ich wenigstens mal zur Fußpflege bei dir vorbei«, sagt Kim und strahlt den grauhaarigen Mann an.

»Das hört sich doch nach einem Deal an«, sagt er und lacht. »So, jetzt muss ich aber wirklich weitermachen, die nächste Fähre legt gleich an. Und du musst auch los, Fiete. Ich wünsche euch viel Spaß mit der Rikscha, hoffentlich hilft sie euch weiter. Und gute Besserung, Kim.«

Onno winkt uns zum Abschied kurz zu, dreht sich um und geht zum Gebäude der Taxizentrale.

»Ihr habt es gehört, ich muss auch los, Urlauber zu ihren Unterkünften kutschieren«, erklärt Fiete. »Ich würde sagen, wir sehen uns heute Abend, ihr schuldet mir schließlich noch ein Bier.«

Kim lächelt Fiete an. »Vielen Dank, die Rikscha war echt eine Superidee. Jetzt kann ich den Termin bei Frau Visser heute Nachmittag doch noch wahrnehmen. Du hast was gut bei mir, Fiete!«

»Nicht dafür!« Fiete grinst breit – und dann ist er auch schon verschwunden.

»Wann hast du denn den Termin?«, frage ich meine Freundin.

»Um halb zwei«, antwortet Kim und zieht ihr Handy aus der Tasche. »Es ist schon Viertel nach zwölf. Und ihr würdet mich echt bringen?«

Anna zeigt auf die Rikscha. »Klar, wir sind doch jetzt mobil.«

»Super, das ist echt lieb von euch. Dann rufe ich Beeke gleich an und sage ihr, dass ich trotzdem komme. Ich hatte nämlich schon abgesagt, und sie war sehr traurig deswegen. Meinen Fußpflegekoffer habe ich schon im Garten. Ich dachte mir, ihr freut euch über eine kleine Exklusivbehandlung.«

»Unbedingt«, sage ich und helfe Kim dabei, ihren Klumpfuß in die Rikscha zu hieven. »Willst du diesmal fahren, Anna? Es ist ganz einfach.«

Anna spannt ihren Bizeps an. »Kein Problem, ich bin bereit.«

Ich setze mich auf Kims Rad, fahre den beiden nach und beobachte das Spektakel vorerst eine Weile von hinten. Kim sitzt wieder wie eine Königin auf ihrem Thron. Anna müht sich vorn sichtlich ab. Als die Rikscha endlich richtig ins Rollen kommt, gebe auch ich ein bisschen Gas und fahre neben meinen Freundinnen her, bis wir am Garten ankommen.

10

Kim steigt aus der Rikscha und sieht uns glücklich an. »Das war echt super, wenn ich euch nicht irgendwann zu schwer werde, könnte ich mich glatt an das Kutschiertwerden gewöhnen.«

»Ja, das glaube ich dir. Sieht aber ein bisschen unbequem aus. Wollen wir dir nicht ein paar Kissen hinten in die Gondel legen?« Ich klopfe auf die Rückbank der Rikscha und schaue zu meinen Freundinnen.

Anna nickt. »Gute Idee, lass uns den Wagen polstern. Du bleibst sitzen und platzierst gleich die Kissen, Kim. Lou und ich sind gleich wieder da.«

Mein Handy liegt auf dem Tisch im Gartenhäuschen. Die letzte Stunde habe ich Nils, so gut es geht, ignoriert. Aber als ich nun sehe, dass die kleine grüne Lampe blinkt und mir den Eingang einer Nachricht anzeigt, wird mir augenblicklich flau im Magen. Hin- und hergerissen kämpfe ich einen Moment mit mir. Will ich wirklich wissen, wer mir da geschrieben hat – und was?

Ja, will ich! Während Anna schon nach den Kissen greift, nehme ich mir mein Handy vor. Es ist tatsächlich Nils, der mir geschrieben hat.

Ich atme einmal tief durch, bevor ich die Nachricht öffne – und kann nicht glauben, was ich im nächsten Moment lese.

Willst du die Wohnung übernehmen? Wenn nicht, würde ich das Kündigungsschreiben schon vorbereiten, denn ich werde hier auf keinen Fall wohnen bleiben. Nils

»Was ist?«, fragt Anna, die mit den Kissen auf dem Arm neben mir steht.

Ich halte ihr kommentarlos mein Smartphone vor die Nase.

»Ups!«, sagt sie und zieht gleich beide Augenbrauen nach oben, dann lächelt sie. »Wenn er das wirklich ernst meint, hat sich das Wohnungsproblem somit in Luft aufgelöst. Dann zieh ich in das Gästezimmer.« Sie geht zur Tür, bleibt aber noch mal kurz stehen. »Es sei denn, wir bleiben doch hier.«

Ich lasse mich auf einen der Stühle sinken. Damit habe ich nicht gerechnet. Anna hat recht. Damit hat sich das Wohnungsproblem in Luft aufgelöst. Aber will ich das? Erst mal wäre es das Vernünftigste, überlege ich. Und dann können wir immer noch weitersehen.

Evtl. nehme ich sie, lass mir aber bitte etwas Zeit, um noch mal genau drüber nachzudenken, antworte ich und merke mit Erstaunen, dass das mulmige Gefühl in meinem Bauch sich in Luft auflöst, jetzt, wo die Trennung ganz konkret wird.

Es dauert nur ein paar Sekunden, bis Nils' Antwort eintrifft.

Okay, nur zu deiner Info: Ich werde dann in die Einliegerwohnung meiner Eltern ziehen. Da sie möbliert ist, würde ich den Großteil der Möbel dir überlassen, fände es aber fair, wenn ich dafür einen finanziellen Ausgleich bekommen würde. Ich habe vorhin schon mal ein bisschen zusammengerechnet. Was hältst du von 3500 Euro? Den Fernseher, die Bose-Anlage und die Kaffeemaschine würde ich allerdings mitnehmen. Sag mir bitte bis Ende der Woche Bescheid.

Mach ich, tippe ich in mein Handy. *Aber sollen wir nicht lieber telefonieren und noch mal über alles sprechen?*

Wozu? Die Worte erscheinen fast im gleichen Augenblick auf meinem Handy. *Wenn du zurückkommst, bin ich weg.*

»Krass«, sage ich laut zu mir selbst und schüttele den Kopf, während ich die Antwort formuliere. *Schade. Aber okay, ich schreibe dir spätestens Ende der Woche, wie ich mich entschieden habe.*

»Ist vielleicht am besten so«, sagt Kim, als wir mit den Kissen und dem Fußpflegekoffer bei ihr auftauchen und ihr von Nils' Nachrichten erzählen. »Das macht die ganze Sache leichter für dich.«

»Sind die dreitausendfünfhundert Euro denn realistisch?«, fragt Anna.

Ich überlege einen Moment. »Ja, ich denke schon. Es ist fair – auch dass er mir die Wohnung anbietet.«

»Sei froh«, sagt Anna. »Auch dass er nicht mehr da ist, wenn du zurückfährst. Oder hättest du weiter mit ihm zusammenwohnen wollen, auch wenn ihr getrennt seid?«

Ich seufze auf. »Ganz ehrlich? Darüber habe ich mir noch gar nicht wirklich Gedanken gemacht. Es kam alles so plötzlich.«

»Wem sagst du das!« Anna lächelt mich an. »Lass es erst mal sacken, und dann entscheidest du. Mein Angebot steht, ich zieh ins Gästezimmer. Aber ich bin dir auch nicht böse, wenn du dich anders entscheidest.«

»Okay!« Ich straffe die Schultern. »Wo müssen wir eigentlich hin, Kim?«

»Zu Beeke Visser, das ist die Inselälteste. Sie wohnt schräg gegenüber vom Leuchtturm, gut zwanzig Minuten von hier.«

»›Inselälteste‹ hört sich aber spannend an, wie alt ist sie denn?«, frage ich.

»Beeke ist schon vierundneunzig. Sie ist echt nett, ihr werdet sie mögen«, sagt Kim, während sie den Wagen mit einigen der bunten Kissen bestückt.

Ich setze mich auf den Sattel der Rikscha und schaue zu Anna rüber. »Ich übernehme den Hin- und du den Rückweg, okay?«

»Ist gebongt!«, antwortet Anna und steigt auf Kims Drahtesel. »Ich fahre hinter euch her.«

Wir starten wieder auf der Deichstraße am Südstrandpolder ein gutes Stück geradeaus, bis wir Anna hinter uns fluchen hören.

»Was riecht denn hier so? Das ist ja schrecklich!«

Kim lacht. »Das ist die Norderneyer Kläranlage«, ruft sie. »Außerdem befindet sich rechts das Wattenmeer. Wenn es so heiß ist wie in den letzten Tagen, heizt sich das Watt auf und riecht ganz schön streng. Sei froh, dass wir keinen Südwind haben. Dann würdest du nämlich vom Fahrrad kippen. Aber warte ab, gleich wird es dafür umso schöner.«

Anna gibt Gas und fährt ganz nah an uns vorbei. »Ich warte vorne auf euch, wenn wir dem Mief entkommen sind«, ruft sie.

»Riecht wirklich nicht lecker«, stelle ich fest.

»Man gewöhnt sich dran«, erklärt Kim. »Es gehört zur Insel. Aber wir haben es gleich geschafft. Dafür ist es hier aber auch wunderschön!«

Kim hat recht. Dieser Teil von Norderney ist so gut wie gar nicht bebaut. Auf unserer linken Seite sieht man weit und breit nur Dünen, auf unserer rechten Seite befindet sich ein kleiner Waldabschnitt. Natur pur, könnte man fast schon sagen. Auch ich gebe ein bisschen mehr Gas, und endlich ist auch der Gestank fast verschwunden. Der kühle Fahrtwind weht durch mein Haar, es schmeckt nach Salz und riecht nach Sommer, auch wenn immer noch eine muffige Note vom Wattenmeer dabei ist. Über uns fliegen zwei Möwen, vermutlich in der Hoffnung, uns etwas Essbares stibitzen zu können. Sie beobachten uns ganz genau. Es ist still, nirgendwo ist eine Menschenseele zu sehen, nur Anna, die ein paar Meter vor uns wartet und winkt. Kurz darauf düsen wir an ihr vorbei, Anna radelt wieder hinter uns her.

»Herrlich«, ruft sie.

Und das ist dieser Moment auch, herrlich! Wir sind auf Norderney, die Sonne scheint, und um uns rum ist Meer. Ich beschließe, die restliche Zeit hier auf der Insel einfach zu genießen, gemeinsam mit meinen Freundinnen.

Ein paar Hundert Meter weiter fahren wir auf einen riesigen Campingplatz zu. Etliche Wohnwagen stehen dicht an dicht geparkt auf einem riesigen Gelände. Kinder spielen auf den abgesteckten Grundstücken, und einer der Bewohner spielt Gitarre. Wir grüßen den musizierenden Mann mit einem freundlichen »He« im Vorbeifahren und fahren Slalom um die spielenden Kinder, bis wir auf die Straße am Golfplatz abbiegen.

»Passt auf, dass ihr keinen Ball gegen den Kopf kriegt«, ruft Kim. »Hier links ist der Norderneyer Golfklub, wir fahren jetzt mitten durch den Golfplatz.«

»Was passiert eigentlich, wenn ich tatsächlich mal ein Loch im Kopf habe?«, fragt Anna, die nun neben uns radelt. »Gibt es hier ein Krankenhaus? Oder warum warst du in Emden, als du uns angerufen hast?«

»Doch, hier gibt es ein Krankenhaus«, erklärt Kim. »Bei einem Loch im Kopf kommt aber vermutlich ein Rettungshubschrauber und bringt dich ans Festland. So wie mich, als die Sache mit dem Fuß passiert ist.« Sie zeigt mit ausgestreckter Hand nach vorn. »Seht mal, da vorn ist schon der Leuchtturm, wir sind fast da.«

Das achteckige Bauwerk strahlt uns mit seinen roten Ziegelsteinen regelrecht an.

»Perfekt, ich kann nämlich fast nicht mehr. So langsam wird es echt hart«, antworte ich, wische mir den Schweiß von der Stirn und bewundere den Turm, an dem wir kurz darauf vorbeifahren.

»Können wir vielleicht mal da hoch, Kim? Von der Aussichtsplattform hat man bestimmt einen tollen Blick über Norderney«, schlägt Anna vor.

»Klar. Mit meinem Fuß wird es aber ein bisschen schwierig. Das Ding ist fast sechzig Meter hoch und hat über zweihundert Stufen. Zwischen vierzehn und sechzehn Uhr kann man den Turm besichtigen«, erklärt Kim. »Es lohnt sich. Wir sind übrigens gleich da.«

Wir halten vor einem großen weißen Haus mit roten Dachziegeln. Der Vorgarten sieht sehr gepflegt aus, viele bunte Blumen lachen uns an. Wir schieben die Räder in die gepflasterte Einfahrt rechts neben dem Eingang des Einfamilienhauses und stellen sie vor der Garage ab.

Kim klettert aus der Rikscha. »So, da wären wir. Könnt ihr meinen Koffer nehmen?«

Ich schnappe mir Kims Koffer, der viel schwerer ist, als ich dachte, und folge meiner Freundin zur Eingangstür. Auf einer kleinen Kreidetafel, die an der Haustür hängt, steht in Schreibschrift *Familie Visser* geschrieben.

Kim bückt sich und hebt die Fußmatte nach oben. »Wenn ich einen Termin mit Beeke habe, legt sie immer den Schlüssel unter die Matte. Dann muss sie nicht aufmachen. Sie sitzt jetzt schon im Fußbad und weicht ihre Füße ein«, erklärt Kim und öffnet die Haustür. »He, Beeke, ich bin es, Kim. Ich habe meine Freundinnen mitgebracht, wie besprochen.«

»Ist gut, kommt rein. Du kennst ja den Weg«, hören wir die alte Dame rufen.

Wir folgen Kim durch einen breiten Flur und gehen ins Wohnzimmer, wo Beeke Visser schon auf uns wartet. Die alte Dame sitzt mit einer bis zu den Knien hochgekrempelten schwarzen Hose, einer pinken Bluse und einer kunterbunten Schürze auf einem Stuhl in ihrem Wohnzimmer. Ihre Füße hält sie in eine kleine Wanne mit viel Wasser und dichtem Schaum. Es riecht nach Eukalyptus, fast wie ein Erkältungsbad. Sie lächelt uns an und winkt uns herein.

»Kommt schnell rein, und setzt euch, Kinder, es gibt Tee.«

»He, Beeke, das sind Lou und Anna, meine Freundinnen vom Festland. Danke, dass ich sie mitbringen durfte. Ohne die beiden hätte ich heute überhaupt nicht kommen können«, sagt Kim und fängt gleich an, ihr Arbeitsmaterial vorzubereiten. Sie stellt ihren Fußpflegekoffer neben ihrem Arbeitsplatz auf den Boden, schließt das Fußpflegegerät an, bewaffnet sich mit Mundschutz und Handschuhen und legt ihre sterilisierten Zangen und Fräsaufsätze in Griffweite auf einem kleinen Tisch aus.

»Ist doch selbstverständlich, ich freue mich immer über Besuch. Das weißt du doch, Kim. Setzt euch ruhig, ich habe euch hier vorne zwei Stühle hingestellt. Tee und Kuchen stehen auf dem Tisch. Greift ruhig zu, ich habe Erdbeerkuchen gebacken«, antwortet Beeke.

Ich nehme mir ein Stück von dem Kuchen, packe auch Anna eins auf den Teller und schenke uns eine Tasse Schwarztee ein, der lecker duftet. »Das ist lieb, danke!«

»Ach was, nicht dafür!« Beeke mustert Kim. »Du machst aber auch Sachen, Mädchen. Geht es dir denn schon besser?«

»Ja, mit dem Entlastungsschuh kann ich wenigstens ein bisschen laufen und brauche ganz selten Krücken. Aber unangenehm ist es trotzdem, und ich bin natürlich beruflich eingeschränkt, was echt doof ist. Aber na ja, jammern will ich auch nicht«, erzählt Kim und fängt an,

Beekes einen Fuß mit der Fräse zu bearbeiten. »Immerhin habe ich wundervolle Freundinnen, die mich zu dir gebracht haben. Du musst dir gleich mal die Rikscha anschauen, mit der sie mich transportiert haben. Sie ist echt toll. Wir haben sie von Onno bekommen.«

»Soso, Onnos Rikscha also.« Beeke lächelt versonnen. »Darin hat mein Enkelsohn seine Braut bis zur Kirche gefahren.«

»Echt? Das wusste ich gar nicht«, sagt Kim. »Klingt romantisch.«

Beeke winkt ab. »Es hat an dem Tag geschüttet wie aus Eimern. Aber immerhin sind die beiden sehr glücklich. Ich werde bald zum zweiten Mal Uroma.«

Kim blickt auf. »Oh, das ist ja schön!«

»Ja, finde ich auch«, sagt Beeke. »Und wo wir schon mal beim Thema sind: Kein Mann ist einen gebrochenen Fuß wert!«

Das hat gesessen. Kim wird tatsächlich rot. Und mir wird klar, dass Anna und ich so mit uns selbst beschäftigt waren, dass uns bis jetzt nicht aufgefallen ist, dass Kim noch gar nicht wirklich mit der Sprache rausgerückt ist, wie es zu dem Fußunglück gekommen ist. Wir wissen nur, dass sie von einer Tonne gesprungen ist.

»Und ein gebrochenes Herz ist auch kein Kerl wert«, sagt Anna da, weil sie wahrscheinlich prompt an Timo denkt.

Doch Beeke sieht das anders. Sie schüttelt den Kopf und lächelt uns an. »Doch, das ist es. Liebeskummer ist vergänglich, die Liebe hingegen unvergesslich.« Sie zwinkert uns zu. »Es kommt natürlich darauf an, an wen man sein Herz verliert. Es sollte schon der Richtige sein. Dann lohnt es sich, auch wenn es manchmal wehtut.« Sie sieht wieder zu Kim. »Aber damit meine ich keinen gebrochenen Fuß. Schon gar nicht wegen Tilko.«

»Beeke, woher weißt du das denn?«, fragt Kim mit großen Augen.

Die alte Dame lacht. »Wir sind hier auf einer Insel, das ist wie ein Dorf, in dem jeder jeden kennt.«

»Aber ich habe es doch nur meinen beiden Freundinnen erzählt – und Fiete. Hat der etwa …?«

Beeke winkt ab. »Ach was, auf Fiete kann man sich verlassen. Der würde nie etwas ausplaudern. »Meine Freundin Enna hat deine Aktion mit der Tonne beobachtet und es mir natürlich gleich erzählt.«

Kims Gesichtsröte vertieft sich. »Weiß Tilko auch Bescheid?«

Beeke zuckt mit den Schultern. »Und wenn?«

»Es wäre mir peinlich. Am liebsten würde ich jetzt schon im Erdboden versinken.«

»Quatsch!«, sagt Anna da. »Kann dir doch egal sein, was er von dir denkt.«

»Das sehe ich auch so«, pflichtet Beeke ihr bei. »Man hat immer die Wahl, Kim. Durch musst du da jetzt so oder so, entweder jammernd oder lächelnd. Wobei du mir lächelnd viel besser gefällst. Der Richtige kommt schon noch, warte ab.«

»Das sagst du so leicht«, sagt Kim, während sie den Feinschliff an Beekes Fuß vornimmt. »Ich habe eh nie Glück mit Männern. Entweder entpuppt er sich als Fiesling – oder er ist nett, und ich renne weg.«

Ich werfe Anna einen Blick zu, den sie lächelnd erwidert. Wie war das noch mal mit Fiete?

Beeke mustert meine Freundin prüfend. »Ist das auch der Grund, warum du plötzlich auf der Insel gestrandet bist?«

»Ja. Ich hatte lange einen Freund, Ben, fast vier Jahre. Dann hat er mir einen Heiratsantrag gemacht. Ich habe Ja gesagt und eine Woche vor der Hochzeit festgestellt, dass er doch nicht der Richtige für mich ist. Nun ja, und jetzt bin ich hier«, erzählt Kim freimütig.

»Meine Freundin Tilda hat es damals andersrum gemacht. Sie hat hier auf der Insel ihre große Liebe gefunden, ist aber dann Hals über Kopf aufs Festland geflüchtet. Ein halbes Jahr später ist sie allerdings zurückgekommen und hat ihn doch geheiratet.«

»Das kann mir nicht passieren, Beeke. Ben hat ganz schnell eine andere große Liebe gefunden. Und die beiden werden sogar bald Eltern.«

Diesmal ist es Anna, die mir einen Blick zuwirft. Und in dem entdecke ich ein großes Fragezeichen. Ich zucke mit den Schultern, damit sie weiß, dass ich das bisher auch nicht wusste.

»Alles im Leben hat seinen Sinn.« Die alte Dame legt ihren Zeigefinger unter Kims Kinn und hebt es sanft an. »Glaub das einer alten Frau wie mir. Am Ende fügt sich immer alles zusammen.« Sie lächelt schelmisch. »Und wenn ich mal so ganz egoistisch sein darf, war es zumindest für mich zu meinem Besten. So weich waren meine Füße noch nie, noch nicht mal, als ich jung war.«

»Danke!«, sagt Kim, sichtlich gerührt.

Beeke dreht sich zu uns. »Und ihr beiden? Wie sieht es bei euch aus in Sachen Liebe? Habt ihr den Richtigen schon gefunden?«

»Nö!«, antworten wir beide gleichzeitig, schauen uns an und fangen an zu lachen.

Und auch Kim stimmt mit ein. »Wir sind zum ersten Mal, seitdem wir uns kennen, gleichzeitig Singles.«

»Gut, macht was draus!«, sagt Beeke. »Es gibt nichts Schöneres als echte Frauenfreundschaft.« Sie schmunzelt und verbessert sich: »Fast nichts Schöneres.«

11

»Ich erzähl euch heute Abend von Tilko«, sagt Kim, nachdem wir uns von Beeke verabschiedet haben und wieder zur Rikscha gehen.

»Gut«, stimme ich sofort zu. »Du hattest übrigens recht, Beeke ist echt toll. Ich freue mich schon auf Donnerstag, wenn wir wieder Tee mit ihr trinken.«

»Oh ja, ich auch. Echt lieb, dass sie uns noch mal eingeladen hat. Liebeskummer ist vergänglich, die Liebe hingegen unvergesslich«, sagt Anna und schwingt sich auf den Sattel der Rikscha. »Der Spruch ist gut, den merk ich mir. Aber wisst ihr, was das Frustrierende an der ganzen Sache ist? Ich glaube, dass ich noch nie richtig geliebt habe. Ich denke nämlich an keinen einzigen meiner Ex-Freunde – und sogar Timo habe ich in kürzester Zeit aus meinem Kopf gestrichen. Ich mein, klar, ich war schon oft bis über beide Ohren verliebt. Aber richtige Liebe? Ich glaube, die fühlt sich anders an. Was meint ihr?«

»Mich darfst du das nicht fragen«, antworte ich. »Immerhin habe ich mich gerade getrennt.«

Kim überlegt einen Moment. »Ich habe Ben geliebt, habe ihn trotzdem verlassen und ihm damit wahnsinnig wehgetan. Mittlerweile vermisse ich ihn nicht mehr, denke aber noch oft an ihn. Und ich wünsche ihm, dass er glücklich wird mit seiner Freundin.«

»Woher weißt du, dass sie schwanger ist?«, frage ich.

»Meine Mutter hat die beiden zufällig getroffen«, erklärt Kim. »Sie hatte einen kugelrunden Bauch. Er hat also nicht lange gewartet, um sich neu zu verlieben und endlich seine so heiß ersehnte Familie zu gründen.« Sie grinst schief. »Aber wie sagte Beeke eben? ›Macht was draus.‹ Und nun seid ihr hier! Das ist so was von schön!«

»Finde ich auch«, stimme ich ihr zu.

Anna hängt gedanklich noch an Beeke fest. »Was sie wohl damit meinte, dass es ›fast‹ nichts Schöneres als echte Frauenfreundschaften gibt?«, fragt sie und grinst. »Liebe? Oder hatte die alte Dame da was anderes im Kopf?«

»Sie hat mir mal Fotos von sich als junge Frau gezeigt«, sagt Kim. »Früher war sie eine echte Schönheit. Ich vermute, die Männer haben ihr zu Füßen gelegen. Sie war einmal verheiratet. Ihr Mann ist bei einem Bootsunglück ums Leben gekommen, als sie gerade mal vierzig Jahre alt war. Er war Fischer.«

»Oh, das ist schlimm.«

Kim nickt. »Ja, aber ich bin mir sicher, dass es danach noch einen anderen gab. Ich habe sie mal vor dem Friedhof getroffen. Und da hat sie mir erzählt, sie würde ihre beiden Männer besuchen.«

»Vierundneunzig«, sage ich. »Die Frau hat auf jeden Fall viel erlebt.«

»Und ist glücklich, dass du ihre Füße pflegst, Kim«, wirft Anna ein. »Das lief doch ganz gut. Oder hattest du Probleme bei der Behandlung? Hat dein Fuß wehgetan, oder war es irgendwie unbequem?«

»Nein, alles gut. Das hat echt super geklappt. So könnte ich alle meine Kunden weiter behandeln, viele sind auf die mobile Fußpflege angewiesen. Die kommen teilweise noch schlechter von A nach B als ich. Aber ohne euch hätte ich jetzt ein ganz großes Problem, ihr habt mich echt gerettet. Vielleicht finde ich ja einen anderen Fahrer, wenn ihr beiden weg seid.« Sie streckt sich. »Und jetzt? Andere Termine habe ich heute nicht mehr. Die hatte ich ja alle abgesagt. Nur der bei Beeke war mir wichtig.«

»Ich würde heute auf jeden Fall gern noch wenigstens einmal ins Meer hüpfen«, sage ich.

»Gute Idee!«, stimmt Anna sofort zu.

»Habe ich gar nicht dran gedacht. Für mich ist es so selbstverständlich, dass ich manchmal tatsächlich vergesse, dass ich von der Nordsee umzingelt bin. Lasst uns zurück zum Garten fahren und ein paar Sachen packen. Und vielleicht können wir kurz an der Pension anhalten? Ich brauche dringend noch ein paar saubere Sachen für die nächsten Tage«, sagt Kim.

»Klar, machen wir«, sage ich und schwinge mich auf mein Rad.

Der Rückweg kommt mir viel kürzer vor als der Hinweg. Vermutlich, weil ich diesmal kein Anhängsel im Nacken habe. Wir fahren vorsichtig zwischen den Spielfeldern des Golfplatzes vorbei und passieren den Campingplatz, bis der faulige Geruch in der Luft die Kläranlage wieder ankündigt.

»Och nee, das habe ich ja total vergessen«, sagt Anna und hält sich mit einer Hand die Nase zu.

»Hey, Hände ans Lenkrad, sonst habe ich bald vielleicht zwei gebrochene Füße«, ermahnt Kim unsere Freundin aus der Rikscha heraus. »Wenn wir gleich in der Pension sind, halte ich dir eins meiner Duftöle unter die Nase.«

Und da sind wir wenig später, nass geschwitzt, aber zufrieden.

An der Rezeption nickt uns wieder die adrette Dame zu, genau wie am ersten Tag. Doch als wir gerade die ersten Stufen der Treppe erklommen haben, hören ich eine mir noch unbekannte Stimme unsere Namen rufen.

»Kim, Anna und Louise?«

Wir drehen uns um. Vor uns steht eine schick gekleidete ältere Dame. Sie trägt einen dunkelblauen Hosenanzug. Ihre braun gefärbten Haare trägt sie zu einem Dutt nach oben gebunden. Sie sieht sehr jung geblieben aus, nur an den Falten im Gesicht kann man erkennen, dass sie wohl schon ein wenig älter ist. Ich schätze sie auf Anfang siebzig.

»He, Swantje, was gibt's?«, fragt Kim.

Die Frau kommt zielstrebig auf uns zu.

»Guten Tag«, sage ich. Und auch Anna begrüßt die Frau, die unsere Namen kennt, Fietes Oma.

»Schön, dass ich euch erwische. Was macht dein Fuß, Kim?«

»Es nervt ein bisschen, aber passt schon. Dank meiner Freundinnen und Fiete kann ich zumindest meine Kunden versorgen. Wir waren gerade bei Beeke Visser«, antwortet Kim.

Ein Lächeln huscht über Swantjes Gesicht. »Das ist

schön, da hat Beeke sich ganz sicher gefreut. Fiete hat mir schon von der Rikscha erzählt. Der Junge ist echt pfiffig, das muss man ihm lassen. Ich wollte mich kurz mit euch unterhalten, habt ihr Zeit?«, fragt Swantje.

»Klar«, sagt Kim.

»Dann kommt, wir gehen in mein Büro, da haben wir Platz und Ruhe.« Swantje dreht sich um und geht in Richtung eines Zimmers, das sich direkt gegenüber der Rezeption befindet. Ich schaue meine Freundin Kim fragend an, sie zuckt nur mit den Schultern und deutet mit einer Hand an, dass wir Swantje folgen sollen. Wir betreten den lichtdurchfluteten Raum und schließen hinter uns die Tür. Swantje nimmt hinter einem großen Schreibtisch Platz, der mitten im Raum steht. »Setzt euch«, sagt sie und deutet lächelnd auf die drei Stühle, die nebeneinander vor dem Schreibtisch stehen. Sie wartet, bis wir Platz genommen haben, und kommt dann direkt zur Sache. »Fiete hat euch erzählt, dass ich darüber nachdenke, die Pension zu verpachten. Stimmt es, dass ihr Interesse daran hättet?«, fragt sie.

Einen kurzen Moment lang bleibt gefühlt die Zeit stehen. Hat sie das gerade wirklich gefragt?

Macht was draus!, flüstert die Stimme einer alten Dame in meinem Kopf. Und ohne weiter darüber nachzudenken, bin ich es, die antwortet:

»Ja, das ist richtig. Wir haben ernsthaftes Interesse an der Pension.«

»Schön, wunderbar.« Swantje lächelt. »Und was sagen die anderen beiden dazu, denen es anscheinend die Sprache verschlagen hat?«

Kim hat sich zuerst gefasst. »Wir haben eine wirklich tolle Idee. Hat Fiete dir davon erzählt?«

»Nein, Fiete hat nur erwähnt, dass es sich vielleicht lohnen würde, wenn ich mich mit euch unterhalte, bevor ich eine Entscheidung treffe«, antwortet Swantje. »Was habt ihr denn so Spannendes vor? Vielleicht könnt ihr mich davon überzeugen. Mir wäre es wichtig, dass ich hinter dem Konzept meiner Nachfolger stehe. Allerdings muss ich dazusagen, dass es bereits einen ernsthaften Interessenten gibt. Aber noch ist nichts entschieden.« Sie sieht uns der Reihe nach an. »Also, dann schießt mal los.«

Nun ergreift Anna das Wort. »Wir möchten eine Pension für liebeskranke Menschen eröffnen. Wir wollen das volle Programm anbieten und quasi einen Ort schaffen, um über den ersten Schmerz einer gescheiterten Liebe hinwegzukommen.«

»Genau, und welcher Ort könnte besser zum Heilen geeignet sein als diese wundervolle Insel«, erklärt Kim. »Hier kann man alle Sorgen vergessen und sich auf das Wesentliche konzentrieren, auf sich.«

Swantje schweigt einen Moment. Man kann ihr nicht ansehen, was sie davon hält. Schließlich sagt sie nur ein einziges Wort: »Originell.«

»Finden wir auch«, sagt Anna.

»Nun gut. Habt ihr denn unabhängig davon Erfahrung in dem Gewerbe? Ganz so einfach ist es nämlich nicht, eine Pension zu leiten, da hängt doch einiges dran.«

»Ich bin gelernte Reiseverkehrskauffrau und kann

mich um die Buchungen und das Organisatorische kümmern. Anna ist Restaurantfachfrau, sie sorgt somit für das leibliche Wohl unserer Gäste, und Kim kümmert sich um den Wellnessbereich. Wir sind also das perfekte Team, würde ich sagen«, pflichte ich meinen Freundinnen bei.

Swantje schweigt wieder und betrachtet uns der Reihe nach. »Ich bin ehrlich, ich mag euch. Und ich finde eure Idee wirklich herzerwärmend. Aber ob das hier auf der Insel Potenzial hat, da bin ich mir nicht sicher. Habt ihr denn schon ein ausgearbeitetes Konzept? Oder ist das Ganze bisher nur eine fixe Idee?«

»Eine Idee, die zum Konzept wird«, erkläre ich mit fester Stimme.

Und Kim fügt hinzu. »Eine sehr gute Idee. Schließlich hatte jeder schon mal Liebeskummer. Deswegen braucht die Insel unsere *Pension Herzschmerz*.«

Swantje lacht hell auf, schließlich schüttelt sie unmerklich den Kopf und sagt. »*Pension Herzschmerz*, warum eigentlich nicht? Ich bin ja offen für neue Ideen. Aber wie gesagt, da gibt es schon einen Interessenten.«

»Wer ist es denn? Ein Insulaner?«, fragt Kim ganz direkt.

»Keiner von der Insel. Mehr werde ich euch nicht verraten. Nur so viel: Er hat zwei überzeugende Norderneyer Fürsprecher zu unserem Gespräch mitgebracht. Und Kim, du weißt am besten, wie wichtig der Zusammenhalt der Insulaner hier ist.«

»Ja, allerdings …« Kim strafft die Schultern. »Es war ein hartes Stück Arbeit, bis ich hier akzeptiert wurde.

Aber ich habe es geschafft. Gerade eben habe ich Beeke Visser die Füße gemacht. Ich werde nicht nur von den Touristen gebucht. Genau genommen gehöre ich also schon zur Insel. Und Fürsprecher finden wir bestimmt auch.«

Swantje reibt sich das Kinn, dann lächelt sie – und zwar sehr schelmisch, bevor sie sagt: »Gute Idee! Bringt mir …« Sie überlegt einen Moment. »Aller guten Dinge sind drei, bringt mir drei Insulaner, die ihr von eurer Idee überzeugen könnt. Dann reden wir noch mal. Was haltet ihr davon?«

»Abgemacht!«, sagt Kim.

Anna nickt überschwänglich. »Herausforderung angenommen!«

Danach schauen alle zu mir. Ich stehe zwischen meinen Freundinnen und kann nicht glauben, dass das gerade wirklich passiert. Und da kommt mir mein Opa auf einmal in den Sinn und was er mal zu mir gesagt hat, als ich mit ihm darüber gesprochen habe, dass mein Job als Touristikfachfrau mich nicht wirklich glücklich macht: »Nichts macht so viel Angst wie ein Neuanfang. Und nichts bietet mehr Chancen. Wenn die Zeit gekommen bist, machst du es einfach, da bin ich mir sicher.«

»Wir schaffen das!«, sage ich. »Danke, dass Sie uns eine Chance geben.«

Fietes Oma klatscht in die Hände. »Fein. Heute ist Montag, ich würde vorschlagen, wir treffen uns am Sonntag zur selben Zeit wieder hier, in meinem Büro.« Sie wendet sich an Kim. »Mir ist noch wichtig, dass du weißt, dass deine kleine Wellnessoase in der Pension bestehen bleiben kann, Kim, auch wenn ich mich gegen euch entscheiden sollte. Das wird auf jeden Fall mit dem neuen Inhaber vereinbart.«

»Das ist lieb, und es beruhigt mich ungemein. Danke!«, sagt Kim.

»Sehr gern. Dann wäre vorerst also alles geklärt.« Swantje steht auf und begleitet uns zur Tür.

Wir gehen wieder Richtung Treppe, an der Swantje uns vorhin abgefangen hat. Keine von uns sagt ein Wort. Vor der ersten Stufe bleiben wir stehen.

»Kann mich mal jemand kneifen?«, sagt Kim. »Damit ich weiß, ob ich träume.«

Da sie zwischen uns steht, kneifen Anna und ich unsere Freundin gleichzeitig. Sie quietscht kurz auf, bevor sie weiterflüstert. »Lasst uns erst mal hoch in mein Zimmer gehen. Thekla von der Rezeption guckt schon ganz komisch.«

Wir folgen unserer fußkranken Freundin in ihr Zimmer, lassen uns nebeneinander auf ihr Bett fallen und sitzen für einen kurzen Moment einfach nur da.

»Krass«, unterbricht Anna die Stille. »Ich weiß gar nicht, was ich sagen soll. Wir drei mit einer eigenen Pension. Wenn das klappt, bin ich der glücklichste Mensch der Welt.«

»Auf keinen Fall. Lou und ich sind dann mindestens genau so glücklich wie du«, sagt Kim. »Übrigens danke, Lou! Gut gemacht.«

»Wofür?«, frage ich.

»Während wir noch total verdattert waren, hast du einfach entschieden. Du hättest dich mal sehen sollen, als du Swantje angeguckt und ihr gesagt hast, dass wir an der Pension interessiert sind«, antwortet Kim.

»Wie eine abgeklärte Geschäftsfrau«, sagt Anna und knufft mir in die Seite.

»Ich habe gar nicht nachgedacht. Es ist einfach passiert.« Im gleichen Moment fällt mir Nils ein. »Was mach ich denn jetzt mit der Wohnung? Ich muss Nils bis Ende der Woche Bescheid sagen.«

»Sag ihm, dass du sie nimmst«, schlägt Kim vor. »Dann gehst du auf Nummer sicher. Kündigen kannst du immer noch.«

Ich atme tief durch. »Gute Idee! Hat Swantje eigentlich gesagt, ab wann sie die Pension abgeben möchte? Hab ich das verpasst?«

Meine Freundinnen überlegen beide.

»Nö«, sagt Anna. »Aber ich war viel zu aufgeregt, vielleicht habe ich es auch überhört.«

»Hat Fiete nicht Anfang des nächsten Jahres erwähnt?«, fragt Kim.

»Das klingt realistisch. Dann hätten wir genügend Zeit. Was meint ihr, haben wir eine ernsthafte Chance?«

»Auf jeden Fall, sonst hätte Swantje direkt abgelehnt. Sie ist sehr direkt«, erklärt Kim. »Das Konzept und die Sache mit den Fürsprechern müssen aber auf jeden Fall sehr gut durchdacht sein. Wenn wir gleich im Garten sind, müssen wir sofort anfangen zu planen. Ich packe schnell meine Sachen, und dann können wir los.«

»Können wir vorher vielleicht noch mal eine Runde durch die Pension machen?«, fragt Anna. »Ich habe bisher nur dein Zimmer und die Wellnessoase gesehen, mehr kenne ich noch nicht.« Sie grinst bis über beide Ohren. »Ich muss doch wissen, wie unsere *Pension Herzschmerz* aussieht.«

»Klar, ich zeig euch alles«, antwortet Kim und geht mit uns – so schnell sie mit ihrem Fuß kann – ins Erdgeschoss. »Hier unten sind die Rezeption, Swantjes Büro, meine Oase, ein paar Vorratskammern und der Frühstücksraum. Kommt …« Kim humpelt vor uns her. »Der Frühstückraum ist schön.« Sie drückt eine Glastür auf. »Seht selbst.«

Kim hat recht. Der Raum ist wirklich sehr schön. Er hat eine hohe Decke, helle Wände, große Fenster – und das Beste sind die Terrasse und der kleine Garten dahinter.

»Wow!«, sagt Anna. »Und hier gibt es nur Frühstück?«

»Ja«, antwortet Kim. »Aber das könnten wir ja ändern.«

»Was haltet ihr von einem Herzschmerz-Café? Süßes für die Seele ist immer gut.« Ich deute auf die Tür rechts im Raum. »Ist da die Küche?«

Kim nickt und geht los.

»Nicht sehr groß«, stellt Anna kritisch fest. »Müsste aber reichen. Vielleicht wäre auf Dauer ein zweiter Herd praktisch. Wenn, dann backen wir die Kuchen auf jeden Fall selbst. Außerdem muss eine gescheite Kaffeemaschine her.«

»Is klar! Was kostet so ein Teil denn?«

»Teuer!«, sagt Anna und pustet sich eine Haarsträhne aus dem Gesicht.

»Okay, dann schreiben wir nachher mal alles auf, was wir brauchen, damit wir einen finanziellen Überblick bekommen.«

»Gute Idee«, sagt Kim. »Das war es auch schon hier unten. Einen Keller gibt es nicht. Und wie gesagt, die Pension hat zwölf Zimmer. Jeweils sechs in der ersten und in der zweiten Etage. Die sind momentan alle vermietet, da können wir nicht rein. Sie sind schlicht und in hellen Tönen eingerichtet. Die Badezimmer wurden vor zwei Jahren alle saniert. Das passt also. Im Dachgeschoss befinden sich mein Zimmer und ein großer Raum voller alter Möbel.« Sie zeigt auf ihren Fuß. »Aber ich habe erst mal genug vom Treppensteigen. Den können wir uns ein anderes Mal ansehen. Fahren wir erst mal zurück in den Garten?«

Eine halbe Stunde später sitzen wir, bewaffnet mit Zetteln und Stiften, am Tisch im Gartenhäuschen, um Pläne zu schmieden. Anna hat Kaffee gekocht. Ich habe uns ein paar Schnitten geschmiert.

»Das Wichtigste haben wir vergessen.« Ich springe auf und laufe in den Garten, um das Holzbrett zu holen, das ich gestern beschriftet habe. »*Pension Herzschmerz*«, sage ich, als ich zurückkomme. »Unser Pensionsschild.«

Genau in dem Moment klingelt Kims Telefon.

»Fiete«, sagt unsere Freundin und nimmt das Gespräch an. »Hey du, ich stell direkt auf laut, wenn du nichts dagegen hast.«

»Mach ruhig … Und? Arbeitet ihr schon fleißig am Konzept?« Er lacht. »Meine Oma hat mich gleich nach eurem Gespräch angerufen und gefragt, ob ihr das wirklich ernst meint. Abgeneigt ist sie nicht. Sie findet die Idee nicht schlecht. Das könnte daran liegen, dass sie selbst mal schlimmen Liebeskummer hatte. Mein Opa hat sie wegen einer vom Festland sitzen lassen, als meine Mutter gerade mal drei Jahre alt war.«

»Wie gemein«, sagt Anna.

»Ja, das war nicht leicht für sie. Aber gut für euch. Schließlich hatte jeder schon mal mehr oder weniger heftigen Liebeskummer. Deswegen wird euer Konzept auch funktionieren. Ihr müsst es nur gut verkaufen.«

»Machen wir. Wir überlegen schon«, sagt Kim. »Weißt du zufällig, wer der andere Interessent ist?«

»Oma hüllt sich in Schweigen. Aber ich habe letztens mitbekommen, wie sie mit einem Interessenten aus Hamburg telefoniert hat, der wohl steinreich ist. Meiner Oma ging es zwar noch nie ums Geld. Aber ich glaube, es ist irgendjemand, der gute Kontakte hier zu den Insulanern hat. Vorhin habe ich einen Mann in Begleitung des Pfarrers aus Omas Büro kommen sehen. Und ich kann mir nicht vorstellen, dass es dabei um einen Gottesdienst ging. Wenn es so ist, wie ich vermute, und der Pfarrer sozusagen als Fürsprecher fungiert, müsst ihr echt harte Geschütze auffahren.«

»Wir brauchen drei Fürsprecher. Wen würdest du denn nehmen?«, frage ich.

»Ich komm vorbei«, antwortet Fiete. »Bin sozusagen schon auf dem Weg.«

»Okay, bis gleich – und danke, Fiete!«, sagt Kim.

»Von uns auch«, erklärt Anna.

»Ja, ein ganz dickes Dankeschön auch von mir«, stimme ich zu.

»Reiner Egoismus«, erklärt Kims bester Freund.

12

Ich schaue auf das weiße Blatt Papier. »Was meinst du, Kim, du kennst dich hier am besten aus: Wer hat denn auf der Insel was zu sagen?«

»Jan Frerichs, unser Bürgermeister«, antwortet Kim, ohne zu zögern.

»Ist das nicht eine Nummer zu groß?«, frage ich.

»Hm«, macht Kim, »Kann sein, aber wenn wir den überzeugen können, haben wir schon mal ein fettes Ass im Ärmel.«

»Was meinst du dazu, Anna?« Ich stupse ihr sanft in die Seite, da sie die ganze Zeit mit ihrem Smartphone beschäftigt ist, anstatt sich hier zu beteiligen. »Was machst du da eigentlich?«

»Gute Idee, das mit dem Bürgermeister.« Sie schaut endlich auf. »Ich habe nach Prominenten auf Norderney gegoogelt. Mickie Krause hat hier ein Haus.«

»Wer?«

»Ich will zehn nackte Friseusen, zehn nackte Friseusen, ohoh«, trällert Anna los. »Mickie Krause, der Schlagersänger.«

Ich rolle mit den Augen. »Sehr hilfreich, Fietes Oma wird begeistert sein.«

»Hier trifft man immer mal wieder auf Promis«, mischt sich Kim da ein. »Aber wenn wir Fietes Oma beeindrucken wollen, sollten wir uns eher an die Döntje Singers halten. Das ist eine Männergesangsgruppe. Sie singen Shantys.«

»Noch nie gehört«, sagt Anna und tippt direkt auf ihrem Handy los. »Ah, Seemannslieder.« Sie grinst. »Auf deren Homepage steht, sie seien die älteste Boygroup Norderneys. Das sind sechzehn Kerle.« Sie überlegt einen Moment. »Vielleicht sollten wir uns an Frauen halten. Die können wir bestimmt leichter überzeugen.«

»Auch Männer haben Liebeskummer.« Ich zeige auf das Blatt Papier, auf dem bisher erst ein Wort steht. »Meinst du, wir bekommen einfach so einen Termin beim Bürgermeister, Kim?«

»Wir sollten es auf jeden Fall versuchen, er soll sehr nett sein. Sein Büro hat er im Rathaus, direkt am Kurplatz. Wisst ihr, was?« Sie grinst breit. »Wir machen direkt Nägel mit Köpfen. Ich rufe da jetzt sofort an und frage nach. Vielleicht haben wir ja Glück.«

Kim tippt die auf der Internetseite angegebene Nummer in ihr Smartphone. »Hallo, mein Name ist Kim Danziger, ich wollte fragen, ob es möglich ist, den Bürgermeister zu sprechen … Ach so, ja, versteh ich … Nein, um eine Pension, die wir eröffnen wollen … Ja, dann melde ich mich noch mal, vielen Dank.«

Als sie das Gespräch beendet, sieht sie nicht so begeistert aus.

»Verdammt! Das wäre ja auch zu leicht gewesen. Kurzfristig ist ein Termin bei Herrn Frerichs leider nicht zu haben, den nächsten hätte er in drei Wochen frei«, erklärt sie.

»Leider zu spät für uns«, sage ich. »Na ja, als Bürgermeister hat man bestimmt sehr viel um die Ohren, uns wird schon jemand anderes einfallen.«

»He, ihr drei, wie läuft es mit der Fürsprechersuche?«, ertönt da plötzlich eine Stimme. Fiete kommt durch das Gartentor, schlendert über den Kiesweg auf uns zu und grinst bis über beide Ohren, als er bei uns ankommt.

»Hör bloß auf!« Kim winkt ab. »Ich habe eben versucht, einen Termin mit Herrn Frerichs zu vereinbaren. Wenn wir den Bürgermeister auf unserer Seite hätten, wäre das der Knaller. Er hat kurzfristig nur leider keine Zeit für uns. Hättest du eine Idee, wen wir noch fragen könnten? Du bist hier aufgewachsen und kennst gefühlt die halbe Insel.«

Fiete kräuselt die Stirn. »Er geht jeden Morgen auf dem Zuckerpad joggen. Das ist ein befestigter Dünenweg, nicht weit von hier entfernt. Vielleicht könnt ihr ihn dort erwischen.«

»Perfekt!« Anna klatscht in die Hände. »Ich würde vorschlagen, wir legen uns morgen früh auf die Lauer und schnappen ihn uns. Er wird schon nicht vorbeijoggen, wenn drei Frauen sich ihm in den Weg stellen.«

»Weißt du, um wie viel Uhr er laufen geht, Fiete?«, frage ich.

»Früh! Und zieht euch besser Sportschuhe an, er ist immer ganz schön schnell unterwegs«, antwortet Fiete und grinst. »Ich schätze mal zwischen sechs und halb sieben.«

»Habe ich befürchtet«, sage ich und schreibe *Bürgermeister Jan Frerichs, 6 Uhr, Zuckerpad* auf das Blatt Papier.

»Ich hab's!«, ruft Kim da. »Was ist denn mit Beeke? Sie ist schließlich die Inselälteste. Die Ältesten haben doch immer was zu sagen, oder?«

»Stimmt, gute Idee, Kim!«, sage ich. »Außerdem hat Beeke uns eh noch mal zum Teetrinken eingeladen. Ist doch perfekt. Was sagst du, Anna?«

»Superidee, ich fand sie auch echt nett, zwei hätten wir also schon«, sagt Anna. »Wie sieht es aus, gibt es nicht vielleicht auch Menschen, die sich um die Insel kümmern? Vielleicht Dünenschutzbeauftragte oder so? Das kommt bestimmt auch gut an.«

»Ja, schon …« Kim kaut auf ihrer Unterlippe rum. »Ich glaube, ich habe da aber eine bessere Idee«, sagt sie schließlich. »Wir fragen den Chorleiter. Swantje geht jeden Sonntag singen.«

»Den könnt ihr vergessen«, sagt Fiete. Der ist mit dem Priester verwandt.

»Apropos Chor, Singen und so … Jetzt mal im Ernst, was ist mit Mickie Krause? Meint ihr nicht, wir sollten es wenigstens mal versuchen?«, fragt Anna.

»Mickie Krause?« Fiete prustet los und hört erst auf zu lachen, als Kim ihn in die Seite boxt. »Versprecht mir, dass ich dabei sein darf, wenn ihr ihn meiner Oma als Fürsprecher präsentiert. Ich würde nämlich zu gerne ihr Gesicht dabei sehen.«

»Sie mag ihn also nicht?«, frage ich.

»Lasst es mich mal diplomatisch ausdrücken: Ihr Musikgeschmack ist ein anderer. Außerdem ist er kein richtiger Insulaner«, erklärt Fiete und wischt sich eine Lachträne aus den Augen.

»Und was ist mit den Döntje Singers?«, fragt Kim. »Mag deine Oma die? Immerhin singt sie auch selbst.«

Fiete nickt. »Yep!«

»Okay!« Kim zeigt auf die Liste. »Schreib auf, Lou, wir gewinnen die älteste Boygroup Norderneys für unsere *Pension Herzschmerz*. Sie treten am Mittwochabend hier auf der Insel auf. Habe ich gestern erst auf einem Plakat gesehen.«

»Stimmt. Direkt am Kurplatz«, erklärt Fiete.

»Einverstanden, Anna?«, frage ich, und sie nickt. »Okay, versuchen wir, sie nach dem Konzert abzufangen, oder schauen wir uns das Konzert an?«, frage ich, während ich *Döntje Singers, Mittwochabend, Kurplatz* auf die Liste schreibe.

»Die hören wir uns auf jeden Fall live an«, bestimmt Anna. Sie zeigt auf Kims Fuß. »Geht das für dich überhaupt?«

»Da gibt es Stühle. Ich komme auf jeden Fall mit!«

»Prima, dann haben wir schon alle!« Mein Blick geht zur Liste. »Die Auswahl finde ich bisher gar nicht schlecht«, sage ich. »Aber vielleicht wäre ein Ersatz nicht schlecht, falls der Bürgermeister uns doch davonläuft. Was meint ihr? Ich finde, wir sollten noch mal überlegen, welche Menschen Swantje wirklich wichtig sind.«

»Du hast absolut recht, Lou«, sagt Anna, sieht mir in die Augen und schielt dabei zu unserem Besucher.

Genau das habe ich auch gerade gedacht. Ich liebe die Momente, in denen wir uns blind verstehen. Wie auf Kommando sagen wir beide: »Fiete! Möchtest du unser Fürsprecher sein?«, und schauen zu ihm.

Der schüttelt jedoch den Kopf. »Nix da, ich bin befangen, das zählt nicht!«

»Na und«, sage ich und werde ein bisschen gemein. »Oder willst du etwa nicht, dass wir hierbleiben?«

»Na gut!« Fietes Augen blitzen auf. »Aber dann müsst ihr mich auch überzeugen.«

»Das ist deine Aufgabe, Kim«, sagt Anna trocken. »Ich bin mir sicher, du schaffst das.«

»Gute Idee!« Fiete strahlt Kim an. Doch die schweigt.

»Vielleicht sollten wir lieber jemanden nehmen, der nicht mit Swantje verwandt ist«, lenke ich ein.

Aber Kim schüttelt den Kopf. »Schreib Fiete auf die Liste!«, sagt sie mit fester Stimme. »Als Bonus. Vier Fürsprecher sind bestimmt besser als drei.«

Und genau das mache ich. Danach schiebe ich das Blatt Papier in die Mitte des Tischs, sodass alle die Liste noch einmal sehen können:

– *Bürgermeister Jan Frerichs, 6 Uhr, Zuckerpad*
– *Inselälteste Beeke Visser, Einladung zum Tee*
– *Döntje Singers, Mittwochabend, Kurplatz*
– *Enkelsohn Fiete*

Anna ist die Erste, die etwas dazu sagt: »Mist, morgen müssen wir verdammt früh aufstehen, wenn wir den Bürgermeister beim Joggen erwischen wollen!«

»Und der Abend wird ganz sicher noch lang.« Ich nippe an meinem Kaffee. »Was ist mit einer Finanzierung? Wofür brauchen wir Geld? Und wie viel? Swantje will verpachten. Und wir haben keine Ahnung, was sie dafür haben will. Was bringt die Vermietung ein? Wir sind immerhin zu dritt. Können wir davon leben? Lasst uns mal realistisch an die Sache rangehen.«

Ein paar Stunden später sind unsere Köpfe heiß. Und wir kommen immer wieder zum gleichen Ergebnis: Wir haben eine verdammt gute Idee. Und alles Weitere wird sich finden, wenn wir es schaffen, die Insulaner von unserer *Pension Herzschmerz* zu überzeugen.

13

Wir haben das Fußpflegemobil mitten auf dem Zuckerpad abgestellt. Kim sitzt hinten in der Rikscha, ihr Bein mit dem verletzten Fuß lang ausgestreckt. Anna und ich stehen daneben. Wer hier entlangwill, muss auf jeden Fall an uns vorbei.

»Irgendwie aufregend, die Aktion hier fühlt sich an wie eine perfektionierte Ex-Seeing-Tour«, sage ich und schaue auf meinem Handy nach der Uhrzeit. »Mittlerweile ist es schon halb sieben, wenn Fiete recht hat, müsste er eigentlich bald kommen.«

Und da schüttelt Anna auch schon an meinem Arm. »Guck mal, da joggt einer.«

»Groß, blond, gut aussehend, das ist er!«, stellt Kim fest. »Los geht's, Mädels, die *Pension Herzschmerz* wartet darauf, eröffnet zu werden.«

Der Bürgermeister läuft uns zügig entgegen. Auf einmal fühle ich mich doch etwas unwohl dabei, ihn hier einfach so bei seinem Morgensport zu stören. Doch Anna hat keine Hemmungen. Sie zieht mich kurzerhand mitten auf den Weg.

»Du redest mit ihm, du kannst das besser als ich«, sagt sie zu mir.

Und da ist er auch schon bei uns. Er hält an, trabt aber auf der Stelle weiter. Sein Blick geht zu Kim auf der Rikscha.

»Haben Sie einen Platten?«, fragt der Bürgermeister. »Brauchen Sie Hilfe?«

Anna stupst mich an. Aber ich bin noch viel zu überrascht von seinem Anblick. Ich habe nicht damit gerechnet, dass der Kerl noch so jung ist. Ich schätze ihn auf maximal Mitte dreißig, also ist er nur ein paar Jahre älter als wir. Außerdem wirkt er in seinen verschwitzten Sportklamotten nicht gerade wie ein Bürgermeister.

»Guten Morgen, Herr Frerichs«, bringe ich endlich über die Lippen. »Mein Name ist Louise Berendt. Das ist meine Freundin Anna Roth. Und in der Rikscha sitzt Kim Danziger, die hier auf Norderney einen kleinen Fußpflegesalon führt. Tut mir wirklich leid, wenn wir Sie stören, aber wir müssten wirklich dringend mit Ihnen sprechen. Haben Sie vielleicht ein paar Minuten Zeit für uns?«

»Wenn Sie mit mir mithalten können, gerne, ich laufe noch bis zum Parkplatz zur Weißen Düne, Sie können mich gerne ein Stück des Weges begleiten.«

»Oh ja, vielen Dank, Herr Frerichs«, sagt Anna, bevor ich dankend ablehnen kann.

Auch das noch, denke ich, als sie ihm tatsächlich Platz macht. Er trabt los – Anna und ich traben mit. Aber glücklicherweise nicht sehr lange, denn nach ein paar Metern bleibt der Bürgermeister lächelnd stehen. »Das war ein kleiner Scherz. Ich lasse Sie doch nicht in Sandalen joggen.« Er deutet mit dem Kopf zu Kim. »Sonst können Sie sich demnächst auch Ihre Füße bandagieren lassen.«

Ich atme erleichtert auf.

»Wenn Sie um die Uhrzeit bereit sind, in Sandalen mit mir durch die Dünen zu rennen, müssen Sie ja ein wichtiges Anliegen haben. Was kann ich denn für Sie tun?«, fragt er.

Da kommt Kim auf uns zugehumpelt.

»He, Herr Frerichs«, sagt sie. »Sie haben sicher schon mitbekommen, dass Swantje ihre Pension verpachten möchte.«

Der Bürgermeister betrachtet uns nun eine Spur interessierter, weicht aber aus. »Ach ja, ist das so?«, fragt er.

»Ja, und wir würden die Pension gern übernehmen«, sagt Anna ganz direkt.

»So ist das also.« Er lächelt belustigt. »Und deswegen überfallen Sie mich so früh am Morgen? Sie wissen schon, dass es nicht meine, sondern Swantjes Entscheidung ist, wem sie die Pension verpachtet, oder?«

»Ja, natürlich«, antwortet Anna. »Es ist nur so, dass wir Insulaner als Fürsprecher für unser Projekt gewinnen möchten. Und da dachten wir natürlich zuerst an Sie.«

»Fürsprecher?« Er legt den Kopf schief und mustert uns. »Elan haben Sie schon mal, das muss ich Ihnen lassen.«

»Und nicht nur das«, mische ich mich nun mutig in das Gespräch ein. »Wir haben auch eine einmalige Idee. Wir wollen etwas Neues ausprobieren. Wir möchten eine Pension für Menschen eröffnen, die sich von ihrem Liebeskummer befreien möchten. Quasi eine Erste-Hilfe-Maßnahme für den Körper und die Seele.«

»So ist es, wir möchten die erste Pension gegen Liebeskummer eröffnen, und zwar hier auf Norderney«, sagt Kim mit fester Stimme, »die *Pension Herzschmerz.*«

Der Bürgermeister schaut uns einen Moment lang sprachlos an – bevor er anfängt, schallend laut zu lachen.

»Verstehen Sie mich nicht falsch, ich finde Ihre Idee wirklich charmant«, sagt er und wischt sich eine Träne aus dem Gesicht. »Aber …«

»Und warum lachen Sie dann?«, fragt Anna und lächelt zuckersüß. Nur an ihrer Körperhaltung, dem leicht schief gelegten Kopf und den verschränkten Armen kann man erkennen, dass sie in Kampfstellung gegangen ist.

»Wir wissen, dass sich unser Konzept für einige anfangs etwas seltsam anhört«, sage ich schnell. »Aber die Idee mit der Pension ist etwas ganz Besonderes und hat auf jeden Fall Potenzial. Überlegen Sie doch mal, wie viele Menschen wohl in diesem Moment unter Liebeskummer leiden. Das kann doch nur gut werden.«

Der Bürgermeister reibt sich das Kinn und schaut uns belustigt an. »Eine Pension für Liebeskranke also …«

»Ja, die *Pension Herzschmerz* ist definitiv genau das Richtige für Norderney. Vielleicht können wir ja für heute oder morgen einen Termin vereinbaren, damit wir Sie überzeugen können«, versucht Kim noch einmal ihr Glück.

Der Bürgermeister schaut demonstrativ auf seine Uhr. Die gleiche, die Nils hat, schießt es mir durch den Kopf, eine Pulsuhr, die jede sportliche Aktivität aufzeichnet und ständig kontrolliert, ob man seine Ziele erreicht.

»Ich finde Sie wirklich sehr charmant, alle drei«, sagt er. »Aber ich muss jetzt wirklich los. Die Zeit drängt.

Und ich glaube nicht, dass ein weiteres Gespräch mit mir zielführend für Sie wäre. Im Endeffekt bleibt es Swantjes Entscheidung. Also, schönen Tag noch.« Er lächelt uns noch einmal an, trabt langsam los und dreht sich dabei noch einmal zu uns um. »Viel Glück noch.«

Einen Moment schauen wir dem joggenden Bürgermeister hinterher. Wir können ganz genau sehen, dass er den Kopf schüttelt. Wahrscheinlich lacht er wieder.

»Ich hab doch gesagt, wir sollten uns lieber an Frauen halten. Das wäre bestimmt leichter«, sagt Anna und gibt Kim einen kleinen Stups mit dem Ellenbogen. »Du hast uns gar nicht gesagt, wie verdammt gut der Kerl aussieht. Und dass er noch so jung ist.«

»Ist nicht mein Typ«, erklärt Kim. »Zu blond. Und jetzt?«

Ich zucke ratlos mit den Schultern. »Der fällt schon mal weg. Ob das mit Fiete als Ersatzfürsprecher wirklich so eine gute Idee ist?«

»Auf jeden Fall«, sagt Anna, zückt ihr Handy und tippt grinsend eine Nachricht ein.

Kim, die sich mittlerweile wieder in ihre Gondel gehievt hat, lächelt mich an. »Das wird schon. Bei den Döntje Singers habe ich echt ein gutes Gefühl. Wenn wir die überzeugen können, haben wir sechzehn Männer auf einen Schlag. Bei Beeke mache ich mir auch keine Sorgen. Und Swantje liebt Fiete. Der ist mit Sicherheit sogar die bessere Wahl.«

»Na gut, vielleicht hast du recht. Wir sollten jetzt erst mal zurück zum Garten fahren, und dann schauen wir weiter«, schlage ich vor.

Anna steckt endlich ihr Handy weg. »Das ist eine gute Idee.«

Fünfzehn Minuten später sitzen wir, erschöpft vom Frühsport, auf der Terrasse. Zwar sind wir nicht gejoggt, aber die Rikscha zu fahren ist doch sehr anstrengend. Mittlerweile ist es halb acht am Morgen. Ich muss gähnen. Es ist echt verrückt, wie schnell der Körper die innere Uhr umprogrammiert. »Urlaubsmodus« hat Nils immer dazu gesagt. »Seid ihr auch so müde?«

»Ja, voll. Ich werde mich jetzt noch ein Stündchen hinlegen, weckt ihr mich? Oder wollt ihr auch schlafen?«, fragt Kim.

»Ich nicht, sonst kann ich heute Abend nicht schlafen, weil ich so aufgedreht bin«, sagt Anna.

»Ich bleibe auch wach. Anna und ich können uns ja schon mal Gedanken um unseren fehlenden Fürsprecher machen. Wir wecken dich.«

»Okay.« Unsere Freundin lässt sich erschöpft in unser Kissenlager fallen.

Ein paar Minuten später hören wir Kim in der Gartenhütte schwer atmen.

»Das ging aber flott«, sagt Anna.

»Mit dem Spezialschuh ist alles bestimmt doppelt so anstrengend, hoffentlich wird die Arme das Ding schnell wieder los.«

»Da hast du wahrscheinlich recht«, sagt Anna und schaut schon wieder auf ihr Smartphone.

Ich knülle ein Stück Papier zusammen und werfe es meiner Freundin an den Kopf. »Hey, Frau Grinsekatze.«

»Was denn?«, antwortet sie und schaut zu mir.

»Mit wem schreibst du denn da die ganze Zeit?«

»Mit niemandem, ich packe es jetzt weg«, sagt Anna.

Ich stemme die Hände in die Hüften und schaue meine Freundin skeptisch an: »Jetzt sag nicht, du hast wieder Kontakt mit Timo.«

»Quatsch!«

»Dann ist ja gut, ich habe mir schon Sorgen gemacht. Aber wer bringt dich denn dann so zum Schmunzeln?«, frage ich.

»Fiete hat mir vorhin geschrieben und gefragt, wie es mit dem Bürgermeister lief«, antwortet Anna. »Und nein, keine Sorge. Ich will nichts von ihm, von Fiete, meine ich.«

»Dann hättest du uns vorhin schon gesagt, dass er dir geschrieben hat«, stelle ich klar. »Ich kenn dich doch.«

»Fiete steht auf Kim. Außerdem habe ich von Männern die Nase erst mal gestrichen voll. Und du? Wie geht's dir eigentlich?«

Aha, ein versuchter Themenwechsel. »Ernsthaft, Anna, lass lieber die Finger von Fiete. Sollte das mit der Pension wirklich klappen, gibt das nichts als Ärger.«

»Was heißt denn hier ›sollte‹?«, hören wir unsere Freundin Kim plötzlich aus der Gartenhütte rufen. »Natürlich klappt das. Und Lou hat recht, Anna. Fiete ist tabu. Aber nicht wegen mir, sondern weil er der Enkel unserer zukünftigen Vermieterin ist.«

»An der Sache ist was dran«, stimme ich zu.

Anna rollt mit den Augen. »Na gut.«

»Braves Mädchen«, sagt Kim, die nun mit verstrubbelten Haaren in der Tür steht. »Ich bin auch zu aufgewühlt.

Ich kann doch nicht schlafen. Lasst uns die Kerle mal Kerle sein lassen, die dürfen nicht wieder zu viel Raum einnehmen. Kommen wir lieber zu den schönen Dingen im Leben. Was machen wir denn heute? Den Bürgermeister haben wir schon abgehakt, wenn auch nicht wirklich erfolgreich. Das Konzert der Döntje Singers ist erst morgen, und Beeke hat uns für Donnerstag eingeladen.«

»Das klingt nach Freizeit«, sagt Anna. »Wie wäre es denn mit dem Leuchtturm?«

»Schlechte Idee«, sagt Kim und zeigt auf ihren Fuß. »Was haltet ihr davon, wenn wir erst mal was essen gehen? Mein Magen fühlt sich an wie ein schwarzes Loch, wir haben tatsächlich vergessen zu frühstücken, das ist mir ja noch nie passiert.«

»Frühstück – und dann müssen wir unbedingt ans Meer«, sage ich. »Wir sind auf Norderney und waren noch nicht richtig baden!«

Kim nickt. »Wir könnten zum Surfcafé oben am Nordstrand fahren. Da gefällt es euch auf jeden Fall. Die Burger sind göttlich, und der Ausblick auf die Nordsee ist einmalig.«

»Burger?«, fragt Anna.

»Frühes Mittagessen statt Frühstück«, erklärt Kim. »Bis wir da sind, ist es halb zehn. Vertraut mir, die Dinger schmecken auch um diese Uhrzeit.«

»Perfekt. Ich fahre die Rikscha«, sage ich.

Um kurz nach halb zehn steigen wir von unseren Rädern, und Kim klettert aus der Rikscha.

Das Surfcafé sieht wirklich wunderschön aus. Ein

riesiger runder Wintergarten mit Fensterfront ist durch ein langes Mittelstück mit einem anderen Restaurant verbunden. In allen drei Teilen des Restaurants kann man sitzen. Das ganze Gebäude ist von einer großen Sonnenterrasse aus Holz umgeben. Überall tummeln sich Gäste, es scheint sehr beliebt zu sein. Besonders die gemütliche Sonnenterasse sieht bei dem schönen Wetter sehr einladend aus.

»Schaut mal, da vorne wird was frei«, sagt Kim und zeigt auf einen Tisch, direkt am Rand der Terrasse.

Anna fackelt nicht lange und stürmt sofort los, um den Platz mit Meerblick zu sichern. Ich setze mich neben Kim, Anna sitzt uns gegenüber. Über dem Tisch ist ein großer Sonnenschirm aufgespannt, sodass wir es angenehm warm haben, jedoch nicht geblendet werden.

»Wahnsinn, ist das schön hier«, sagt Anna. »Du hast uns nicht zu viel versprochen, Kim.«

Kim lächelt Anna zufrieden an. »Ich bin hier total gern. Als ich auf Norderney noch niemanden kannte, bin ich oft zum Abendessen hier gewesen. Irgendwann habe ich Fiete dann getroffen, er hat sich mit an meinen Tisch gesetzt, weil kein Platz mehr frei war. Er hat mir damals das Leben gerettet – natürlich nur im übertragenen Sinn. Mir ging es schlecht. Ich hab mich einsam gefühlt. Und auf einmal sitzt so ein lustiger Typ bei mir, der mich direkt am ersten Abend zum Lachen bringt.«

»Das wusste ich ja gar nicht. Warum hast du denn nie erzählt, wie es dir wirklich ging? Ich dachte eigentlich, du warst von Anfang an glücklich hier?«, fragt Anna.

»Ich musste erst mal mit mir selbst klarkommen. Mit

Fiete war alles so herrlich unkompliziert. Er kannte meine Vergangenheit nicht. Ich musste nichts erklären und konnte dadurch nach und nach einigermaßen loslassen. Mir ist erst viel zu spät klar geworden, wie sehr ich Ben liebe. Ich dachte, dass meine Gefühle nicht stark genug für ihn sind, weil ich ihn auf einmal nicht mehr heiraten wollte. Aber letztendlich hatte ich einfach nur Angst.«

»So wie die Braut, die sich nicht traut«, sagt Anna, und Kim nickt.

Da kommt eine Kellnerin auf uns zu. Sie begrüßt uns, wischt kurz den Tisch ab und drückt uns eine Speisekarte in die Hand.

»Die brauche ich gar nicht. Und ihr wahrscheinlich auch nicht.« Kim strahlt uns an.

»Wieso? Was isst du denn?«, fragt Anna.

»Ich hätte gern den Falafelburger mit Pommes und dazu eine große Maracujaschorle. Kann ich euch absolut empfehlen. Der Burger ist riesig, und die Falafeln sind hier echt richtig lecker. Für den kleinen Hunger ist das allerdings nichts«, erklärt Kim.

Anna und ich schauen uns an. »Dreimal bitte«, sage ich.

Während wir auf die Burger warten, schauen wir auf die graue Nordsee, die im Sonnenlicht glitzert. Nach und nach füllt sich der Strand immer mehr mit Leuten, die es sich auf ihren Stranddecken bequem machen.

»Wenn das mit der Pension nichts wird, fällt uns was anderes ein«, sage ich. »Ich glaub, ich würde auch gern hier leben – zumindest eine Zeit lang.«

Kim lacht laut los. »Genau so hat es bei mir auch angefangen.«

14

»Das tut gut.« Ich strecke mich lang auf dem Handtuch aus und seufze wohlig auf.

»Ja.« Anna gähnt laut. »Ich glaube, ich mach mal für ein paar Minuten die Augen zu. Schwimmen dürfen wir nach dem Essen sowieso noch nicht. Und ich bin hundemüde.«

»Geht mir genauso«, sagt Kim. Sie liegt zwischen uns, sozusagen als Schutzmaßnahme. Den verletzten Fuß hat sie auf einem zusammengerollten Handtuch platziert. Hinter uns steht ein Strandkorb, den wir gemietet und mit einem Sonnensegel erweitert haben. So können wir entspannt die Zeit genießen.

Auch ich bin müde, aber viel zu aufgewühlt, um zu schlafen. In den letzten Tagen haben sich die Ereignisse überschlagen. Nichts ist mehr so, wie es mal war. Nils ist Geschichte – und ich denke ernsthaft darüber nach, auf Norderney zu bleiben. Aber habe ich hier beruflich überhaupt eine Perspektive? Was, wenn die *Pension Herzschmerz* nur eine fixe Idee bleibt? Wäre es dann nicht vernünftiger, zurück nach Oberhausen zu gehen? Und möchte ich dann tatsächlich wieder in die alte Wohnung zurück, wo sie doch voll von Erinnerungen an die gemeinsame Zeit mit Nils ist? All das sind Fragen, auf die ich im Moment noch keine Antwort finden kann. Ich schließe die Augen und versuche, an etwas Schönes zu denken, lausche den Möwen, die kreischend über uns ihre Kreise ziehen, und genieße das Rauschen der Wellen, bis auch ich endlich ein bisschen Ruhe finde und einschlafe.

»Hey du, aufwachen. Es ist schon drei Uhr«, flüstert meine Freundin Anna in mein Ohr und pikst mich sanft in meinen Arm. Ich blinzle etwas verschlafen und grinse sie an.

»Echt, schon so spät? Seid ihr schon lange wach?«, frage ich.

»Kim hat mich gerade geweckt«, antwortet Anna.

»Dass ihr bei der Hitze so lange schlafen könnt, ist unglaublich. Ich schmelze gleich«, sagt Kim und wedelt sich Luft zu.

»Liegt bestimmt am Ozon. Du lebst hier, du bist das Klima gewöhnt. Uns knockt es total aus.« Noch einmal gähne ich herzhaft.

Anna steht auf und streckt sich. »Hat aber gutgetan. Jetzt brauche ich allerdings erst mal eine Erfrischung. Ich gehe kurz hoch zum Surfcafé. Auf der Karte steht hausgemachter Eistee, auch zum Mitnehmen. Wollt ihr auch?«.

»Oh ja.« Ich nicke freudig. »Gute Idee.«

Und auch Kim nimmt dankend an.

Unsere Freundin macht sich direkt auf den Weg.

»Es ist schön hier«, sage ich, rolle mich auf die Seite, stütze meinen Kopf mit der Hand ab und schaue zu meiner Freundin.

Sie pustet sich eine Haarsträhne aus dem Gesicht. »Nur die Hitze im Sommer kann ganz schön fies sein.

Am Strand kann man es natürlich gut aushalten. Der Wind kühlt schön. Aber ich bin echt froh, dass ich gerade mit euch in der Laube schlafe. Mein Zimmer hat keine Klimaanlage. In dem Raum steht die Luft.«

»Sind denn die anderen Zimmer klimatisiert, die für die Gäste?«

Kim nickt. »Ja, zum Glück.«

»Gut!« Ich lächle meine Freundin an. »Verrückt, oder? Irgendwie kommt mir das alles noch so unwirklich vor.«

»Das geht mir jetzt auch noch manchmal so.« Kim hebt das Bein mit dem verletzten Fuß hoch. »Wenn ich nur nicht so doof gewesen wäre. Ich bin echt froh, dass Fiete da war und mich aus der Klinik wieder abgeholt hat, glaub mir, ich war kurz vorm Durchdrehen.«

»Empfindest du wirklich nichts für ihn?«, frage ich ganz direkt. »So wie er dich ansieht, ist das nämlich bei ihm der Fall.«

»Das befürchte ich«, gibt Kim zu. »Ich wünschte, ich könnte die Gefühle erwidern, aber das ist nicht so. Ich mag ihn wirklich, sehr sogar. Aber er ist mir einfach …« Sie seufzt. »Einfach zu nett. Ich mag Männer mit Ecken und Kanten, weißt du doch.«

»So wie Ben«, necke ich Kim, »der auch sehr nett war.«

»Das war was anderes. Ben war meine Jugendliebe. Und außerdem war er nicht einfach ›nur‹ nett.«

Ich betrachte meine Freundin nachdenklich. Sie hat mir nie den wirklichen Grund für ihre Flucht auf die Insel erzählt. Aber jetzt ist nicht der richtige Moment, um mit ihr darüber zu sprechen. Anna kommt zurück, mit drei riesigen Bechern Eistee.

Ich strahle sie an. »Danke, du bist die Beste.«

»Ich weiß«, sagt sie. »Aber jetzt haben wir genug gefaulenzt. Gehen wir gleich ins Wasser, Lou?«

»Oh ja, gute Idee«, sage ich und wende mich an Kim. »Kommst du klar?«

»Warum nicht? Alles gut, geht ruhig, und schwimmt eine Runde für mich mit. Ich kümmere mich in der Zeit ein bisschen um die Arbeit. Kann mir eine von euch mein Handy aus dem Rucksack holen? Mein Terminkalender muss dringend aufgeräumt werden.«

»Klar!« Ich bringe meiner Freundin das Smartphone und genieße danach den Eistee. »Das tat gut!«

Da packt Anna mich am Arm und zieht mich auf die Beine. »Komm!«

Lachend rennen wir zwischen Handtüchern, Luftmatratzen und Sandburgen hindurch, bis wir mit den Füßen im Wasser stehen. Das Meer ist durch die Hitze der letzten Tage angenehm warm, jedoch kühl genug, um uns zu erfrischen. Ich bleibe stehen, schließe die Augen und halte mein Gesicht in die Sonne.

Anna sprintet los. »Komm schon.«

Ich folge meiner Freundin, bis mir das Wasser bis zum Knie reicht. Behutsam fange ich an, meinen Körper an die Temperatur zu gewöhnen. Opa hat mir schon als Kind beigebracht, dass man sich vor dem Baden langsam abkühlen muss. Springt man direkt ins kalte Wasser, hat er immer gesagt, kann es schnell gefährlich für das Herz-Kreislauf-System werden. Da schwappt plötzlich eine

Welle an mir hoch – und schon bin ich platschnass. Ich quietsche auf und höre meine Freundin lachen. »Komm schon, Lou!«

Ich renne los, bis meine Füße den Boden nicht mehr erreichen, lasse mich in das kühle Nass fallen, tauche unter und schwimme zu Anna.

»Das ist so schön«, sagt meine Freundin, die sich auf dem Rücken treiben lässt. Mit ihren langen roten Haaren sieht sie fast aus wie Arielle, die Meerjungfrau. Lediglich die Flosse fehlt ihr.

»Und wie! Da könnte ich mich echt dran gewöhnen«, antworte ich.

»Das solltest du auch. Wenn wir bald hier leben, will ich jeden Tag baden gehen«, sagt Anna und spritzt ein bisschen Wasser in meine Richtung.

»Einverstanden«, antworte ich und spritze zurück. Hier leben, das hört sich verdammt gut an, denke ich. Auf der Fähre habe ich mich noch dagegen gesträubt, als Anna gesagt hat, es ginge ihr sofort besser, wenn sie am Meer ist. Aber jetzt habe auch ich das Gefühl, dass meine Sorgen ganz klein werden. Gut gelaunt schwimmen wir noch etwas raus, bis wir beschließen, wieder Richtung Ufer aufzubrechen.

Am Strand angekommen, setzen Anna und ich uns in den Sand, sodass nur noch unsere Füße von einer dünnen Schicht Wasser bedeckt werden. Ab und an erreicht uns ein Ausläufer einer besonders großen Welle und zieht uns wieder ein kleines Stück weiter ins Meer.

»Meinst du, wir schaffen es wirklich, die Döntje Singers für unsere Pension zu gewinnen?«, fragt Anna. »Ich meine, heute ist schon Dienstag, Swantje will am Sonntag die Fürsprecher sehen. Und der Bürgermeister fällt definitiv weg. Wenn das mit den Singers auch nichts wird, haben wir nur Beeke und Fiete.«

»Das muss klappen. Nein, das wird klappen«, sage ich, als plötzlich zwei Männer aus dem Wasser und genau auf uns zukommen. Beide sehen verdammt gut aus, einer blond, der andere dunkelhaarig mit Dreitagebart, der eine etwas größer als der andere, aber beide haben verdammt nette Figürchen.

»Nicht schlecht«, flüstert Anna neben mir. Und da sind die beiden Kerle auch schon da und bleiben vor uns im Wasser stehen.

»He, Ladys«, sagt der Dunkelhaarige.

»He!« Anna setzt ihr bestes strahlendes Lächeln auf.

»Ich bin dann jetzt erst mal weg, sehen wir uns später im Garten?«, sagt der Blonde nun zu dem Dunkelhaarigen.

»Klar, bis später«, antwortet er, nickt uns lächelnd zu und geht am Wasser entlang in Richtung Norden.

Der Dunkelhaarige bleibt stehen, verschränkt seine Arme hinter dem Kopf, streckt sich und tut so, als würde er sich umschauen.

Ich kann gar nicht anders, als breit zu grinsen, muss aber zugeben, dass sein muskulöser Körper wirklich nicht schlecht ist.

»Echt schön hier«, sagt Anna da neben mir. »Schade nur, dass uns gerade die Sicht auf das Meer versperrt wird.«

Ich beiße mir auf die Lippe, um nicht loszuprusten.

Aber da marschiert der Dunkelhaarige auch schon an uns vorbei.

»Oh Mann«, flüstert Anna neben mir.

Genau in dem Moment sagt jemand hinter uns: »He, Tilko, alles klar?«

Anna und ich drehen uns gleichzeitig um.

»Yep«, sagt der Dunkelhaarige zu einem älteren Mann mit schneeweißem Haar. »Und selbst?«

»Muss!«

»Na dann ...«

Der alte Mann geht weiter.

Und auch unser Adonis macht sich auf den Weg – und zwar genau in Richtung unseres Strandkorbs.

»Ach du Scheiße, die Inselgraupe«, entfährt es mir. Wir springen beide auf und rennen los. Schnell voran kommen wir allerdings nicht, da einfach zu viele Leute am Strand unterwegs sind oder uns mit ihren Handtüchern den Weg versperren. Trotzdem schaffen wir es und kommen ungefähr gleichzeitig mit Tilko bei Kim an.

»He, Kim«, sagt Tilko in dem Moment und kniet sich zu ihr auf den Boden.

»He«, antwortet Kim.

Mit verschränkten Armen bleiben Anna und ich neben den beiden stehen.

Etwas irritiert schaut Tilko zu uns, konzentriert sich dann aber auf Kim und strahlt sie an.

So ein schmieriger Kerl soll Kims Herzensbrecher sein? Das ist unmöglich.

Tilko wendet sich an Kim. »Du, ich wollte fragen, ob du die Tage bei mir vorbeikommen willst. Wir könnten mal wieder was unternehmen. Du weißt schon …« Er deutet auf den Fuß. »Ich hol dich notfalls auch ab. Hast du Lust?«

»Nein, hat sie nicht«, sage ich.

Kim schaut mich mit offenem Mund an. Neben mir gibt Anna einen Grunzer von sich und hält sich die Hand vor den Mund. Tilko richtet sich auf und wirft uns einen bösen Blick zu. »Wenn du Lust hast, sag einfach Bescheid, Kim«, sagt die Inselgraupe, dreht sich um und geht.

Wir lassen uns auf unsere Decken fallen. Als Tilko weit genug weg ist, boxt Kim mich in die Seite. »Danke, ich wäre fast schwach geworden.«

»Nicht ernsthaft!« Anna schüttelt den Kopf. »Sorry, Kim, aber der geht gar nicht!«

»Weiß ich doch«, sagt Kim. »Aber der Sex war verdammt gut. Und ich meine damit so richtig verdammt gut,« sie seufzt. »Ich weiß, ich bin primitiv, aber prinzipiell hätte ich nichts gegen eine Wiederholung. Der Kerl hat mich ganz wuschig gemacht.«

Anna rollt mit den Augen. »Das Problem bei dir ist, dass du dich immer gleich in die Typen verliebst, mit denen du im Bett landest. Daran sind nur die Hormone schuld. Wenn du nur Sex willst, hol ihn dir. Aber klettere bitte danach nicht wieder auf eine Tonne, um ihn zu stalken, sonst kannst du dir bei deinem Glück direkt den zweiten Spezialschuh anpassen lassen.«

»Du hast ja recht«, sagt Kim und versucht, sich mit einem Strohhalm unter dem Spezialschuh zu kratzen.

»Weiß ich«, sagt Anna und grinst bis über beide Ohren. »Und jetzt erzähl mal, was war denn so verdammt gut daran?«

Mittlerweile ist es sechs Uhr abends, und es herrscht Aufbruchstimmung am Strand. Einige Urlauber packen ihre Sachen zusammen und machen sich auf den Heimweg. Wir liegen immer noch nebeneinander auf unseren Handtüchern und genießen die Abendsonne, als ich neben mir ein Knurren in Kims Magengegend wahrnehme.

»Hat da etwa jemand Hunger?«, frage ich und pikse in Kims Bauch.

»Und wie. Ich war zwar nicht schwimmen, so ein Strandtag macht einen aber doch ganz schön platt«, antwortet Kim. »Ich könnte eine kleine Stärkung gebrauchen.«

»Ich auch. Wollen wir los? Dann können wir noch was Essbares auftreiben, bevor wir zurück in den Garten fahren«, sagt Anna.

Wir packen unsere Sachen zusammen und gehen zu den Rädern.

»Was wollt ihr denn essen?«, fragt Kim. »Hättet ihr Lust auf ein Sandwich? Wir könnten zur HS2-Passage fahren und zur *Strandstulle* gehen, da kann man sich frische Baguettes belegen lassen, auch zum Mitnehmen.«

»Hört sich gut an«, sage ich.

»Auf zur *Strandstulle*«, ruft Anna und stößt einen Arm mit geballter Faust senkrecht in die Luft, während sie die Rikscha in Bewegung setzt.

Das hörte sich eher nach einem Schlachtruf als nach

Begeisterung an. Lachend fahre ich hinter meinen Freundinnen her.

Wir stellen unsere Räder vor der Passage in einem Fahrradständer ab und gehen in den kleinen Laden hinein. Ich entscheide mich für ein Sesambaguette in der vegetarischen Variante. Anna und Kim suchen sich »Hot & Spicy« aus, mit Paprikasalami und Peperoni. Wir lassen uns die duftenden Baguettes einpacken und machen uns auf den Weg zum Garten.

Dort angekommen, lassen wir uns in die Stühle fallen und stürzen uns auf unser Abendessen.

»Boah, das ist echt scharf«, keucht Anna, während sie rot anläuft und sich Schweißperlen auf ihrer Stirn bilden.

Ich beobachte meine Freundin dabei, wie sie nun alles, was nur annähernd hot oder spicy ist, aus ihrem Baguette rausfummelt, und muss grinsen. »Ich hol uns was zu trinken.«

»Da ist noch eine Flasche Apfelschorle im Kühlschrank«, ruft Kim mir nach.

Ich gehe in unser Gartenhäuschen, komme mit drei Gläsern und der kalten Flasche zurück, öffne sie und schenke uns etwas ein.

»Ist zwar kein Champagner, aber sieht fast so aus«, sage ich und halte mein Glas zum Anstoßen in die Luft. »Auf uns und auf unsere *Pension Herzschmerz*!«

»Auf uns und unsere Pension!«, stimmen meine Freundinnen mit ein.

»Sagt mal, was wollen wir morgen eigentlich machen? Vor dem Konzert ist jede Menge Zeit. Wie sieht es denn bei dir aus, Kim? Hast du morgen einen Fußpflegetermin?«, fragt Anna.

»Ach ja, das wollte ich euch noch erzählen. Aber dann kam Tilko dazwischen. Ich kann morgen spontan zu zwei meiner Kundinnen. Könnt ihr mich fahren?«, fragt Kim.

»Klar«, antwortet Anna prompt.

»Wäre es schlimm, wenn ich vielleicht hierbleiben würde?«, frage ich. »Ich glaube, ich brauche mal ein bisschen Zeit für mich. In den letzten Tagen ist echt viel passiert, ich muss einfach mal ein bisschen runterkommen.«

»Klar, das schaffen wir schon allein«, antwortet Anna. »Ist gutes Beintraining für mich.«

Dafür liebe ich meine Freundinnen. Wir sind immer füreinander da, aber auch wenn eine von uns mal ihren Freiraum braucht, können es die anderen verstehen.

Wir verspeisen die letzten Reste unserer Baguettes, schmieden Pläne und lästern ein bisschen über die Inselgraupe, als plötzlich Annas Handy klingelt.

»Hey, Kim, mein Handy müsste noch in deiner Tasche sein, ich habe es vorhin reingestopft, als ich die Rikscha beladen habe«, sagt Anna.

Kim kramt in ihrer Tasche und schaut auf Annas Handy. »Rita Krassnitz, ist das die Frau, die euch beim Einbruch in Timos Keller geholfen hat?«, fragt sie und reicht Anna das Telefon.

PHASE 3
WUT

Du bist wütend. Auf dich selbst, deinen Ex und natürlich auf alle glücklichen Pärchen dieser Welt. Das ist gut so. Lass den Frust raus, blockiere den Typen auf Instagram, und kotz dich aus – bei einer guten Freundin.

15

Anna schaut kurz auf ihr Handy und nimmt ab. »Rita?«

»Hallo, Anna«, sagt Frau Krassnitz mit ihrer Reibeisenstimme, so laut, dass wir mithören können. »Ich wollte mal fragen, ob es dir gut geht und wo du dich rumtreibst.«

»Mir geht's super, Rita. Ich bin mit Lou nach Norderney gefahren, wir besuchen hier eine Freundin. Geht's dir auch gut?«, antwortet Anna.

»Alles bestens, schöne Grüße an Louise.«

»Sie sitzt hier neben mir und hört dich.«

»Schöne Grüße zurück«, rufe ich. »Die Cookies schmecken einmalig lecker!«

»Stimmt, die haben wir am Sonntag direkt vernichtet. Kannst du mir mal das Rezept schicken, Rita?«, fragt Anna.

»Auf jeden Fall«, antwortet Frau Krassnitz. »Aber sag mal, wie lange seid ihr denn schon auf Norderney?«

»Wir sind direkt am Sonntag gefahren, wieso? Ist was passiert?«, fragt Anna.

Frau Krassnitz schnaubt auf. »Dann kann ich dem Fatzke den Zahn direkt wieder ziehen. Das ist ja wunderbar. Jemand hat nämlich heute sein Auto zerkratzt. Er hat mich gefragt, ob ich was mitbekommen habe. Und als ich Nein gesagt habe, wollte er wissen, ob ich dich vielleicht hier in der Nähe gesehen habe. Er war auf dem Weg zur Polizei.«

»Er denkt tatsächlich, ich hätte ihm seine doofe Karre zerkratzt?«, fragt Anna, rümpft die Nase und sagt: »Obwohl ich ehrlich gesagt darüber nachgedacht habe. Aber so doof bin ich nicht. Das bedeutet letztendlich nur Ärger, und das ist er nicht wert. Vielleicht hat Evas Mann endlich Wind von der Sache bekommen? Ich denke übrigens immer noch, wir hätten Timo nicht aus dem Bad befreien dürfen.«

Frau Krassnitz' Lachen klingt wie eine Kettensäge. »Sag mal, Anna, wie lange wollt ihr denn auf Norderney bleiben?«, fragt sie schließlich. »Wegen deiner Post. Dein guter Ex-Freund schmeißt sie in die blaue Tonne. Ich habe das nur durch Zufall entdeckt, als ich Altpapier weggebracht habe. Ich schau jeden Morgen nach, wenn der Postbote da war.«

»Was? Das gibt's ja nicht. So ein Idiot!«

»Sehe ich auch so. Vielleicht solltest du besser einen Nachsendeantrag stellen.«

»Das stimmt, daran habe ich gar nicht gedacht. Das mach ich auf jeden Fall, es kann nämlich noch eine Weile dauern, weil …«

Anna erzählt Frau Krassnitz mit glänzenden Augen von unserem Plan mit der Pension und der Suche nach Fürsprechern. Es macht Spaß, ihr dabei zuzuhören, ihre Begeisterung steckt an.

»Die Cookies wären übrigens perfekt für unsere Pension«, sage ich, als Anna ihren Bericht beendet hat. »Sie helfen gegen Herzschmerz.«

»Das Rezept bekommt ihr, versprochen. Mensch, das ist aber auch wirklich eine gute Idee. Genau so eine Pension hätte ich in meinen jungen Jahren gut gebrauchen können. Und die Sache mit den Fürsprechern schafft ihr schon. Ihr seid doch zwei toughe Mädels.«

»Drei, ich bin auch dabei«, ruft Kim. »Hier ist Kim, die Freundin der beiden.«

»Noch besser, drei toughe Mädels«, sagt Frau Krassnitz und lacht. »Wäre doch gelacht, wenn ihr es nicht hinbekommt, die Sänger von eurer Idee zu überzeugen.«

Wir verabschieden uns und verabreden uns noch auf ein Glas Sekt mit der alten Dame, wenn Anna und ich zurück im Ruhrgebiet sind – hoffentlich nur, um unsere Sachen zu packen und um die letzten organisatorischen Dinge zu erledigen.

Anna trommelt mit den Fingern auf dem Tisch herum. »Das Auto zerkratzen, ist klar. Der hat sie nicht mehr alle. Soll er mal lieber eine seiner Geliebten fragen. Wahrscheinlich hat er mehr als eine – oder schon wieder die nächste«, wettert Anna, direkt, nachdem sie ihr Handy zur Seite gelegt hat.

»Das passt echt nicht zu dir«, pflichtet Kim ihr bei. »Außerdem kannst du kein besseres Alibi haben als eine Insel mit viel Wasser drum herum. Sollte er zur Polizei gehen, bist du auf jeden Fall abgesichert.«

»Die Polizei ist mir so was von egal. Ich finde es einfach unfassbar, dass Timo denkt, ich wäre wirklich so doof, mich so offensichtlich zu rächen. Ich fand die Idee mit dem Fisch in der Gardinenstange viel charmanter. Und dass er meine Post einfach in den Müll schmeißt, geht gar nicht. So ein Arsch! Na, warte …« Anna entsperrt den Bildschirm ihres Handys. »Dazu kriegt er von mir ein paar passende Worte.«

»Meinst du wirklich, dass das eine gute Idee ist?«, fragt Kim.

»Ja!« Anna tippt los. »Der kann mich mal!«

Ich überlege nicht lange und nehme ihr das Handy weg.

»He!«, motzt sie.

»Was hast du denn geschrieben?«, frage ich.

»Kannst du ruhig lesen, ich steh dazu!«

»Du glaubst ja wohl nicht im Ernst, dass ich dein Auto zerkratzt habe«, lese ich vor. *»Das ist unter meinem Niveau, mir fallen ganz andere Dinge ein, die ich dir gerne antun würde. Vielleicht solltest du mal darüber nachdenken, wie viele deiner Affären einen Mann zu Hause sitzen haben. Merkst du selbst, oder? Ich bin jedenfalls schon seit Sonntag auf Norderney. Falls du mir also die Polizei auf den Hals hetzen wolltest, kannst du dir das direkt wieder abschminken. Mit unfreundlichen Grüßen, Anna. PS: Anstatt meine Post einfach in den Müll zu schmeißen, kannst du sie auch direkt bei Frau Krassnitz einwerfen, damit wäre mir sehr geholfen.«*

»Löschen!«, sagt Kim ganz trocken.

Ich schaue zu Anna. »Seh ich auch so. Dass du wütend bist, kann ich verstehen.« Ich halte ihr das Handy vor die Nase. »Aber so was hast du gar nicht nötig.«

Anna kaut einen Moment auf ihrer Unterlippe herum. »Na gut«, sagt sie schließlich.

Bevor sie es sich anders überlegt, lösche ich die Nachricht selbst. »Das Handy behalte ich, nicht dass du doch noch deine fünf Minuten bekommst.«

Anna überlegt einen Moment, nickt aber schließlich. »Okay. Danke.«

»Wofür hat man Freundinnen?«, sage ich. »Wir haben Kim ja heute auch schon vor Tilko gerettet. Und wenn ich mal Blödsinn machen will, haltet ihr mich zurück.«

»Deal«, sagt Anna und grinst schief. »Wobei mich jetzt echt brennend interessiert, wer das mit dem Auto war.«

»Vielleicht war es wirklich Eva. Ihr Mann bestimmt nicht. Autos zerkratzen hört sich doch sehr nach einer Attacke einer Frau an«, überlege ich.

»Sag das nicht zu laut, auch Männer machen echt komische Sachen, wenn sie verletzt sind«, sagt Kim.

»Na, ist ja auch egal.« Anna zuckt mit den Schultern. »Gut, dass wir auf die Insel gefahren sind. Da bin ich erst gar nicht auf dumme Gedanken gekommen.«

»Und genau deswegen braucht die Insel unsere *Pension Herzschmerz*!«, sage ich.

Kim lächelt glücklich. »Morgen Abend sind wir unserem Ziel ein großes Stück näher, da bin ich mir sicher. Norderney wird unser neues gemeinsames Zuhause.«

»Das hast du schön gesagt.« Ich lehne mich auf meinem Stuhl zurück und atme tief ein. »Und jetzt lasst uns den Rest des Abends genießen.«

Pünktlich um neun Uhr macht Kims Handywecker uns deutlich, dass es an der Zeit ist aufzustehen. Ich reibe mir den Schlaf aus den Augen und strecke mich. »Guten Morgen.«

»Morgen«, antwortet Kim und gähnt. »Wo ist Anna?«

Ich drehe mich auf die Seite. Unsere Freundin muss schon auf den Beinen sein. So kenne ich sie gar nicht, eigentlich ist Anna immer diejenige, die morgens am längsten liegen bleibt. Ich strample mich unter der Decke hervor und setze mich auf. »Keine Ahnung, bestimmt auf dem Klo.«

»Alleine? Niemals!«, sagt Kim und lacht.

Ich öffne die Tür unserer Gartenhütte und gehe auf die Terrasse, wo ich Anna im Schneidersitz auf einem Stuhl vor einem gedeckten Frühstückstisch vorfinde.

»Guten Morgen«, sagt sie und strahlt mich an. »Ich dachte, wir können mal wieder ein richtiges Frühstück vertragen. Ewig können wir mit Nutellabrötchen und Falafelburgern nicht weitermachen.«

»Das sieht richtig super aus, gute Idee«, sage ich und setze mich zu Anna an den Tisch. Sie war also schon einkaufen. Auf dem Tisch entdecke ich Müsli, frische Milch und verschiedene Sorten Obst, alles schön klein geschnippelt.

Auch Kim kommt langsam nach draußen gehumpelt und staunt. »Mensch, Anna, nicht schlecht!«

Anna deutet auf den freien Stuhl neben sich. »Für euch nur das Beste.«

»Was hast du heute eigentlich vor, Lou?«, fragt Kim, während sie Rosinen aus ihrem Müsli rauspickt und sich stattdessen eine ganze Menge frisches Obst hineinschaufelt. »Bleibst du hier im Garten?«

»Weiß ich noch nicht so genau. Vielleicht fahre ich auch gleich mal runter in die Stadt, ich brauch ein paar Kosmetikartikel«, antworte ich.

»Apropos Stadt«, mischt Anna sich ein. »Dafür, dass ich bald hier leben soll, habe ich bis jetzt echt noch nicht viel von der Insel gesehen. Könnt ihr mir mal ein bisschen was zeigen? Ich möchte unbedingt die Innenstadt sehen und sie auf Shoppingtauglichkeit prüfen. Auf dem Weg zur *Strandstulle* habe ich ja schon ein bisschen was gesehen, und das war für den Anfang nicht schlecht. Aber da gibt es doch bestimmt noch mehr.«

»Können wir das nicht vor dem Konzert machen?«, frage ich.

»Ja, gute Idee. Wir müssen dann eh in die Stadt. Sorry, Anna, ich habe irgendwie total verdrängt, dass du noch nie hier warst. Für mich fühlt sich alles so verdammt vertraut mit euch an«.

»Und das soll auch so bleiben«, antwortet Anna und lächelt.

Beim Frühstück planen wir den restlichen Tag. Um drei Uhr treffen wir uns im Garten, fahren gemeinsam in die Stadt und gehen danach zu den Döntje Singers. Bis dahin gehört die Zeit mir ganz allein.

Kim und Anna huschen abwechselnd in unser »Badezimmer« und machen sich für die Fußpflegetour fertig. Ich räume den Tisch ab und lege mich danach in die Hängematte. Der Himmel ist heute ein bisschen bedeckt, aber trotzdem ist es schön warm.

»Lou, wir fahren jetzt. Bis heute Nachmittag!«, ruft Kim.

»Ist gut«, rufe ich zurück und winke meinen Freundinnen zu, die gleich darauf aus dem Gartentor gehen.

Und plötzlich bin ich allein. Ohne die beiden ist es still

im Garten. Ich höre ein paar Vögel zwitschern und einen Rasensprenger, der im Nachbargarten läuft. Geräusche, die ich bis jetzt noch nicht bewusst wahrgenommen habe. Noch einen Moment bleibe ich liegen und genieße die Zeit nur für mich.

Doch nach ein paar Minuten werde ich unruhig, schäle mich aus der Hängematte, nehme eine kalte Dusche und schlüpfe in meine Shorts und ein Top. Ich schließe das Häuschen ab, schnappe mir mein Fahrrad und breche doch jetzt schon in Richtung Innenstadt auf. Dort angekommen, stelle ich mein Fahrrad in einem der zahlreichen Fahrradständer ab und ziehe los.

Die Altstadt Norderneys ist wunderschön. Mit ihren romantischen Backsteingassen und zahlreichen Altbauten versprüht sie ein ganz besonderes Flair. Ich schlendere an einigen Boutiquen, Restaurants und Souvenirläden vorbei, bis ich schon von Weitem einen Drogeriemarkt entdecke, wo ich schnell meine Einkäufe erledigt habe. Auf dem Weg zurück zum Rad fällt mir eine Buchhandlung auf. Früher habe ich immer viel und gerne gelesen. Mit dem Job und der Beziehung zu Nils habe ich mein Hobby leider ein bisschen aus den Augen verloren. Ein gutes Buch, das wär's jetzt! Entschlossen betrete ich die Buchhandlung und werde direkt von einer sehr freundlichen Buchhändlerin begrüßt.

Nach einem netten Beratungsgespräch entscheide ich mich gleich für zwei Inselromane, die auf Norderney spielen. »Wohlfühlromane«, wie die Buchhändlerin gesagt hat. Und genau das brauche ich jetzt auch. Zufrieden stecke ich meine neuen Errungenschaften in meinen Rucksack und verlasse den Laden. Ich laufe noch ein Stück durch die Innenstadt, bis ich am Kurplatz ankomme. Hier treten heute Abend die Döntje Singers auf. Die Veranstalter stecken anscheinend schon in den Vorbereitungen, überall huschen Leute rum und schleppen Stühle von A nach B. Einen Moment lang beobachte ich das rege Treiben, bevor ich weiter in Richtung Park gehe, der gleich hinter dem Kurplatz liegt. Vielleicht finde ich hier ein ruhiges Plätzchen, um schon mal in eins der Bücher reinzulesen.

Der Kurpark ist sehr schön und grün. Im Herzstück des Parks findet man einen großen Ententeich, in dessen Mitte eine Fontäne Wasser sprudeln lässt. Überall stehen hübsche weiße Bänke, die das Bild abrunden. Nachdem ich einige Minuten durch die Anlage gelaufen bin, wird meine Geduld belohnt. Eine Bank direkt am Ententeich wird frei. Die gehört mir! Ich mache es mir darauf bequem und fange an zu lesen.

Eine ganze Weile lang kann ich in eine andere Welt abtauchen. Immer wieder muss ich schmunzeln. Jetzt, wo ich selbst auf Norderney bin, kann ich mir alles richtig lebhaft vorstellen. An einigen Handlungsorten war ich vor Kurzem selbst noch.

Doch plötzlich reißt mich eine mir bekannte Stimme aus der Liebesgeschichte, die sich gerade zwischen der Protagonistin und einem verdammt gut aussehenden Insulaner anbahnt.

»Wenn das mal nicht Frau Herzschmerz ist.«

16

Vor mir steht der Bürgermeister.

»Ach, hallo, Herr Frerichs«, sage ich. Na super, genau der hat jetzt auch noch gefehlt. Da habe ich mal einen halben Tag für mich, und wer steht vor mir? Der Bürgermeister, der uns gestern noch ausgelacht hat.

»Darf ich mich setzen?«, fragt er und kommt einen Schritt auf mich zu.

»Warum nicht?«, antworte ich und rücke ein wenig zur Seite. Vielleicht hat er es sich anders überlegt und will uns doch unterstützen. »Was machen Sie denn um die Uhrzeit hier? Müssen Sie nicht irgendwelche Bürgermeisterdinge erledigen?«

Herr Frerichs fängt an zu lachen. »Mein Büro ist im Conversationshaus, gleich um die Ecke. Auch Bürgermeister haben mal Pause. Ich war gerade mittagessen. Danach war mir nach einem Spaziergang. Und dann komme ich gerne hierher, wenn es die Zeit erlaubt.«

»Mittagessen? Wie spät ist es denn?« Beim Lesen habe ich komplett die Zeit vergessen.

»Gleich zwei Uhr.«

»Oh.« Ich klappe das Buch zu.

»Wenn Sie gerne lesen, sollten Sie sich unbedingt mal unsere Bibliothek ansehen. Sie ist sehr gut sortiert.«

»Ehrlich gesagt würde ich nie auf die Idee kommen,

mir ein Buch auszuleihen, es sei denn, es ist von einer Freundin«, gebe ich zu. »Da bin ich etwas eigen. Ich mag den Gedanken nicht, dass etliche Leute schon darin rumgeblättert haben.«

Der Bürgermeister lacht. »Darüber habe ich mir bisher noch gar keine Gedanken gemacht. Ist es denn gut?«

»Was? Das Buch? Ja, es hat mich so gut unterhalten, dass ich komplett die Zeit vergessen habe.« Ich atme tief durch. »Der Park ist schön.«

Herr Frerichs zeigt auf den Teich. »Nur mit den Enten haben wir hier ein riesiges Problem. Die Touristen füttern die Tiere leider immer. Wenn man Pech hat und die Vögel gerade nicht anderweitig beschäftigt sind, verfolgen sie einen, bis man den Park wieder verlassen hat. Natürlich in der Hoffnung, etwas Essbares abzustauben.«

Gerade als ich darauf antworten möchte, kommt eine Frau mittleren Alters auf uns zu.

»Hallo, Herr Frerichs«, sagt sie, winkt und kommt näher. »Darf ich kurz stören? Es geht um die Kotbeutel für die Hunde …«

Ich lausche den beiden einen Moment, nutze schließlich aber die Gelegenheit, um mir Gedanken über die richtigen Worte zu machen, mit denen ich noch mal auf unsere Pension zu sprechen kommen könnte. Denn eigentlich wäre das jetzt die perfekte Gelegenheit. Immerhin hat er sich freiwillig zu mir gesetzt, die Chance sollte ich definitiv nutzen.

»Tut mir wirklich leid, wo waren wir stehen geblieben?«, fragt er schließlich.

»Bei den Enten«, antworte ich, noch unentschlossen, ob ich ihn wirklich fragen soll.

Da lächelt der Bürgermeister. »Wie gefällt Ihnen denn unsere Insel? Ich hoffe, Sie hatten bis jetzt einen schönen Aufenthalt?«

»Mir gefällt es wirklich sehr gut«, antworte ich. »Schon als ich Kim das erste Mal hier besucht habe, habe ich mich irgendwie heimisch gefühlt.«

»Das ist wunderbar, genau das möchten wir auch erreichen.«

Ich nehme meinen ganzen Mut zusammen und schaue ihm direkt in die Augen. »Die Insel ist toll. Ich fühle mich so wohl hier, dass ich am liebsten für immer bleiben möchte. Aber das geht nur mit der *Pension Herzschmerz*, und dafür brauchen wir Fürsprecher. Wollen Sie es sich nicht noch mal überlegen?«

Seine Miene versteinert sich. »Ich dachte, ich wäre gestern deutlich genug gewesen, als Sie mich beim Joggen überfallen haben.«

Was ist denn mit dem auf einmal los? Das hätte er ruhig freundlicher rüberbringen können. »Ich dachte, wenn ich Ihnen irgendwie näherbringen kann, wie viele liebeskranke Menschen auf der Welt rumlaufen und was für eine Bereicherung unsere Pension für die Insel wäre, würden Sie es sich vielleicht noch mal überlegen. Oder hatten Sie etwa noch nie Liebeskummer?«

Der Bürgermeister schweigt einen Moment. »Sie haben ja keine Ahnung«, sagt er schließlich. Seine Stimme hört sich anders an, einen Ton tiefer. Und es klingt etwas mit, das ich nur zu gut kenne. Ich spüre, dass ich da eben einen Schritt zu weit gegangen bin, und möchte meine Worte am liebsten wieder zurücknehmen, aber das geht ja leider nicht.

»Ich weiß, wie es sich anfühlt, Nacht für Nacht im Bett aufzuwachen, mit einem leeren Platz an der Seite …« Er beendet den Satz nicht.

Der Klang seiner Stimme trifft mich mitten ins Herz. Hier geht es nicht um eine gescheiterte Beziehung, hier geht es um echten Verlust, den man nur nachempfinden kann, wenn man so etwas schon selbst erlebt hat.

Sofort werden meine Gedanken um fünfzehn Jahre in die Vergangenheit katapultiert. In Zeiten, an die ich mich nur schmerzlich zurückerinnern kann. Wie aus dem Nichts füllen sich meine Augen mit Tränen, und es fühlt sich an, als würde ein riesiger Kloß in meinem Hals feststecken. Jetzt bloß nicht losheulen, Lou, ermahne ich mich selbst. Doch da läuft auch schon die erste Träne über mein Gesicht. Ich wische sie mir mit dem Handrücken weg und fange an, hektisch meine Sachen zusammenzupacken.

»Es tut mir sehr leid, dass ich gefragt habe«, bringe ich mühsam hervor, schnappe mir meinen Rucksack und ergreife förmlich die Flucht. Ich laufe aus dem Kurpark hinaus, Richtung Weststrand. Erst als ich Sand unter meinen Füßen spüre, bleibe ich stehen.

»Was war das denn bitte, Louise?«, frage ich mich laut, ziehe meine Sandalen aus und stecke sie in meinen Rucksack. Langsam gehe ich zum Wasser runter und grabe meine Füße dabei tief in den Sand. Immer noch fassungslos über meinen kleinen Gefühlsausbruch, gehe ich zum

Wasser. Dort laufe ich den nassen Sand entlang und versuche, mir vom kühlen Nordseewind die schlechten Gedanken aus dem Kopf blasen zu lassen. Nach einer Weile schaffe ich es, mich zu sammeln, und bleibe stehen. So heftig hat mich die Vergangenheit schon lang nicht mehr eingeholt. Ich sehe meine Eltern vor mir, die mir noch einmal winken, bevor sie losfahren, meinen kleinen Bruder, der seine Nase an der Autoscheibe platt drückt. Mir wird schwindelig, und mir ist ganz zittrig zumute. Das passiert mir hin und wieder, wenn ich mich stark aufrege. Ich war deswegen sogar schon mal beim Arzt, der meine Zuckerwerte im Blut überprüft hat. Aber da ist zum Glück alles in Ordnung. Es ist wohl meine Psyche, die da verrücktspielt. Ich muss unbedingt etwas trinken und essen. Dann geht es mir gleich besser. Außerdem ist schon Mittagszeit. Ich schaue mich um. Nur ein paar Meter die Promenade hoch entdecke ich die »*Marienhöhe*.«

Ich steige eine steile, in die Dünen eingelassene Treppe hinauf, bis ich vor dem wunderschönen kuppelartigen Gebäude mit Kupferdach stehe. Ich habe Glück, finde einen leeren Platz direkt am Geländer der Veranda, setze mich und schaue zum Meer. Als mich eine junge Kellnerin nach meinen Wünschen fragt, zucke ich zusammen. Ich war mit meinen Gedanken ganz weit weg.

»Ich hätte gern ein großes Glas Apfelsaft und dazu … irgendwas Süßes.« Mein Blick fällt auf den Tisch neben mir, an dem ein Pärchen sitzt. Vor beiden steht jeweils eine große Schüssel Milchreis. Die Bedienung hat meinen Blick bemerkt. »Ist der hausgemacht?«, frage ich. Bei manchen Dingen bin ich wählerisch.

Sie nickt. »Und sehr lecker.«

»Okay, den nehme ich, mit Zimt und Zucker bitte. Und auch einen großen Milchkaffee, zusätzlich zum Saft.«

Nur kurze Zeit später steht eine große Schüssel voller Kindheitserinnerungen vor mir. Oma hat früher immer Milchreis gekocht, wenn es mir nicht gut ging, und das hilft auch heute noch. Löffel für Löffel verscheuche ich die Gedanken an die Vergangenheit. Ich bestelle einen zweiten Milchkaffee und lasse meinen Blick über die Veranda schweifen. Die Menschen, die hier sitzen, sehen alle gut gelaunt und zufrieden aus. Da lässt mich der Signalton meines Handys aufschrecken. Anna ruft an.

»Lou? Wo bist du? Ist alles okay?«, fragt sie.

»Ja, alles gut. Ich sitze in der *Marienhöhe*, wie spät ist es denn?«, frage ich.

»Drei Uhr.«

Schon wieder habe ich die Zeit vergessen.

»Mist, tut mir leid. Ich habe gerade noch einen Milchkaffee bestellt. Aber ich beeil mich.«

»Ach was«, sagt Anna, »lass dir Zeit. Hast du es noch nicht gemerkt? Auf dieser Insel gehen die Uhren anders.«

»Okay, danke.«

Anna hat recht. Warum hetzen? Ich trinke ganz in Ruhe den Milchkaffee, zahle meine Rechnung und gehe gemütlich zu meinem Rad.

Im Garten sitzen meine Freundinnen am Tisch vor dem Haus und warten auf mich.

»Hey, ihr beiden«, sage ich und setze mich zu ihnen. »Wie war die Fußpflege?«

»Super«, antwortet Kim. »Das Arbeiten tut mir richtig gut.« Sie grinst. »Und Anna ist die perfekte Chauffeurin.«

Anna rümpft die Nase, doch nur kurz darauf blitzen ihre Augen auf. »Ich hab's! Wenn das mit der Pension nicht klappt, machen wir einen Rikscha-Fahrdienst auf. Ich könnte mir schon vorstellen, dass das von den Touristen gut angenommen werden könnte, wir machen es einfach besser als Onno.« Sie klopft auf ihre Beine und lacht. »Und gut für die Figur ist es auch.«

»Keine schlechte Idee«, sagt Kim. »Aber ich würde vorschlagen, dass wir dann E-Bikes vor die Anhänger setzen. Das ist nicht so anstrengend.«

»Jaja, sich erst die ganze Zeit kutschieren lassen, aber dann nicht selbst in die Pedale treten wollen«, feixt Anna.

Kim grinst und sieht zu mir. »Und du?«, fragt sie. »Was hast du gemacht?«

»Ich bin doch schon in die Stadt gefahren und dort über eine Buchhandlung gestolpert, habe zwei Bücher gekauft und mich in den Park gesetzt, um zu lesen. Danach bin ich am Wasser spazieren gegangen, habe Milchreis in der *Marienhöhe* gefuttert – und jetzt bin ich wieder hier.« Das wichtigste Detail verschweige ich. Wenn ich jetzt erzähle, mit wem ich im Park auf der Bank gesessen habe, muss ich in allen Einzelheiten berichten. Ich habe mich gerade erst wieder gefangen. Was passiert ist, kann ich später immer noch erzählen.

»Bei wem hattest du die Termine, Kim?«

»Beide bei älteren Damen. Den einen im Norden der

Insel, den anderen im Süden. Anna musste ganz schön strampeln.«

»Genau!« Anna springt auf. »Ich bin total nass geschwitzt und geh erst mal unter die Dusche.«

»Was ist los? Du wirkst irgendwie traurig. Nils?«, fragt Kim, als Anna mit einem Handtuch bewaffnet im hinteren Teil des Gartens verschwunden ist.

Ich schüttle den Kopf. »Die Vergangenheit hat mich eingeholt. Aber sei nicht böse, darüber möchte ich jetzt nicht reden.«

»Ist gut«, sagt Kim sofort. »Wie hat dir der Milchreis geschmeckt?«

»Sehr gut!« Ich lächle meine Freundin an, dankbar dafür, dass sie weiß, wann sie nachhaken muss und wann nicht.

»Wir brauchen noch einen Schlachtplan für unsere sechzehn Männer«, ruft Anna, die eingewickelt in ihr Handtuch wieder auf uns zukommt.

»Da hast du recht«, stimme ich ihr zu. »Habt ihr eine Idee?«

»Nicht wirklich. Das Konzert beginnt um achtzehn Uhr und geht circa eineinhalb Stunden, höchstens zwei. Ich würde sagen, danach gehen wir einfach zur Bühne und schnappen sie uns«, schlägt Anna vor.

»Meint ihr nicht, es ist klüger, wenn wir vorher um ein Gespräch nach dem Auftritt bitten? Danach erwischen wir niemals alle zusammen, wenn wir uns nicht ankündigen«, werfe ich ein.

»Lou hat recht«, sagt Kim. »Lasst uns vorher nachfragen, wir müssen diesmal alles richtig machen. Was haltet ihr davon, wenn wir unseren Stadtbummel verschieben? Das läuft uns ja nicht davon.«

»Okay«, sagt Anna sofort. »Ich bin eh ganz schön kaputt, ein bisschen Ruhe wird mir auch guttun.«

»Wir könnten es morgen nachholen, bevor wir zu Beeke fahren, da haben wir doch nichts vor. Oder hast du morgen noch einen Termin, Kim?«, frage ich.

»Morgen ist Freizeit angesagt«, antwortet sie.

»Du fährst die Rikscha, Lou«, sagt Anna.

Ich drehe mich zur Seite. »Abgemacht!«

»Und jetzt? Wir haben eineinhalb Stunden Zeit, bevor wir losfahren müssen«, meint Anna.

»Ich knall mich in die Hängematte«, antwortet Kim. »Sofern keine von euch sie beansprucht.«

»Dann leg ich mich mit dem Buch auf die Decke. Willst du auch eins, Kim? Ich habe zwei gekauft.«

»Ist lieb von dir, danke, aber ich schmeiß gleich mal mein Notebook an, um noch ein bisschen Bürokram zu erledigen. Um halb sechs sollten wir aber spätestens los.«

Der Kurplatz ist schon gut gefüllt, als wir ankommen und unsere Räder abstellen. Direkt neben dem Conversationshaus steht eine riesige Konzertmuschel. Regelmäßig finden hier Auftritte aller Art statt. Vor der Muschel sind etliche Stuhlreihen aufgebaut. Vereinzelt haben sich Leute schon die besten Plätze geschnappt, es ist jedoch noch mehr als genug Platz für uns. Die meisten Zuschauer genießen noch ein kühles Getränk an einem der zahlreichen Stehtische, die rund um die Veranstaltungsfläche aufgestellt sind. Eigentlich habe ich damit gerechnet, dass ich hier nur auf die ältere Generation treffe. Das Publikum ist jedoch bunt gemischt. Auch viele jüngere Leute sind gekommen.

»Guck mal, sitzt da vorne nicht Onno?«, fragt Anna und zeigt auf einen Mann, der ganz allein in einer der mittleren Stuhlreihen sitzt.

»Ich glaube schon, lasst uns mal zu ihm gehen«, antwortet Kim.

Anna hat recht, Onno dreht sich in dem Moment in unsere Richtung und winkt uns zu. »He, ihr drei. Schön, euch zu sehen.«

»He, Onno, finden wir auch. Sind die Plätze hier neben dir noch frei?«, fragt Kim.

»Klar, setzt euch. Wie geht's euch? Passt alles mit der Rikscha?«, fragt er.

»Ja, das funktioniert alles echt super«, antworte ich, während ich mich direkt neben Onno setze. Anna lässt sich in den Stuhl neben mir fallen, und Kim nimmt am Rand Platz, wo sie ihr Bein nach außen strecken kann.

»Sagt mal, was macht ihr eigentlich hier?«, fragt Onno. »Ich glaube eher nicht, dass die Döntje Singers euren Musikgeschmack treffen, oder irre ich mich etwa?«

»Ertappt!« Anna lacht. »Wir haben ein kleines Attentat auf die Herren vor. Wir wollen sie für unsere *Pension Herzschmerz* begeistern, die wir auf Norderney eröffnen wollen …«

Onno hört interessiert zu. Anders als der Bürgermeister lacht er uns nicht aus. Er zieht anerkennend die

Augenbrauen hoch, als Kim ihm davon erzählt, dass wir auf der Suche nach Fürsprechern sind.

»Guter Plan«, sagt er. »Ich bin für frischen Wind auf der Insel.« Er lächelt schelmisch. »Ich würde ja gern auch als euer Fürsprecher auftreten, allerdings wäre das wohl keine gute Idee. Swantje ist nicht gerade gut auf mich zu sprechen. Ich glaube, wenn ausgerechnet ich sie von einer Pension für Liebeskranke überzeugen will, schmeißt sie mich hochkant raus.«

»Onno!« Anna bohrt ganz frech ihren Finger in seine Rippen. »Sag bloß, du hast Swantjes Herz gebrochen?«

Onno seufzt. »Nein, nicht ihres, aber das ihrer Freundin. Die hat mir längst verziehen. Aber Swantje tötet mich immer noch mit Blicken, wenn ich ihr über den Weg laufe.«

»Kann ich verstehen«, sage ich.

Onno zuckt mit den Schultern. »Was soll man machen. Wo die Liebe hinfällt. Manchmal will das Herz eben anders als der Verstand.« Er reibt sich das Kinn und deutet mit dem Kopf zur Bühne. »Vielleicht kann ich euch anders helfen.«

»Jetzt sag nicht, du singst da ganz spontan auch mit?«, fragt Kim und muss lachen.

Onno rollt mit den Augen. »Um Himmels willen, dann würden alle wegrennen. Aber mein Kumpel Otto gehört dazu. Ich kann ihn nach einem Treffen für euch fragen, wenn ihr wollt.«

»Das wäre natürlich super«, sage ich. »Wir wollten sowieso ganz offiziell um einen Termin nach dem Auftritt bitten.«

Onno steht auf. »Na, dann schaue ich mal, wo der Halunke sich rumtreibt, bestimmt steht er am Bierwagen. Haltet mir den Platz frei, ich komme gleich wieder.«

»Wenn das klappt, Onno, bekommst du von mir eine Fußpflege-Flatrate auf Lebenszeit«, ruft Kim ihm nach. »Versprochen!«

»Einmal habe ich eh noch gut bei dir«, sagt Onno und verschwindet lachend in den Strom aus Zuschauern.

17

Die Stuhlreihen sind mittlerweile gut gefüllt, immer mehr Gäste treffen ein und suchen nach einem Platz. Die Stühle in der ersten Reihe wurden mit kleinen Kärtchen reserviert, ich beobachte, wie sich auch die langsam füllen, als ich plötzlich den Bürgermeister entdecke. Er nimmt schräg vor uns Platz. Super, gerade als ich es geschafft habe, die unangenehme Begegnung von heute Mittag aus meinem Kopf zu verbannen, taucht er wieder auf der Bildfläche auf. Er dreht sich natürlich prompt um, entdeckt mich und lächelt.

»Habt ihr gesehen?«, flüstert Anna neben mir. »Mister Charming Bürgermeister ist auch hier.«

»Stimmt«, sagt Kim. »Vielleicht können wir gleich noch mal mit ihm reden.«

»Ich glaube nicht, dass das sinnvoll ist«, sage ich schnell. »Wir sollten uns lieber auf die Schlagersänger konzentrieren.

»Oh, oh.« Anna schüttelt vehement den Kopf. »Pass bloß auf, dass du sie nachher nicht auch so nennst. Die singen keine Schlager. Döntjes sind kleine Anekdoten oder Geschichten aus dem Alltag, verpackt in Lieder. Daher ja der Name.«

»Weiß ich doch.« Natürlich habe ich mich vorher im Internet informiert, und wir haben auch ausführlich darüber gesprochen. »Habe ich nur nicht mehr daran gedacht. Ich bin auf jeden Fall gespannt, wie sie sich live anhören.«

»Lassen wir uns einfach mal überraschen, ich habe auch noch nie einen ihrer Auftritte gesehen«, erklärt Kim.

»Aber vielleicht sollten wir trotzdem noch mal den Bürgermeister …«, fängt Anna wieder an, doch da bahnt sich Onno seinen Weg durch unsere Reihe und setzt sich wieder neben mich.

»Herzlichen Glückwunsch, ihr habt nach dem Auftritt ein Date mit sechzehn gut aussehenden Männern«, sagt er und grinst uns an.

»Du bist echt der Wahnsinn, was würden wir nur ohne dich machen«, sagt Kim und strahlt bis über beide Ohren.

»Danke, Onno«, sage ich, kurz bevor es ganz still unter den Zuschauern wird.

Die älteste Boyband Norderneys begibt sich langsam auf die Bühne. Die sechzehn Männer verschiedenen Alters, bekleidet je mit einer schicken schwarzen Anzughose, einem weißen Hemd sowie einem dunkelblauen Schal und einer Schiffermütze, stellen sich in zwei Reihen versetzt hintereinander auf. Einige von ihnen tragen Instrumente bei sich, zumindest kann ich bis jetzt einen Herrn mit einem Akkordeon, einen mit Gitarre und einen mit Bass erkennen. Gespannt beobachte ich, wie sich die Bühne immer mehr füllt. Als alle ihre Position eingenommen haben, ergreift der Vorsitzende das Wort und begrüßt die Zuschauer.

Endlich geht es los, das erste Lied wird angespielt.

Von einem Moment auf den anderen ändert sich die Stimmung. Das Publikum jubelt und klatscht sofort mit. Gänsehaut kriecht meinen Nacken hoch. Ich kann zwar nicht behaupten, dass die sechzehn Männer meinen Musikgeschmack treffen, aber trotzdem reißen sie mich mit. Onno ist schon Feuer und Flamme und bewegt seinen Oberkörper rhythmisch zum Takt. Er steckt mich an, und ich klatsche mit. Anna und Kim schauen mich ganz verwundert an. Aber als die Döntje Singers anfangen zu singen, können auch meine Freundinnen nicht mehr widerstehen.

»Ich möcht so gern mit Dir allein …«

Es dauert nur ein paar Sekunden, bis auch Anna und Kim klatschen. Die Lebensfreude, die die Männer beim Musizieren versprühen, ist großartig. Ich merke richtig, wie die gute Laune auf mich übergeht und sich in mir breitmacht. Ich hake mich bei Onno ein, grinse Anna an und halte ihr den anderen Arm hin. Sie ruft: »Hoffentlich filmt das hier niemand«, steckt aber ihren Arm in meinen und schnappt sich mit dem anderen Kim. Wir haben so viel Spaß, dass ich sogar den Bürgermeister vergesse, der in Jeans und Shirt vor uns sitzt und aussieht wie ein ganz normaler Kerl.

»Die sind ja genial«, ruft Anna mir zu.

»Ja und wie!«, rufe ich zurück.

So geht es noch eine ganze Weile weiter. Wir lauschen Liedern wie *Mien Radio, Rum aus Jamaika, Huusmann oder Die sieben zum Verlieben*. Dabei tanzen, singen, feiern und lachen wir gemeinsam mit Onno.

Und dann ist die Show vorbei. Die Döntje Singers holen sich ihren verdienten Beifall ab, und auch wir applaudieren kräftig, bis Onno uns auffordert, ihm zu folgen. »Los, ihr drei, ich bringe euch hinter die Bühne.«

Lange müssen wir nicht warten. Onnos Freund Otto kommt mit den anderen fünfzehn Musikern im Schlepptau auf uns zugelaufen. Gut gelaunt und mit neugierigen Blicken stehen die sechzehn Döntje Singers vor uns.

»He, das war echt ein supertolles Konzert. Ich bin Kim, das sind meine Freundinnen Anna und Louise«, ergreift Kim mutig das Wort. Sie richtet sich direkt an den Vorsitzenden, der das Konzert eröffnet hat.

»Hallo, die Damen, freut mich, dass es euch gefallen hat. Ich bin Otto, der erste Vorsitzende der Döntje Singers. Mein Freund Onno hat mir erzählt, dass wir euch vielleicht behilflich sein können. Er wollte uns nicht verraten, um was es geht, hat uns aber drei charmante Damen mit einer bezaubernden Idee angekündigt.«

Wow, Otto ist nicht nur Onnos Kumpel, sondern der erste Vorsitzende der Döntje Singers. »Ihr kennt ja bestimmt Swantje von der Inselpension, oder?«, frage ich.

Otto und seine fünfzehn Kollegen nicken.

»Kim führt einen Fußpflegesalon in der Pension. Anna und ich sind ihre besten Freundinnen, wir kommen eigentlich aus dem Ruhrgebiet. Schon früher haben wir drei oft davon geträumt, uns gemeinsam selbstständig zu machen, und zwar am liebsten mit einer kleinen Pension, so wie Swantjes. Nun haben wir erfahren, dass Swantje ihre Pension verpachten möchte, und wir haben riesiges Interesse daran. Aber dafür brauchen wir Fürsprecher für unser Projekt«, erkläre ich.

»Und da haben wir an euch gedacht«, fügt Kim hinzu.

»So, habt ihr das. Was genau ist denn euer Projekt?«, fragt einer der Singers.

»Wir wollen eine Pension für liebeskranke Menschen eröffnen. Wir möchten einen Ort der Erholung schaffen, um den ersten Schmerz einer gescheiterten Liebe zu überwinden. Ich bin Restaurantfachfrau, und gemeinsam mit Louise als gelernter Reiseverkehrskauffrau und Kim als Kosmetikerin bilden wir das perfekte Team. Von der Taktung der Buchungen über das leibliche Wohl bis hin zum perfekten Wellnesstag kann alles von uns abgedeckt werden«, erzählt Anna stolz.

»Genau, das Einzige, das uns zu unserem Glück fehlt, sind die Räumlichkeiten. Es gibt einen direkten Konkurrenten, der bereits Insulaner auf seiner Seite hat. Wir haben gehofft, dass ihr uns unterstützen könnt«, erkläre ich ganz direkt.

»Das Thema ›Liebeskummer‹ bekommt im Alltag viel zu wenig Beachtung, dabei gibt es so viele Menschen, die darunter leiden. Wir sind uns auch bewusst, dass es durchaus einige Leute gibt, die das Thema überhaupt nicht ernst nehmen. Umso wichtiger ist es, dass wir uns jetzt darum kümmern«, macht sich Kim für uns stark.

Otto lächelt uns liebevoll an. »Ich finde, ihr habt echt Mumm, das muss ich euch lassen. Aus Schmerz, und das ist Liebeskummer definitiv, entstehen die besten Filme, und natürlich auch Lieder. Gebt uns einen Moment Zeit, um uns zu beraten. Kommt, Männer!«

Angespannt und neugierig, wie die Döntje Singers sich

wohl entscheiden werden, schauen wir zu den Männern. Sie sehen immer noch alle gut gelaunt aus, die meisten schmunzeln.

»Meint ihr, das klappt?«, flüstert Anna.

»Ich habe irgendwie ein gutes Gefühl«, antworte ich, als Otto uns zu sich winkt.

Voller Erwartung schauen wir in zweiunddreißig Augen, die allesamt vom Schalk umspielt sind. Einen kleinen Moment herrscht ein unerträgliches Schweigen.

Diesmal ist es Dieter, der zweite Vorsitzende, der das Wort ergreift. »Als Fürsprecher müssen wir zu einhundert Prozent hinter eurem Plan stehen, und ihr könnt euch sicher vorstellen, dass es bei sechzehn Männern nicht so leicht ist, auf einen Nenner zu kommen«, beginnt er.

»Mit anderen Worten: Wir brauchen noch ein wenig mehr Bedenkzeit, wann will Swantje denn eure Fürsprecher sehen?«, fragt Otto.

»Am Sonntag«, sage ich.

»Das kriegen wir hin. Bitte versteht uns, aber als Gruppe müssen wir uns bei Entscheidungen alle einig sein«, erklärt Otto.

»Das verstehen wir, kein Problem«, sagt Kim und lächelt Otto an. Ich kann in ihrem Blick jedoch genau erkennen, dass sie ein bisschen enttäuscht ist.

Ganz anders als Anna, die bis über beide Ohren strahlt. Sie scheint immer noch optimistisch zu sein. »Wir könnten euch unser Konzept zukommen lassen«, schlägt sie vor. »Vielleicht per Mail? Dann könnt ihr euch alles noch mal in Ruhe durchlesen.«

»Das klingt nach einer guten Idee«, sagt Otto. »Schick die Unterlagen am besten an ottosingtgern@email.de.«

»Coole Mailadresse«, stellt Anna fest. »Kann ich mir gut merken.«

»Vielen, vielen Dank, dass ihr darüber nachdenkt. Ihr würdet uns damit sehr helfen«, sage ich.

»Das machen wir gerne. Die meisten von uns finden eure Idee wirklich interessant, wenn es nicht so wäre, würden wir euch das natürlich sagen«, antwortet Otto.

Am liebsten würde ich zwar jetzt schon wissen, woran wir sind, aber erst mal heißt es positiv denken. Wenn wir es wirklich schaffen, am Sonntag mit einer ganzen Horde singender Männer um die Ecke zu kommen, freue ich mich schon auf Swantjes Blick.

Wir unterhalten uns noch ein wenig mit den Döntje Singers und schwärmen von unserem Plan, um den einen oder anderen noch ein bisschen zu beeinflussen, als es mir plötzlich die Sprache verschlägt. Der Bürgermeister kommt um die Ecke, um sich bei der Musikgruppe für den Auftritt zu bedanken.

»Mister Bürgermeister«, flüstert Anna prompt. »Den krall ich mir.«

»Nein, auf keinen Fall! Das geht nicht«, sage ich.

»Warum nicht?«, fragt Anna. »Wir können es doch wenigstens versuchen.«

»Erzähl ich euch später. Lasst uns gehen, ja?«, entgegne ich. »Kommt, schnell weg hier. Bitte!«

Wir bedanken uns noch mal bei Onno und den Döntje Singers und machen uns auf den Weg zu den Fahrrädern. Ein paar Minuten fahren wir still nebeneinanderher. Niemand sagt ein Wort, und die anfängliche Euphorie durch das Treffen mit den Döntje Singers ist einer unangenehmen drückenden Stimmung gewichen.

»Ich habe den Bürgermeister heute Mittag zufällig im Kurpark getroffen«, versuche ich, das Eis zu brechen.

»Wie jetzt?«, fragt Anna und fährt ein bisschen schneller, um mit dem Fahrrad direkt auf einer Höhe mit mir zu sein.

»Was ist passiert?«, fragt Kim aus der Rikscha.

»Schwer zu erklären.« Ich atme tief durch. »Ich habe ihn noch mal auf die Pension angesprochen. Er hat im ersten Moment sehr abweisend reagiert. Dann habe ich den dummen Spruch gebracht, dass er vielleicht nicht wisse, was Liebeskummer bedeutet, weil er noch nie welchen hatte. Damit habe ich ihn irgendwie verletzt und einen wunden Punkt getroffen. Ich habe es am Tonfall seiner Stimme gehört, als er mir geantwortet hat …«

»Was hat er gesagt?«, fragt Kim.

Es kommt mir nicht richtig vor, mit meinen Freundinnen darüber zu sprechen und auch Details preiszugeben. Was ist, wenn ich mich irre? »Es ist nur so ein Gefühl, aber ich glaube, er hat mal jemanden verloren, der ihm nahestand. Das hat mich komplett aus dem Takt gebracht. Ich habe an meine Eltern und meinen kleinen Bruder gedacht, hab angefangen zu weinen, bin aufgestanden und abgehauen.«

»Du Arme«, sagt Kim.

»So ein Idiot«, schimpft Anna.

»Nein, Anna. Er kann gar nichts dafür. Es ist jetzt zwar verdammt lange her, aber ab und an reißt es mir trotzdem immer mal wieder den Boden unter den Füßen weg. Das ist ganz normal. Es reicht ein Auslöser und …«

»Dann kann ich verstehen, dass du gerade geflüchtet bist!«, sagt Anna. »Den Bürgermeister haken wir ab. Ich will nicht, dass du dich schlecht fühlst, wenn du ihn siehst.«

»So schlecht fühle ich mich jetzt auch wieder nicht«, lenke ich ein. »Aber es ist mir auch irgendwie peinlich. Ich bin einfach aufgestanden und weggerannt. Was denkt der denn jetzt von mir?«

»Ist doch ganz egal«, sagt Kim. »Wen interessiert das?«

»Genau! Wie können wir dir helfen, Lou? Willst du weiter darüber reden oder lieber Ablenkung?«, möchte Anna wissen.

»Ablenkung!«, sage ich.

Anna räuspert sich. »Und jetzt bitte Ruhe zusammen«, sagt sie und fängt laut an zu singen. *»Ich möcht so gern mit Dir allein auf einer kleinen Insel sein …«*

Und auch Kim setzt mit ein: *»Eine Woche oder einen Monat oder ein Jahr …«*

Meine beiden Freundinnen sind die Besten! Ich brauche noch einen Moment, aber sie stecken mich tatsächlich an.

Laut singend und lachend fahren wir durch die mittlerweile dunklen Straßen Norderneys und singen Lieder der Döntje Singers.

Zurück im Garten, machen wir uns sofort bettfertig und kuscheln uns in unser Kissenmeer.

»Ist wirklich alles okay, Lou?«, fragt Anna.

»Ja, alles gut. Aber was ist überhaupt mit dir? Warst du

brav oder hast du Timo doch noch geschrieben?«, frage ich.

»Ich war brav!«, antwortet Anna wie aus der Pistole geschossen.

»Und ich bleibe es auch«, wirft Kim ein. »Tilko hat sich nämlich eben gemeldet. Er fragt, ob ich mich von meinen Aufpasserinnen losreißen könne, um ihn zu treffen.«

»Was antwortest du dem Spacko?«, fragt Anna.

»Nichts«, sagt Kim.

»Sehr gut.« Ich rolle mich in meine Decke. »Wo war eigentlich Fiete heute den ganzen Tag? Er hat sich gar nicht mehr sehen lassen.«

»Stimmt! Mir hat er auch nicht geschrieben«, murmelt Kim und gähnt. »Den dürfen wir nicht vergessen. Er steht immerhin auch auf unserer Fürsprecherliste.«

Neben mir seufzt Anna tief auf. »Ich hoffe, dass die Singers uns helfen.« Da richtet sie sich noch mal von ihrer Matratze auf. »Ich hab die Idee! Was, wenn wir uns an Swantjes Freundin wenden? Onno hat ihr das Herz gebrochen. Sie scheint ja schon mal Liebeskummer gehabt zu haben. Kennst du sie, Kim? Die ist doch bestimmt von der Insel.«

»Ich glaube nicht. Wenn doch, dann trifft sie sich nicht in der Pension mit Swantje. Außerdem weiß ich nicht, ob das so eine gute Idee ist. Am Ende stellt sie sich noch gegen uns.«

»Da kannst du recht haben.« Ich gähne herzhaft. »Lasst uns morgen weiter überlegen. Ich bin müde.«

»Nacht, Mädels«, sagt Kim. »Schön, dass ihr meine Freundinnen seid.«

18

Die Sonnenstrahlen kitzeln mich im Gesicht, als ich verschlafen die Augen öffne und mich auf die Seite drehe. Kim und Anna bewegen sich keinen Millimeter, sie scheinen noch im Land der Träume zu stecken. Ich strecke mich und passe auf, die beiden nicht zu wecken, während ich langsam unter meiner Decke hervorkrabble. Auf Zehenspitzen schleiche ich mich aus dem Gartenhäuschen und lehne die Tür an. Ich setze mich einen Moment auf die Stufen der Terrasse und halte mein Gesicht in die Sonne.

»Guten Morgen«, höre ich da eine Männerstimme rufen.

Ich blinzele mit den Augen und brauche einen Moment, bis ich realisiere, wer da in Sportklamotten hinter dem Gartentor steht. Es ist tatsächlich der Bürgermeister, der mir zuwinkt. Was will der denn hier? Ich unterdrücke meinen Fluchtinstinkt, hebe die Hand und winke zaghaft zurück.

»Hätten Sie eine Minute Zeit für mich?«

Na super, wenn der Kerl weiter so rumbrüllt, weckt er Kim und Anna. Ich stehe auf. Dabei werden mir die kurzen Schlafshorts und das knappe Shirt mit dem Aufdruck *Prinzessin* bewusst, die ich trage. Anna hat es mir mal zum Geburtstag geschenkt.

»Na, ganz toll«, murmele ich, schnappe mir die pinke

Decke, die glücklicherweise über einem der Stühle hängt, lege sie mir wie einen Poncho um die Schultern und gehe zum Tor. Als ich dabei auf ein kleines spitzes Steinchen trete, fluche ich und schüttle im nächsten Moment den Kopf. Ich trage einen peinlichen Pyjama, eine pinke Decke, meine Haare sind zerzaust – und außerdem hatte ich noch keinen Kaffee.

»He!« Vor ein paar Tagen hätte ich noch sein »Guten Morgen« erwidert, aber die hier übliche Begrüßung der Insulaner gehört mittlerweile wie selbstverständlich zu meinem Sprachgebrauch.

Er lächelt mich an. In seinen Augen entdecke ich viele kleine silberne Fünkchen, die geradezu blitzen. Mein Outfit scheint ihn köstlich zu amüsieren.

Ich straffe die Schultern und recke mein Kinn. »Was gibt's?«

»Ich war zufällig in der Nähe und wollte in den Kleingärten nach dem Rechten sehen«, antwortet er. »Da sehe ich Sie vor dem Gartenhaus sitzen.«

Zufällig? Ja, nee, ist klar! Sein Shirt ist verschwitzt. »Wenn ich die Wahl habe, entweder am Meer oder in einer Kleingartenanlage zu joggen, würde ich wahrscheinlich auch die Gärten wählen«, sage ich und muss grinsen. »Ist ja auch viel schöner hier.«

»Ertappt.« Er lächelt schelmisch und fährt sich durchs Haar. »Wenn ich ehrlich bin, wollte ich Sie fragen, ob Sie vielleicht eine Runde mit mir spazieren gehen? Ich würde gerne ein paar Dinge mit Ihnen besprechen.«

Wow, damit habe ich nicht gerechnet. »Was für Dinge?«, frage ich ganz direkt.

Da höre ich hinter mir eine Tür zuklappen und schon kurz darauf Anna. »Lou? … Ach du Scheiße! … Kim …«

Ich lächle breit. »Sie hatte auch noch keinen Kaffee.« Und natürlich macht sie sich sofort auf den Weg zu uns. Sie ist immerhin meine Freundin und weiß, dass es mir wegen ihm gestern schlecht ging, auch, wenn er genau genommen gar nichts dafür kann.

Mein Gegenüber scheint sichtlich Spaß zu haben. Das Funkeln in seinen Augen verstärkt sich. »Passiert mir öfter mal, dass Menschen mit ›Ach du Scheiße‹ reagieren, wenn sie mich sehen. Das bringt mein Job mit sich.«

Ich drehe mich zu meiner Freundin. Ihr ist es anscheinend egal, dass sie nur ein weißes Männershirt und Hotpants trägt. Und auch Kim scheint ihr Aussehen nicht zu interessieren. Sie kommt in ihrem bunt geringelten Longshirt auf uns zugehumpelt.

Die beiden nehmen mich in ihre Mitte.

»He, Herr Frerichs«, sagt Kim.

Anna schweigt, wirft mir aber einen fragenden Blick zu. Ich lächle schnell, damit sie sieht, dass alles in Ordnung ist.

Da fragt der Bürgermeister: »Schlafen Sie etwa alle hier? Sie wissen schon, dass das nicht erlaubt ist, oder?«

»Ähm …«, macht Kim.

An seinen Augen kann ich ganz genau erkennen, dass er uns damit nur foppen will. Aber meine beiden Freundinnen merken das nicht.

»Es ist ein Notfall, weil Kim so schlecht Treppen steigen kann«, flunkert Anna. »Und wir sind hier, um ihr zu helfen.«

»Keine Angst.« Er zwinkert Anna zu. »Von mir erfährt es niemand.«

Hat er eben doch keinen Spaß gemacht? »Ist es wirklich nicht erlaubt?«, frage ich.

»Leider nicht«, antwortet Herr Frerichs. »Der Kleingartenverein dient als soziales Rückzugsgebiet für die Einwohner. Man muss seinen ersten Wohnsitz auf Norderney angemeldet haben.«

»Der Garten gehört Fiete, Fiete Brinkmann. Er ist Insulaner«, erklärt Kim.

»Ja, ich weiß. Und vorher gehörte er seiner Oma. Ich bin mit Fietes Bruder gemeinsam zur Schule gegangen.« Der Bürgermeister lässt seinen Blick durch den Garten schweifen. »Wir haben hier nicht nur eine Party gefeiert. Und danach auch ganz gern mal hier übernachtet. Aber jetzt mal ernsthaft. Gegen ein paar Tage sagt hier sicher niemand was.« Er zeigt lächelnd auf Kims Fuß. »Zumal das wirklich eine gute Begründung ist. Aber auf Dauer ist das natürlich keine Lösung.«

»Wissen wir«, sagt Anna. »Soll es auch nicht sein. Ich habe keine Lust darauf, im Winter hier kalt zu duschen.«

»Das kann ich mir gut vorstellen.« Er sieht mir direkt in die Augen. »Was ist mit unserem Spaziergang?«

Ich kann förmlich spüren, wie Kims und Annas Blicke auf mich fliegen. Sie sind mindestens genauso überrascht, wie ich es eben war.

»Jetzt?«, frage ich und schaue an mir herunter.

Der Bürgermeister zupft an seinem Shirt. »Nein, das will ich Ihnen nicht antun. Ich muss vorher duschen. In einer Stunde?«

»Hm«, mache ich. Soll ich wirklich? »Okay, in einer Stunde.«

»Schön, ich freu mich.« Er drückt auf seine Sportuhr. »Dann bis später. Ich komme mit dem Rad.« Er grinst schelmisch. »Die Kleingartenanlage ist wirklich hübsch, aber für einen Spaziergang finden wir einen schöneren Ort. Dafür müssen wir aber erst mal ein wenig in die Pedale treten.«

»Ich habe mittlerweile Übung«, sage ich und zeige auf die Rikscha. »Eine von uns fährt Kim damit zu ihren Kunden und Kundinnen.«

»Davon habe ich schon gehört. Sehr schöne Idee!« Er läuft langsam los, dreht sich noch mal um und ruft: »Bis gleich, ich freu mich!«

Wir bleiben am Gartenzaun stehen und schauen dem Mann nach, der den Weg entlang in Richtung Ausgang joggt.

Anna ist die Erste, die ihre Sprache wiederfindet. »Alter, du hast ein Date mit dem Bürgermeister von Norderney«, sagt sie.

»Zwanzig Euro!«, rufen Kim und ich gleichzeitig und lachen.

»Boah!« Anna rollt mit den Augen.

Wir sind alle drei im Ruhrgebiet aufgewachsen. Das »Boah ey«, »datt« und »watt« wurde uns sozusagen in die Wiege gelegt. Mir gefällt die Sprache des Potts. Aber als Anna irgendwann mit ihrem »Alter« um die Ecke kam und uns damit auch noch infiziert hat, haben wir nach ein paar Monaten beschlossen, das Wort aus unseren Gesprächen zu streichen. In meiner Wohnung steht ein fettes Sparschwein, in das jedes Mal zwanzig Euro wandern, wenn es einer von uns doch wieder rausrutscht. Anna hält dabei eindeutig den Rekord.

»Wie viel haben wir eigentlich schon?«, fragt sie prompt.

»Über vierhundert Euro«, antworte ich.

»Und die Hälfte ist von mir.« Sie gibt mir einen kleinen Stups. »Und jetzt erzähl. Wie kommt es, dass ihr ein Date habt?«

»Das ist kein Date!«, erkläre ich. »Er will sich einfach nur mit mir unterhalten.« Auf meine Frage, über was, habe ich vorhin keine Antwort bekommen, weil meine Freundinnen dazwischengefunkt haben. »Vielleicht über die Pension?«

Neben mir fängt Kim an zu kichern. Ich stemme meine Arme in die Hüften und werfe ihr einen kleinen bösen Blick zu. Aber das interessiert Kim nicht die Bohne. Sie schüttelt grinsend den Kopf. »Alles klar, er will mit dir über die Pension sprechen – allein –, wo er doch die Möglichkeit hätte, exklusiv mit allen drei zukünftigen *Pension-Herzschmerz*-Inhaberinnen gleichzeitig zu sprechen.«

»Er will bestimmt mit mir über unser Gespräch im Kurpark reden«, lenke ich ein. »Wahrscheinlich denkt er, dass er sich irgendwie entschuldigen muss, weil ich angefangen habe zu heulen.«

Kim sagt nichts mehr. Sie lächelt einfach. Und Anna grinst wie ein Honigkuchenpferd.

»Ach, ihr seid doof!« Ich drehe mich um und gehe zum Haus.

Meine Freundinnen kommen lachend hinter mir her. »Ist dir aufgefallen, wie Mister Bürgermeister sie die ganze Zeit angesehen hat, Kim?«, fragt Anna laut. »Und er hat sich sogar noch mal nach ihr umgedreht, nachdem er losgelaufen ist.«

»Lag vielleicht an Lous niedlichem pinken Prinzessinnen-Outfit«, antwortet Kim. »Übrigens süß, wie du versucht hast, deine wundervollen weiblichen Rundungen vor ihm zu verstecken, Lou.«

Jetzt muss auch ich lachen. Ich bleibe stehen und drehe mich um. »Okay, vielleicht habt ihr recht. Aber ich stehe nicht auf ihn. Und außerdem … der Kerl ist Bürgermeister!«

Eine Stunde später haben wir gefrühstückt, ich habe geduscht und sitze mit Kim und Anna am Tisch vor dem Haus. Es ist kurz vor zehn Uhr, und die Sonne ist schon richtig schön warm. Ich trage Jeansshorts, ein schlichtes weißes T-Shirt mit V-Ausschnitt und Sneakers. Beim Auswählen der Klamotten habe ich mich dabei ertappt, dass ich mir Gedanken über mein Aussehen gemacht habe.

Ich habe mich bewusst für etwas Schlichtes entschieden, wollte dabei aber auch gut aussehen. Das weiße Shirt betont meine leicht gebräunte Haut, und in der Jeans mache ich eine ganz gute Figur. Die Haare habe ich mir zu einem Zopf gebunden.

Ich versuche, immer ehrlich mir gegenüber zu sein und mir nichts vorzumachen. Irgendwas in mir fühlt sich tatsächlich zu ihm hingezogen … Aber ich kann es noch nicht einordnen. Vielleicht ist es einfach die Tatsache, dass wir anscheinend ähnliche Erfahrungen gemacht haben – es sei denn, ich tappe doch völlig im Dunkeln und habe mir das nur eingebildet.

»Wir fahren dann gleich schon mal Richtung Stadt, Lou. Du warst ja schon ein paarmal hier und kennst alles. Ruf einfach an, wenn du wieder da bist, dann kannst du nachkommen, wenn du Lust hast«, sagt Kim.

»Okay.« Ich deute mit dem Kopf in Richtung Weg. »Da kommt er.«

»Pünktlich!«, sagt Anna und grinst.

Sie weiß, dass Nils mich mit seiner Unpünktlichkeit in den Wahnsinn getrieben hat. Das heißt nicht, dass es mir nicht auch mal passiert. Aber wenn ich die Möglichkeit habe, rufe ich zumindest an und gebe Bescheid, dass ich mich verspäte. Obwohl Nils wusste, wie wichtig mir das ist, hat er es immer wieder geschafft, mich warten zu lassen. Und ich saß dann da und habe mir Gedanken darüber gemacht, ob vielleicht etwas Schlimmes passiert ist. Immerhin ist Nils Polizist. Ich schüttle unwillkürlich den Kopf. Unsere Trennung ist nur wenige Tage her, und mir wird immer klarer, dass ich den Schlussstrich schon viel früher hätte ziehen müssen. Nils hat mich nie wirklich verstanden.

»Was ist los?«, fragt Kim.

»Warum? Was meinst du?«

»Du hast gerade den Kopf geschüttelt«, erklärt Kim.

»Meine Gedanken waren woanders.« Ich stehe auf und sehe zum Tor. »Gibt es für Bürgermeister eigentlich eine offizielle Kleiderordnung?« Der Mann, der auf mich wartet, trägt Jeans und dazu ein schwarzes T-Shirt.

Meine Freundinnen folgen meinem Blick.

»Eine offizielle Verordnung kann ich mir nicht vorstellen, aber einen Dresscode gibt es bestimmt«, antwortet Kim. »Zumindest habe ich unseren Bürgermeister schon ein paarmal im Anzug gesehen. Er sieht gut aus darin – wenn man auf so was steht.«

»Nicht so viel nachdenken, Lou! Ihr geht doch nur spazieren«, sagt Anna.

Ich ziehe eine Augenbraue hoch. »Ja, super, ihr habt mich doch deswegen ganz verrückt gemacht.«

Anna lächelt mich an. »Wir haben dich lieb. Viel Spaß!«

Meine Verabredung wartet auf mich. Ich schiebe mein Rad bis zum Tor. »He!«

»He! Schön, dass Sie so spontan Zeit für mich haben.«

Es kommt mir ein wenig befremdlich vor, dass wir uns immer noch siezen. Aber da ich noch nicht weiß, was da jetzt auf mich zukommt, bleibe ich erst mal dabei.

»Wo fahren wir denn hin?«, frage ich, als ich mein Rad auf den Weg schiebe.

»Ich schlage vor, wir fahren mit den Rädern zum Wäldchen. Das liegt nicht weit weg von hier und ist nicht so überrannt. Was halten Sie davon?«

»Gute Idee, das kenne ich noch nicht.«

Der Weg ist breit genug, um mit unseren Rädern nebeneinanderher zu gehen. »Übrigens sehr nette Freundinnen. Sie haben bestimmt viel Spaß miteinander.«

»Absolut. Spaß – und noch viel mehr. Kim kenne ich schon seit der Realschule. Ich weiß, dass ich mich immer hundertprozentig auf sie verlassen kann. Und auf Anna auch, sie habe ich erst später kennengelernt.« Ich rechne in Gedanken nach. »Damals habe ich gerade meine Ausbildung begonnen, das ist jetzt also etwa zehn Jahre her.« Ich lächle in mich hinein. »Wir feiern also bald unser Jubiläum.«

»Gute Freunde sind wichtig.« Er schaut kurz zu mir rüber. »Dann sind Sie also sechsundzwanzig. Realschule, Ausbildung … Und es ist jetzt zehn Jahre her.«

»Fast, gut gerechnet. Ich habe vorher noch mein Fachabi gemacht. Ich bin achtundzwanzig.« Ich grinse schelmisch. »Bei Ihnen ist es einfacher. Jeder weiß, dass Sie vierunddreißig sind.«

»Das stimmt.«

Wir gehen schweigend weiter. Da kommt links vor uns eine Frau mit grauen Haaren aus dem Garten. Im Arm hält sie einen Korb voller Kirschen.

»He, Jan!«, sagt sie, sieht aber mich dabei an.

»He!«, grüße ich zurück.

Fast gleichzeitig grüßt auch meine Begleitung mit »He, Hilde«. Er zeigt auf den Korb. »Marmelade?«

Sie lächelt schelmisch. »Aufgesetzter. Im Winter kannst du auf ein Glas vorbeikommen.«

»Mach ich doch gern … Bis dann.« Wir schieben die Räder weiter bis zum Ausgang.

»Wollen wir?«, fragt der Bürgermeister der Insel.

Ich nicke. »Sehr gern.«

Da schon jede Menge Leute um diese Uhrzeit unterwegs sind, fahren wir die meiste Zeit hintereinander und kommen so gut wie nicht dazu, uns zu unterhalten. Wir radeln durch Wohnsiedlungen und an einigen wunderschönen Ferienhäusern vorbei. Wahrscheinlich unbezahlbar, schießt es mir durch den Kopf – und dass unsere kleine Gartenvilla durchaus auch ihren Charme hat.

»Da vorne ist der Eingang zum Waldweg, wir sind gleich da«, ruft der Bürgermeister.

Und dann halten wir auch schon an.

»Wir können unsere Räder am besten hier vorne abstellen.«

Er zeigt auf einen kleinen Holzpfahl neben dem Eingang zum Trampelpfad direkt vor uns. Mitten auf Norderney gibt es doch tatsächlich einen richtigen kleinen Kiefernwald. Wir betreten den gepflegten Waldweg, und ich atme tief durch. Links und rechts von uns reihen sich etliche Bäume und Sträucher aneinander. Alles leuchtet in einem satten Grün.

»Ich komme gerne hierher, wenn ich mal ein bisschen Ruhe brauche«, sagt der Bürgermeister. »So ruhig wie am Ostende der Insel ist es zwar nicht, dafür muss ich aber nicht so weit fahren.«

»Es ist sehr schön hier.« Ich schaue mich um. »Wachsen hier auch Pilze? Essbare, meine ich.«

»Das weiß ich ehrlich gesagt gar nicht. Kennen Sie sich denn aus damit?«

»Früher bin ich regelmäßig mit meinem Opa Pilze sammeln gegangen. Er war Experte – und er kannte die besten Stellen. Ab dem Spätsommer haben wir Stunden im Wald verbracht auf der Suche nach Steinpilzen, Hexenröhrlingen und Maronen.«

»Lecker!«

»Das klingt jetzt vielleicht ein bisschen verrückt, ich mag gar keine Pilze. Den Geschmack ja, aber irgendwie habe ich ein Problem mit der Konsistenz. Pilze sind mir zu schwammig, genauso wie Zucchini und Zwiebeln«, sage ich – und beiße mir im nächsten Moment auf die Zunge. Erst erzähle ich ihm, dass ich mir niemals Bücher aus Bibliotheken ausleihen würde, weil andere Leute sie schon angefasst haben, und jetzt, dass ich bestimmte Sachen aufgrund der Konsistenz nicht esse. »Ich weiß, das klingt schon ein bisschen speziell«, füge ich hinzu.

Er lacht. »So hat jeder seine kleinen Macken. Dafür mag ich keinen Spargel, werde aber jedes Jahr aufs Neue gleich ein paarmal zum Spargelessen eingeladen, sobald die Saison losgeht.«

»Spargel mag ich allerdings.« Dass ich keine Lust habe, die Stangen zu schälen, und deswegen nur welchen beim Obsthändler um die Ecke kaufe, der einen automatischen Schälautomat hat, behalte ich für mich.

»Mein Opa hat mir Angeln beigebracht«, sagt er da plötzlich. »Er fährt heute noch gern mit dem Boot raus, zum Fischen.«

Mein Opa ist nicht mehr da, schießt es mir durch den Kopf. Und auf einmal fehlen mir die Worte.

Eine Weile gehen wir einfach still nebeneinanderher, bis er fragt: »Da vorne kommt eine Bank, wollen wir uns vielleicht einen Moment setzen?«

»Ja, gern.«

Wir setzen uns nebeneinander, ich lehne mich zurück und atme tief durch.

»Es tut mir leid, dass ich Sie im Kurpark zum Weinen

gebracht habe. Ich wollte nicht so ruppig sein«, sagt er unvermittelt.

»Schon okay. Ich war ja auch nicht gerade feinfühlig«, erwidere ich.

»Trotzdem, das hätte mir nicht passieren dürfen. Also noch mal, es tut mir leid. Und es ist auch nicht so, dass ich die Idee mit der Pension nicht gut finden würde. Im Gegenteil, ich finde sie sehr charmant. Aber als Bürgermeister sollte ich mich in solche Angelegenheiten generell nicht einmischen.« Er legt eine kleine Pause ein. »Sie hatten übrigens recht, richtigen Liebeskummer hatte ich noch nie.«

Ich brauche einen Moment, bis ich verstehe, was er mir da gerade gesagt hat, fühle mich aber in meiner Vermutung doch bestätigt. Wenn er noch nie »richtigen« Liebeskummer hatte, ist er auf eine andere Art verlassen worden.

Gerade als ich zu einer Antwort ansetzen will, kommt er mir zuvor: »Ich drücke Ihnen aber die Daumen, dass es mit der Pension klappt. Und ich verspreche, dass ich demnächst nicht mehr so ruppig reagiere.« Er lächelt. »Ich möchte nicht, dass Frauen wegen mir weinen.«

»Okay …« Mein Kopf leistet Schwerstarbeit. »Sie glauben, dass ich geheult habe, weil Sie mich angepampt haben?«, frage ich schließlich.

Er wirkt überrascht. »War es nicht so?«

Und jetzt?

Ich atme tief ein und wieder aus. »Nein«, sage ich schließlich. »Letztendlich können Sie gar nichts für meinen kleinen Gefühlsausbruch. Etwas, oder besser gesagt, wie Sie etwas gesagt haben, hat mich völlig unerwartet in die Vergangenheit katapultiert. Es war der Satz, Sie würden wissen, wie es sich anfühlt, Nacht für Nacht im Bett aufzuwachen, mit einem leeren Platz an der Seite … Wahrscheinlich kann man das nicht wirklich miteinander vergleichen, aber als Kind bin ich regelmäßig mit meinen Großeltern in den Urlaub gefahren. Als ich zwölf war, haben wir, wie so oft, zwei Wochen in Greetsiel verbracht. Meine Eltern und mein kleiner Bruder haben uns für ein Wochenende dort besucht. Da wir nicht genug Platz hatten, habe ich meinem Bruder erlaubt, bei mir im Bett zu schlafen. Er war damals erst drei Jahre alt. Danach sind meine Eltern mit meinem Bruder wieder zurück nach Oberhausen gefahren, er hat mir noch fröhlich zugewinkt und seine Nase an der Scheibe platt gedrückt. Eine Woche später wollten sie mich bei Oma und Opa abholen. Wir haben uns gewundert, weil sie sich verspätet hatten, aber wir haben uns weiter keine Gedanken gemacht. Als es dann endlich klingelte, habe ich lachend die Tür geöffnet. Ich hatte schon den richtigen Spruch auf den Lippen, von wegen zu spät kommen. Aber vor mir standen zwei Polizisten und eine fremde Frau. Mir war im Bruchteil einer Sekunde klar, dass etwas Schlimmes passiert sein musste, und ich habe nach meinem Opa gerufen. Es stellte sich heraus, dass die Frau eine Seelsorgerin war. Meine Eltern und mein kleiner Bruder sind auf dem Weg zu uns bei einem schweren Verkehrsunfall ums Leben gekommen. Auf der Autobahn ist das Unglück passiert. Direkt vor ihnen hatten sich zwei Lkws ineinander verkeilt, meine Mutter ist gefahren, sie hat noch gebremst, aber das Fahrzeug hinter ihnen ist mit voller Wucht auf sie aufgefahren. Sie waren sofort tot. Letztes Jahr ist mein Opa gestorben …« Meine Stimme bricht, und ich brauche einen Moment, bis ich mich wieder gefasst habe. »Oma ist dann vor einem halben Jahr nach Osnabrück zu ihrer Schwester gezogen, die auch Witwe ist. Sie wollte erst nicht, weil sie in meiner Nähe bleiben wollte. Aber sie war ganz allein, ich hatte meinen Freund. Also habe ich sie richtiggehend gezwungen zu gehen.« Ein klitzekleines Lächeln huscht über mein Gesicht. »Ich glaube, die beiden haben viel Spaß zusammen. Wenn ich sie besuche oder mit ihr telefoniere, ist Oma immer gut gelaunt.« Noch einmal atme ich tief durch. »Tut mir leid, normalerweise spreche ich mit niemandem darüber. Ich dachte nur …« Genau genommen habe ich gar nicht gedacht. Ich schüttele den Kopf, weil ich mich gerade selbst nicht verstehe.

»Jette, meine Freundin, hatte ein Aneurysma im Kopf, das geplatzt ist«, sagt er da. »Die Notoperation hat sie nicht überlebt. Das ist jetzt drei Jahre her.« Er dreht sich zu mir und lächelt schief. »Ich finde übrigens, spätestens jetzt sollten wir uns duzen. Ich habe eigentlich nur auf den richtigen Moment gewartet. Ich bin Jan.«

Auf einmal muss ich lachen. »Ja, sehr gern. Ich bin Lou – oder Louise.«

Er betrachtet mich einen Moment nachdenklich. »Ich habe manchmal die Tendenz, in Selbstmitleid zu zerfließen. Falls mir das demnächst wieder passiert, denke ich an unser Gespräch. Und daran, dass du es geschafft hast, trotz allem so lebensfroh zu bleiben.«

»Therapie und harte Arbeit«, gebe ich zu. »Aber natürlich auch meine Großeltern und meine Freundinnen, insbesondere Kim, mit der ich zu dem Zeitpunkt schon befreundet war.« Ich schaue mich einmal um. »Vor allen Dingen Opa. Er hat mir beigebracht, den Blick auf die schönen Dinge nicht zu verlieren – und dass ich nach vorne schauen soll. Er wäre begeistert, wenn er wüsste, dass wir ernsthaft überlegen, eine Pension für Menschen mit Liebeskummer zu eröffnen.«

»Die Idee ist wirklich schön. Schade, dass ich euch nicht unterstützen kann«, sagt Jan. Aus seiner Stimme höre ich echtes Bedauern heraus.

»Ist schon okay, ich versteh das.«

»Und was sagt dein Freund dazu? Du kommst aus Oberhausen, das ist ein ganzes Stück Weg bis Norderney. Steigt er mit ein in die Pension?«

Überrascht horche ich auf. Checkt da jemand gerade ab, ob ich Single bin? Ich bemühe mich, ernst zu bleiben, kann aber ein kleines Grinsen nicht unterdrücken. »Wir haben uns getrennt«, sage ich schließlich. »Kurz bevor ich nach Norderney gefahren bin.«

»Oh, das tut mir leid«, sagt Jan, dann lächelt er. »Nein, nicht wirklich – und jetzt erzähl mal, wie läuft es denn mit eurer Fürsprechersuche? Ich bin ehrlich, ich würde mich freuen, wenn alles so klappt, wie ihr es euch vorstellt.«

»Wir haben gestern den Döntje Singers von unserem Plan erzählt und warten noch auf ihre Entscheidung. Heute Nachmittag treffen wir uns noch mit Beeke. Ich hoffe, dass wenigstens sie direkt zusagt«, antworte ich und zucke mit den Schultern. »Danach müssen wir eben weiterschauen. Aber uns wird schon etwas einfallen.«

»Da bin ich mir ganz sicher.« Er schaut auf seine Uhr. »Wollen wir noch ein Stück gehen? Sehr viel Zeit habe ich nicht mehr, und ein bisschen Bewegung würde mir guttun.«

»Ja, gerne«, sage ich.

Gerade als wir aufstehen, klingelt sein Handy. »Tut mir leid, da muss ich eben rangehen.«

»Jan Frerichs … Ja … Seit wann? Das kann ich mir nicht vorstellen, aber wir sollten es trotzdem ernst nehmen … In Ordnung … bis gleich.«

»Alles okay?«, frage ich, als er das Gespräch beendet hat.

»Es tut mir wirklich leid, aber es sieht so aus, als müsste ich unser Treffen früher abbrechen, als mir lieb ist.«

»Ist etwas passiert?«, frage ich.

Jan zögert einen Moment, erklärt dann aber: »Ein Urlauber wurde von seiner Freundin als vermisst gemeldet. Und weil die Polizisten ihr gesagt haben, sie soll erst mal Ruhe bewahren und warten, steht sie jetzt gerade ganz aufgelöst vor meiner Sekretärin. Ich sollte mal schauen, was los ist«, antwortet er. »Aber keine Sorge, in der Regel klärt sich das nach ein paar Stunden von allein. So wie ich das verstanden habe, war der Vermisste abends noch eine Runde feiern. Wahrscheinlich schläft er irgendwo seinen Rausch aus.«

Wir sind schon fast wieder bei den Rädern, als Jans Telefon noch einmal klingelt. Er geht ran, hört einen Moment zu und sagt: »Richtig, Julian, Julian Neumann, groß, recht korpulent ... Seine Freundin hat doch bestimmt ein Foto von ihm ... Nein ... Ja ... Ich bin schon auf dem Weg.«

Dieser Name, Julian ... In meinem Kopf fängt es an zu rattern. Groß, korpulent ... Die beiden von der Fähre! »Heißt die aufgelöste Freundin zufällig Nele?«

»Ja. Kennst du sie?«, fragt er.

»Nur flüchtig, wir haben uns auf der Fähre kennengelernt«, antworte ich. »Soll ich mitkommen? Vielleicht kann ich sie ein bisschen beruhigen. Dann ist sie nicht so allein«, sage ich.

Jan lächelt mich an. »Ja gerne, wenn du das machen würdest.«

Nur ein paar Minuten später schwingen wir uns auf die Räder und fahren auf direktem Weg zum Conversationshaus.

19

»Es ist wohl besser, wenn ich erst mal schaue, was da los ist. Würdest du hier so lange warten?«, fragt Jan.

»Klar.« Ich zeige auf eine Bank in der Nähe. »Sagst du mir Bescheid, wenn du meine Hilfe nicht brauchst? Du kannst mich ja anrufen, ich gebe dir meine Handynummer. Magst du sie gleich abspeichern?«

Jan greift hinten in seine Hosentasche und streckt mir sein Handy entgegen. »Gute Idee.«

»Ich lass einfach kurz durchklingeln, dann hast du auch meine«, schlägt er vor.

»Super, bis gleich.« Ich setze mich auf die Bank und beobachte, wie Jan im Conversationshaus verschwindet. »Oh Mann«, sage ich leise zu mir selbst, während ich seine Nummer abspeichere. »Der Kerl ist Bürgermeister.«

Ich warte den Freizeichenton ab und lege auf. Mein Blick fällt auf das schöne weiße Gebäude, in dem sich Jans Arbeitsplatz befindet. Dabei wird mir klar, dass ich gar nicht weiß, was Jans richtiger Beruf ist. Hoffentlich kein Anwalt, denke ich, so wie Nils' Vater. Der hatte prinzipiell immer recht – und auch wenn nicht, hat er es am Ende so gedreht, dass man sich irgendwie schuldig fühlte.

Ich überlege gerade, ob ich die Zeit nutze, ein bisschen in meinem Smartphone zu recherchieren, da sagt eine Frau neben mir: »Hi, du bist doch, Lou, oder?«

Ich schaue überrascht auf. Vor mir steht Nele mit rot verweinten Augen. »Ja, und du bist Nele. Wir haben uns auf der Fähre kennengelernt.« Verwundert werfe ich einen schnellen Blick auf mein Handy. Habe ich den Anruf verpasst?

»Hast du was dagegen, wenn ich mich setze?«, fragt sie.

»Nein, natürlich nicht«, antworte ich. Genau in dem Moment klingelt mein Handy, Jan ruft an.

»Da muss ich kurz rangehen«, sage ich und nehme das Gespräch an. »Hi.«

»Sie war nicht mehr da. Wir müssen uns ganz knapp verpasst haben«, sagt Jan.

»Kann ich dich gleich zurückrufen?«, frage ich. »Ich habe eben eine Frau getroffen, die ich auf der Fähre kennengelernt habe.« Es kommt mir nicht richtig vor, Nele zu sagen, dass ich von Julians Verschwinden weiß. Nicht, dass ich Jan damit in Schwierigkeiten bringe.

Er zögert einen Moment, scheint aber dann zu verstehen. »Alles klar, meldest du dich dann noch mal?«

»Natürlich, bis gleich.« Ich schaue zu Nele. »Sorry.«

»Kein Problem.« Sie seufzt. »Julian ist verschwunden.«

Und nun? Ich entscheide mich für ein bisschen Wahrheit. »Das weiß ich. Ehrlich gesagt habe ich hier auf dich gewartet. Ich habe zufällig mitbekommen, wie der Bürgermeister mit seiner Sekretärin telefoniert hat. Dabei ist Julians Name gefallen und dass du ihn als vermisst gemeldet hast. Ich habe gedacht, ich frag dich einfach mal, ob du Hilfe brauchst.« Ich lächle sie an. »Und jetzt sitzt du hier neben mir.«

Zum Glück hinterfragt Nele die Geschichte nicht. »Das ist ja lieb von dir.« Sie atmet tief durch. »So ein Scheiß. Was mach ich denn jetzt?«

»Erzähl erst mal, was passiert ist.«

»Wir haben uns gestritten, er war sauer, ist was trinken gegangen und nicht zurückgekommen. Das ist die Kurzfassung.«

»Oh, das ist ja doof. Ich kann mir vorstellen, wie du dich jetzt fühlst. Dein Kopf sagt dir wahrscheinlich, dass nichts passiert ist und er irgendwo betrunken abgestiegen ist. Aber dein Herz geht kaputt vor Sorge, weil du befürchtest, es könnte doch was passiert sein.«

»Genau!« Nele zeigt auf das Conversationshaus. »Kannst du das bitte mal der Sekretärin des Bürgermeisters erklären? Sie hat mir ständig gesagt, ich soll mich abregen. Würde ich ja gern, funktioniert aber nicht. Die Polizisten nehmen mich auch nicht ernst. Und der blöde Bürgermeister war auch nicht zu sprechen, der war unterwegs.«

»Ich versteh dich«, sage ich.

»Danke.« Sie seufzt herzerweichend. »Ist ja eigentlich auch Blödsinn zu verlangen, dass die gleich einen Suchtrupp losschicken. Immerhin ist Julian erwachsen und kann machen, was er will. Es passt nur nicht zu ihm. Er ist noch nie über Nacht weggeblieben, ohne mir vorher Bescheid zu sagen.«

»Aber wenn du hier rumsitzt und wartest, drehst du erst recht durch. Vielleicht ist er schon wieder zurück im Hotel.«

Nele schüttelt den Kopf. »Er hat keine Zimmerkarte.

Er muss sie an der Rezeption holen. Und die rufen sofort bei mir an, wenn er zurück ist.«

»Weißt du denn, wo er gestern Abend war?«

»Nein, keine Ahnung.«

»Ich könnte Kim anrufen, meine Freundin hier auf Norderney. Vielleicht hat sie eine Idee«, schlage ich vor.

»Das wäre superlieb, danke.«

Ich drücke die Kurzwahltaste für Kim. »He, wo seid ihr?«

»Wieso? Was ist los? Ist was passiert?«

»Nicht mir. Ich sitze hier mit Nele vor dem Conversationshaus. Wir haben sie auf der Fähre kennengelernt. Ihr Freund ist verschwunden. Er ist gestern Abend nicht zurück ins Hotel gekommen.«

»Der schläft irgendwo seinen Rausch aus«, antwortet Kim trocken. »Passiert hier häufiger mal. Ihr seid am Kurplatz? Wir haben gerade eine Waffel gegessen und könnten in fünf Minuten da sein.«

»Super, bis gleich.«

»Was sagt sie?«, fragt Nele.

»Sie sind gerade in der Nähe und kommen hierher. Anna ist auch dabei. Die kennst du ja.«

»Die Rothaarige, ja.« Nele lächelt schief. »Scheißkerle. Die bringen am Ende doch nichts als Ärger.«

»Wem sagst du das? Mein Ex-Freund war auch so ein ganz spezieller Fall ...« Um Nele etwas abzulenken, erzähle ich ihr von Nils und dass er mich tatsächlich vor die Wahl zwischen meinen Freundinnen und ihm gestellt hat. »... Und dann saßen wir auf der Fähre – wo wir euch getroffen haben«, sage ich gerade, als ich Anna und Kim rufen höre. Ich drehe mich um und winke. Sie kommen über den Kurplatz auf uns zu und stehen kurz darauf vor uns.

»Wir haben uns richtig beeilt«, sagt Kim und zeigt auf ihren Spezialschuh. »Ich bin noch nie so schnell damit gelaufen.«

»He du.« Anna breitet ihre Arme aus. »Komm her, lass dich drücken, Nele. Du Arme …«

Nele schnieft ein paarmal und lässt sich ausgiebig von Anna trösten.

»Jetzt erzähl erst mal in Ruhe, was passiert ist, Nele«, sagt Anna schließlich.

Ich rücke ein bisschen zur Seite, damit Kim sich neben mich auf die Bank setzen kann. Anna setzt sich im Schneidersitz davor.

»Julian ist heute Nacht nicht zurück ins Hotel gekommen. Ich mache mir so wahnsinnig große Vorwürfe«, beginnt Nele. »Auf der Fähre habe ich euch ja schon erzählt, dass ich fest damit rechne, hier auf Norderney einen Heiratsantrag zu bekommen, oder?«

Anna und ich nicken.

»Na ja, gestern Morgen hat Julian mir dann gesagt, dass er eine Überraschung für mich hat und mich abends entführen will. Woran ich gedacht habe, müsste ja klar sein. Jedenfalls hatten wir wirklich einen tollen Abend. Julian hatte einen Picknickkorb mit all meinen Lieblingssachen gepackt. Wir haben uns eine schöne ruhige Ecke am Strand gesucht und uns bei einem Glas Wein den Sonnenuntergang angeschaut. So weit, so gut. Irgendwann hat er gesagt, dass er mich noch etwas fragen will. Mein Herz hat sofort höhergeschlagen. Ich habe mich natürlich gedanklich auf diesen Moment vorbereitet und wusste ganz genau, was ich sagen werde. Aber ein Heiratsantrag war es nicht. Er hat mich gefragt, ob wir auf dem Rückweg nach Würzburg noch seinen Bruder in Frankfurt besuchen können. Den kann ich aber nicht ausstehen – und das weiß Julian auch ganz genau. Das Picknick war also nur eine Taktik, um mich weichzukriegen. So ein Idiot!«

»Und was ist dann passiert?«, fragt Anna.

»Ich habe geradeheraus gesagt, dass ich mit einer anderen Frage gerechnet habe, bei dem Aufwand, den er betrieben hat. Zu Recht, wie ich finde. Wir sind immerhin schon seit zehn Jahren ein Paar«, antwortet Nele.

»Gut, dass du ehrlich warst«, sagt Kim.

»Das sagst du so.« Nele seufzt. »Er war durch den Wein schon leicht angesäuselt, glaube ich. Jedenfalls ist er plötzlich völlig ausgeflippt und meinte, ich würde ihn mit meinen Erwartungen immer unter Druck setzen. Und dass er noch nicht so weit ist.«

Ich schiele rüber zu Kim. »Na ja«, meint sie. »Wenn es richtig ernst wird, kann man schon mal Panik kriegen.«

»Ja, ich weiß, im Nachhinein tut es mir ja auch leid«, sagt Nele. »Aber ich war verletzt – und wütend. Ich habe ihm an den Kopf geschmissen, dass wir es dann auch ganz lassen könnten. Ein Wort ergab das andere – und er zischte ab mit den Worten, er brauche jetzt erst mal dringend einen Schnaps. Ich bin am Strand sitzen geblieben und habe geheult. Dann bin ich zurück ins Hotel. Ich dachte, er sitzt vielleicht an der Bar. Aber da war er nicht. Und auf dem Zimmer auch nicht. Ans Handy ist er nicht gegangen. Die ganze Nacht lag ich wach und habe bestimmt zweihundertmal versucht, ihn zu erreichen, und ihm auf die Mailbox gesprochen. Es kam nichts zurück, kein Lebenszeichen. Ich habe gesehen, dass die Nachrichten bei ihm eingegangen sind. Aber er hat sie gar nicht erst gelesen.«

»Kennt er denn hier auf Norderney jemanden?«, frage ich.

»Nein.«

»Ich weiß, dass dir das jetzt wahrscheinlich nicht viel bringt«, sagt Kim. »Aber so was passiert hier immer mal wieder. Der letzte Vermisste hat seinen Rausch in den Dünen ausgeschlafen und ist erst am Abend wieder aufgetaucht.«

»Super. Direkt am Wasser. Was ist, wenn er betrunken ins Meer gegangen ist und Hilfe brauchte?«

Ups! Auch das ist hier schon vorgekommen. Das weiß ich, weil Kim mir mal davon erzählt hat.

»Hast du denn heute noch mal versucht, ihn zu erreichen?«, frage ich, um das Gespräch wieder in eine andere Richtung zu lenken.

»Klar, und zwar so oft, dass sein Akku anscheinend irgendwann leer war. Jedenfalls ist sein Handy aus«, schimpft sie.

»Okay!«, meldet Anna sich nun zu Wort. »Wo genau wart ihr denn am Strand? Ich finde, wir sollten ihn suchen. Vielleicht haben wir ja Glück. Und wenn wir weiter untätig hier rumsitzen, wirst du irgendwann wahnsinnig«, sagt Anna.

»Gute Idee«, stimme ich sofort zu.

»In der Nähe der *Milchbar*«, antwortet Nele. »Da war

ich heute Morgen schon und habe gefragt, ob irgendjemand Julian gesehen hat. Aber die hatten abends alle keinen Dienst und haben auch keine Anstalten gemacht, rauszufinden, wer den Abend davor gearbeitet hat.«

»Vielleicht kann ich da was machen.« Kim steht auf. »Die Rikscha steht in der Nähe der Waffelbäckerei.«

Ich hole mein Handy aus der Tasche. »Ihr könnt ja schon mal vorgehen, ihr braucht eh etwas länger. Ich muss noch mal dringend telefonieren und komm dann gleich nach.«

»Rikscha?«, fragt Nele, während sie ein Fahrrad nimmt, das an einer Laterne steht und das sie dann neben Anna und der humpelnden Kim herschiebt.

Ich warte, bis meine Freundinnen mich nicht mehr hören können, und rufe Jan an. Er nimmt das Gespräch sofort an.

»Hi, tut mir leid, hat etwas länger gedauert. Kim und Anna sind gekommen. Wir machen uns jetzt mit Nele auf den Weg zur *Milchbar*. Wir suchen nach Julian. Das lenkt sie ab. Rufst du mich an, wenn ihr vorher was erfahrt?«

»Ja. Und, Lou …« Er wartet einen kleinen Moment, bevor er weiterspricht. »Dreh dich mal in Richtung Eingang.«

Jan steht auf der Treppe des Conversationshauses und winkt mir kurz zu. »Ich würde dich gern bald wiedersehen.«

»Ich dich auch.«

Meine Freundinnen warten schon auf mich. Ich weiß, dass Anna und Kim vor Neugierde platzen, rechne es ihnen aber hoch an, dass sie mich nicht nach Jan fragen.

Von unserem Spaziergang im Wald kann ich später immer noch erzählen.

»Dann suchen wir mal deinen abhandengekommenen Freund, Nele«, sage ich.

Anna zeigt auf die Rikscha. »Du bist dran, Lou.«

Wir schwingen uns auf die Räder und fahren Richtung Strandpromenade, bis Nele ruft: »Stopp! Hier war es, da vorne steht sogar noch Julians Fahrrad. Das hat er gestern nicht mitgenommen.« Sie zeigt zum Strand. »Dort drüben haben wir gesessen.«

»Und dann? Hast du gesehen, in welche Richtung er gelaufen ist?«, fragt Kim.

»Nö, ich war viel zu sauer«, antwortet Nele.

»Es könnte wirklich gut sein, dass er in die *Milchbar* marschiert ist. Lasst uns da noch mal nachfragen«, schlägt Kim vor.

Wir machen uns sofort auf den Weg. Doch kurz vor der Bar bleibt Kim stehen. »Lasst mich lieber allein reingehen.«

Es dauert nur etwa fünf Minuten, da ist sie wieder zurück. »Fred und Sonja waren bis zum Schluss da«, sagt sie und grinst. »Und Fred kenne ich. Ich weiß, wo er wohnt. Ist nicht weit. Ich würde sagen, wir fahren einfach bei ihm vorbei.«

Zehn Minuten später stehen wir vor Freds Haustür und klingeln. Doch es öffnet keiner.

»Mist!«, sagt Nele und versucht noch mal ihr Glück. Da wird plötzlich ein Fenster im Erdgeschoss geöffnet.

»Spinnt ihr eigentlich?«, ruft ein Kerl mit verstrubbelten dunklen Haaren und nacktem Oberkörper.

»Sorry, Fred«, sagt Kim. »Ist wirklich wichtig.«

Fred fährt sich durchs Haar. »Ich habe mich gerade eine Stunde aufs Ohr gehauen. Hatte gestern Abendschicht und heute Morgen direkt einen Surfschüler.« Er gähnt. »Egal, was ist denn so wichtig?«

»Neles Freund ist verschwunden, und wir vermuten, dass er gestern Abend vielleicht in der *Milchbar* war.«

»Foto?«, sagt Fred, und Nele zückt prompt ihr Handy.

Fred wirft nur einen kurzen Blick darauf. »Jo, der war da.«

»War er denn allein?«, frage ich.

»Mit fünf oder sechs anderen Leuten. Die haben jede Menge getrunken und waren krass laut. Den Typen hätte ich aber auch so wiedererkannt. Irre Augen, die fallen sofort auf. So gegen eins sind sie dann abgehauen.«

»Waren auch Frauen dabei?«, fragt Nele.

Daran habe ich ja gar nicht gedacht. Aber die Frage erscheint mir durchaus berechtigt.

Fred grinst breit. »Nö, nur Kerle.«

»Hast du denn gesehen, in welche Richtung die gegangen sind? Oder haben sie vielleicht erwähnt, wo sie hinwollten?«, fragt Anna.

»Nee, sorry, keine Ahnung. Ich habe den Tisch abgerechnet und musste mich dann um die anderen Gäste kümmern. Mehr weiß ich wirklich nicht, außer dass die Jungs ziemlich blau waren. Viel haben die bestimmt nicht mehr gemacht«, sagt Fred und gähnt. »Ich schätze mal, die schlafen immer noch ihren Rausch aus.«

»Fred, du hast einen gut bei mir«, sagt Kim.

»Tut uns wirklich leid, dass wir dich geweckt haben«, entschuldigt sich Nele.

»Ja, alles gut, kein Problem, und viel Glück, der taucht wieder auf«, sagt Fred und schließt das Fenster.

»Das ist doch eine gute Nachricht«, versuche ich, Nele aufzubauen. »Jetzt bleibt dir allerdings nicht mehr viel übrig, als zu warten. Irgendwann muss er ja wiederauftauchen.«

»Du hast recht.« Nele lächelt uns an. »Habt ihr vielleicht Lust, mit zum Hotel zu kommen?«

»Ich komme gerne mit«, biete ich sofort an.

»Bin auch dabei«, sagt Kim.

Anna schweigt, steigt aber auch auf ihr Rad.

Nele fährt vor, Anna, Kim und ich fahren ein Stück hinter ihr.

»Da habe ich jetzt eigentlich echt keine Lust drauf«, flüstert Anna.

»Ich auch nicht«, sage ich. »Aber sie ist ganz allein. Und wir wissen nicht, ob vielleicht doch was passiert ist.«

»Hast recht«, sagt Anna. »War doof von mir.«

Wir fahren ein Stück weiter, da flüstert sie erneut. »Und, wie war es mit dem Bürgermeister?«

20

Unser Weg führt uns ganz in die Nähe des Hafens zu einem schnuckeligen kleinen Hotel.

»Wow, die Einrichtung gefällt mir«, sage ich. In der kleinen Empfangshalle steht eine schwere braune Ledercouch vor einem quadratischen flachen Holztisch im Industriedesign. Darauf steht eine große Schale mit Obst. Zwei Sessel und eine Stehlampe mit einem beigefarbenen Schirm runden das schlichte Ambiente ab. Es wirkt modern, aber trotzdem gemütlich. »Würde mir auch für unser Projekt gefallen«, sage ich.

»Welches Projekt?«, hakt Nele sofort nach.

»Eine Pension«, sagt Kim. »Für Gäste mit Liebeskummer.«

Nele bleibt stehen. »Das ist ja eine geniale Idee. Ich würde sofort bei euch buchen! Und ich kenne auf Anhieb noch jede Menge Mädels, die davon auch begeistert wären. Eine von meinen Freundinnen heult eigentlich immer wegen irgendeinem Kerl. Und mich hat es jetzt auch erwischt.«

»Jetzt warte erst mal ab«, sage ich. »Das klärt sich bestimmt alles.«

»Wenn nicht, bin ich euer erster Gast.« Nele geht weiter. »Ich frage nur schnell an der Rezeption nach, ob er sich vielleicht doch gemeldet hat.«

Während wir warten, sagt Kim: »Gehen wir mal davon aus, der gute Julian taucht putzmunter wieder auf. Was würdet ihr machen? Ihm um den Hals fallen?«

»Vom Balkon schubsen«, antwortet Anna, lenkt aber sofort wieder ein. »Natürlich nicht wirklich. Aber ein bisschen Strafe müsste schon sein.«

Ich komme nicht mehr dazu, zu antworten. Nele kommt zurück. »Nichts!«

Das Zimmer stellt sich als kleines Appartement heraus und ist ähnlich eingerichtet wie der Empfangsbereich: modern und gemütlich in Braun- und Cremetönen.

»Lasst uns auf den Balkon gehen«, schlägt Nele vor, geht zum Kühlschrank, holt eine Flasche Apfelschorle, Gläser und zaubert sogar eine Schüssel Eiswürfel hervor. »Bedient euch!«

»Das tut gut«, sage ich, nachdem ich den ersten Schluck getrunken habe. Erst jetzt merke ich, dass ich Durst habe. Ich war nur zu beschäftigt, um es mitzubekommen.

»Und jetzt erzählt noch mal. Was genau habt ihr mit der Pension vor?«, fragt Nele.

»Bisher ist es nur eine Idee …«, beginnt Kim, als plötzlich jemand an die Tür klopft.

Nele springt sofort von ihrem Stuhl auf.

»Tief durchatmen!«, sage ich.

Kurz vor der Tür beherzigt Nele meinen Rat. Sie atmet tief durch, sieht noch einmal zu uns – und öffnet die Tür.

Aber es ist nicht Julian, der ihr gegenübersteht. Es ist eine gut aussehende Blondine in Shorts, die ungefähr in unserem Alter sein müsste. Ich beuge mich etwas zur Seite, um sie besser sehen zu können. Und auch meine

Freundinnen verrenken sich ganz ungeniert, um einen Blick erhaschen zu können.

»He, bist du Nele, Julians Freundin?«, fragt die Blondine.

»Ja. Und wer bist du?«, antwortet Nele.

»Kann ich kurz reinkommen? Es geht um deinen Freund«, sagt sie und fügt zum Glück noch »Keine Angst, es geht ihm so weit gut« hinzu.

»Okay.« Nele geht einen Schritt zur Seite.

»He!«, sagen Anna, Kim und ich gleichzeitig.

»Meine Freundinnen«, verkündet Nele, und ich kann ganz genau sehen, wie Anna kurz die Stirn runzelt.

Die Blonde sieht zu uns und lächelt. »He, ich bin Rike.«

Sie sieht nett aus, schießt es mir durch den Kopf. Und da sagt sie auch schon:

»Ich habe mir gedacht, dass du dir vielleicht Sorgen machst, und wollte dir Bescheid sagen, dass dein Freund heute gemeinsam mit meinem Freund bei einem Kumpel von ihm übernachtet hat.«

Sie zückt ihr Handy und hält es Nele hin. »Ich habe ein Foto gemacht. Mein Freund ist der, auf den dein Freund den Arm gelegt hat. Er heißt Malte und ist spätestens heute Abend einen Kopf kürzer, falls er sich traut, nach Hause zu kommen.«

Nele schaut auf das Smarthone und schüttelt kurz darauf den Kopf. »Krass!«

»Was?«, fragt Anna ganz ungeniert.

»Darf ich?«, fragt Nele, und als Rike nickt, kommt sie mit dem Handy zu uns.

Wir fangen alle gleichzeitig an zu lachen. Die beiden liegen, bekleidet nur in ihren Boxershorts, auf einem Doppelbett. Julian liegt auf dem Bauch, ein Bein lang ausgestreckt, das andere angewinkelt. Seinen Kopf hat er zur Seite gedreht und seinen rechten Arm auf Maltes Bauch gelegt. Maltes Mund steht weit offen.

»So ein Arschgesicht!«, sagt Nele. »Und ich mach die ganze Nacht kein Auge zu wegen dem!«

»Frag mich mal!« Rike rollt mit den Augen, danach schüttelt sie den Kopf. »Der ist so was von dran, das kannst du mir glauben. Die beiden haben sich wohl gestern Abend in der *Milchbar* kennengelernt, sind versackt – und haben beschlossen, bei Hendrik zu schlafen. Der hat mich vorhin angerufen und gefragt, ob ich wüsste, wer der Typ sei, mit dem Malte im Bett liegt. Er ist davon ausgegangen, dass Malte mir Bescheid gesagt hat, dass er nicht nach Hause kommt. War aber nicht so.« Sie grinst über das ganze Gesicht. »Scrollt mal ein Foto weiter. Dann könnt ihr sehen, wie die beiden in dem Moment aussahen, als ich sie geweckt habe.«

»Schick!«, sage ich. Beide haben dicke Augen und sehen sehr zerknautscht aus.

»Es hat eine Weile gedauert, bis ich rausgefunden habe, wer dein Freund ist und dass der Trottel dir auch nicht Bescheid gesagt hat. Er hat tausendmal betont, dass du nie wieder ein Wort mit ihm reden würdest, und hat sich dabei auch noch selbst bemitleidet. Ich habe ihm versprochen, bei dir ein gutes Wort für ihn einzulegen, wenn er mir sagt, wie du heißt und wo ihr untergekommen seid.« Sie sieht sich um. »Übrigens schick hier. Und das mit dem guten Wort einlegen war natürlich nicht ernst gemeint. Ich wollte dir einfach nur Bescheid sagen.«

»Das ist echt nett, vielen lieben Dank.«

»Soll ich dir die Adresse geben? Willst du ihn abholen?«

Nele überlegt einen Moment. »Nö!«, sagt sie schließlich. »Das fehlt mir noch. Und du? Willst du vielleicht was trinken?«

»Klar, gerne!«

Ich räuspere mich und sage: »Dann ist ja so weit erst mal alles geklärt. Und wir könnten eigentlich nach Hause fahren. Wir haben nämlich gleich noch was vor. Und am besten meldest du dich noch bei der Polizei, damit die auch Bescheid wissen.«

Anna und Kim stehen sofort auf. Nele fällt uns nacheinander um den Hals und bedankt sich. Dabei schmeißt sie Kim fast um. Wir sind schon zur Tür raus, da ruft Nele: »Wir haben noch gar keine Handynummern ausgetauscht, wartet mal … Und falls ihr eine Homepage braucht für die Pension – ich bin Webdesignern, und ihr habt was gut bei mir. Da könnte man sicher was Tolles aufziehen.«

»Ich hoffe, du hast ihr nicht verraten, wo wir übernachten, Lou. Sonst steht sie bestimmt irgendwann vorm Gartentor«, sagt Anna, als wir aus dem Hotel gehen.

»Habe ich nicht. Sie hat mir einfach nur leidgetan. Ich finde sie ganz nett, aber eben auch ein bisschen anstrengend. Trotzdem wollte ich ihr gern helfen.«

Kim hakt sich bei mir unter. »Ich bin dafür, dass du

unsere Herzschmerz-Mama wirst. Du hast was an dir, dass alle in deiner Nähe schnell ihr Herz öffnen.«

»Gute Idee, Lou ist die Herzschmerz-Mama.« Anna sieht zu Kim: »Und du bist das Herzschmerz-Brain.«

»Ja, nee, is klar! Und du, Anna?«, fragt Kim.

»Der kleine Racheengel«, antwortet unsere Freundin. »Ich hätte die beiden wahrscheinlich mit einem Eimer Wasser geweckt.« Sie schürzt die Lippen. »Hm … eigentlich gar keine schlechte Idee. Wir könnten kleine gemeine Racheaktionen anbieten. Nichts Schlimmes, aber vielleicht …«

Kim lässt Anna nicht ausreden. Sie lacht und sagt: »Ich als Brain sage dir jetzt schon, dass das keine gute Idee ist, gar keine gute Idee!«

»Herzschmerz-Mama.« Ich ziehe einen Schmollmund. Da fällt mir plötzlich etwas siedend heiß ein. »Ich muss Jan noch Bescheid sagen, dass Julian wiederaufgetaucht ist.«

»Jan?«, hakt Kim nach.

»Ja, wir saßen gerade auf der Bank im Park, als sein Telefon klingelte und ihm seine Sekretärin gesagt hat, dass Julian verschwunden ist«, erzähle ich und hole mein Telefon aus der Tasche.

Meine Freundinnen grinsen wie Honigkuchenpferde, als ich meine Anrufliste öffne und auf seinen Namen tippe. Aber ich habe kein Glück, er nimmt nicht ab, es geht nur die Mailbox ran, und seine Stimme verkündet: »He, hier ist Jan, ich bin gerade nicht zu erreichen, rufe aber so bald wie möglich zurück.«

»He, Lou hier. Julian ist wieder da. Oder besser gesagt:

Nele weiß, wo er ist. Er hat bei einem Kumpel übernachtet. Bis dann.« Ich beende das Gespräch und schaue auf die Uhr. »Kurz nach drei. Wann sollten wir bei Beeke sein?«

»Um vier«, sagt Kim und blinzelt mich lächelnd an. »Wir haben also noch genug Zeit für ein vertrauliches Gespräch unter Freundinnen.«

»Aber nicht hier, vielleicht zu Hause oder irgendwo, wo es gemütlicher ist?«, schlage ich vor.

»Gute Idee, auf einer Bank vielleicht?«, fragt Anna.

Ich gebe ihr einen ganz leichten Schubser. »Sei nicht so frech.«

»Übrigens süß, dass du den Garten gerade unser Zuhause genannt hast«, sagt Anna da.

»Echt, habe ich?«

»Wow!«, sagt Kim, nachdem ich meinen Bericht beendet habe, und sieht mich nachdenklich an. »Du hast noch nie so schnell jemandem dein Herz geöffnet.«

»Das liegt an den ähnlichen Erfahrungen, die wir gemacht haben«, sage ich. Ich war mir erst unsicher, ob ich meinen Freundinnen davon erzählen soll, was Jan erlebt hat, da ich nicht weiß, ob es auf der Insel bekannt ist. Aber Lou und Anna sind meine Freundinnen, ich vertraue ihnen.

»Darf ich ganz ehrlich sein?«, fragt Anna.

»Ja, immer, weißt du doch.«

»Ganz egal, woran es liegt. Du scheinst ihn zu mögen, und er mag dich. Mach dir nicht so viele Gedanken. Lass es einfach auf dich zukommen.«

»Er ist der Bürgermeister«, sage ich.

»Das stimmt«, sagt Anna, »das ist allerdings ein echtes Problem«, und kichert.

»Also, ich hätte damit kein Problem, solange wir dich dann nicht plötzlich siezen müssen«, witzelt Kim.

»Ihr seid doof!«, maule ich. »Und außerdem weiß ich noch gar nicht, wo das alles hinführt.«

»Okay, Spaß beiseite, hat er noch was über unsere Pension gesagt?«, fragt Anna.

»Ja, dass er neutral bleiben muss und deshalb nicht unser Fürsprecher sein kann. Er wünscht sich aber, dass alles funktioniert, so wie wir es uns vorstellen«, antworte ich.

»Okay, schade, aber das kann ich verstehen.« Kim seufzt. »Ich wünsche mir wirklich von ganzem Herzen, dass es klappt.«

»Ich mir auch«, sage ich. Genau in dem Moment piept mein Handy und kündigt eine Nachricht an.

Ich öffne sie und lese:

Samstagabend? 20 Uhr? Ich möchte dir gern etwas zeigen. Jan

»Jan?«, fragt Kim, und ich halte den beiden die Nachricht hin.

»Er will dir was zeigen? Seine Briefmarkensammlung?« Anna rollt mit den Augen. »Ungeschickter kann ein Kerl in seiner Wortwahl ja wohl kaum sein.«

Auch ich muss grinsen, tippe aber schließlich *Gerne* in mein Smartphone.

Alles klar, ich freu mich, also bis Samstag, 20 Uhr. Ich hol dich ab. Jan

Meine Freundinnen haben alles mitgelesen.

»Ich konnte Nils eh nie richtig leiden«, sagt Kim da.

»Echt nicht? Das hast du mir noch nie so direkt gesagt.«

»Weil ich fand, dass er dir unabhängig davon gutgetan hat, besonders am Anfang«, erklärt Kim. »Er hat dir Halt gegeben.«

»Und Timo? Wie fandet ihr den?«, fragt Anna.

»Eigentlich ganz nett«, sagt Kim. »Aber ich habe ihn ja auch nur einmal getroffen.«

Anna sieht zu mir. »Und du, Lou?«

Ich überlege einen Moment. »Ich fand ihn auch nett«, sage ich schließlich. »Er war zwar überhaupt nicht mein Typ, aber ich konnte verstehen, was du an ihm findest.«

»Das konnte Eva anscheinend auch.« Anna schnalzt mit der Zunge. »Egal, ist vorbei!«

»Wir sollten dann jetzt auch mal weiter zu Beeke«, sagt Kim. »Nicht, dass wir noch zu spät kommen.«

Kurz bevor wir klingeln, öffnet die alte Dame bereits die Tür.

»Ich habe euch schon durch das Küchenfenster gesehen«, sagt sie.

Bei den Worten wird mir warm ums Herz. Genau das hat Opa auch immer zu mir gesagt, wenn ich meine Großeltern besucht habe, nachdem ich ausgezogen war. »Ich hab dich schon durchs Küchenfenster gesehen …«

Wir folgen Beeke ins Wohnzimmer. Sie ist noch erstaunlich fit für ihr Alter und geht auch ohne Stock noch fast aufrecht.

»Setzt euch!«, sagt sie.

»Oh, wie lecker!« Ich habe die riesige Philadelphia-Torte mit Heidelbeeren entdeckt, die auf dem flachen Wohnzimmertisch steht. Außerdem hat Beeke jede Menge Kekse und anderes Gebäck aufgetischt.

Anna und ich setzen uns auf die Couch, Kim in einen Sessel, der uns direkt gegenübersteht. Beeke nimmt auf dem zweiten Sessel Platz.

»Wie geht's dir, Beeke?«, fragt Kim.

»Mir geht es immer gut, wenn ich so netten Besuch bekomme«, antwortet Beeke, während sie mir ein großes Stück Torte auf den Teller schaufelt. »Und euch? Geht's euch auch gut? Ihr beide seht erholt aus.«

»Ja, wir fühlen uns hier richtig wohl«, bestätigt Anna.

»Das stimmt.« Ich zeige auf meinen Teller. »Ich liebe Philadelphia-Torte.«

»Dann mal los!«, sagt Beeke.

Das lasse ich mir nicht zweimal sagen. Ich steche mit der Gabel in die Torte, schiebe mir das erste Stückchen in den Mund und schließe genussvoll für einen Moment die Augen. »Mmh, sehr lecker!«

Beekes Augen leuchten. »Das freut mich«, sagt sie. Da ertönt ein Signalton aus der Küche. »Heute gönnen wir uns mal einen Kaffee, Tee gibt es jeden Tag.«

»Soll ich ihn holen?«, frage ich, doch Beeke schüttelt den Kopf. »Meine alten Knochen brauchen Bewegung.«

Wir schauen ihr nach, wie sie in der Küche verschwindet. Als sie zurückkommt, habe ich den Kuchen schon zur Hälfte aufgegessen. »Ich konnte einfach nicht widerstehen.«

»Gut so.« Sie gießt unsere Tassen voll. »Milch steht auf dem Tisch.«

»Danke«, sagt Kim und kommt gleich zur Sache. »Beeke, sag mal, hast du eigentlich schon mitbekommen, dass Swantje ihre Pension verpachten will?«

»Ach, ist es mal wieder so weit?« Beeke zuckt mit den Schultern. »Das würde ich nicht so ernst nehmen. Seit einigen Jahren wird das immer mal wieder zum Thema, und dann macht sie doch einen Rückzieher.«

»Diesmal ist es ihr anscheinend wirklich ernst«, sagt Kim.

»Dann hoffen wir mal, dass nicht noch so ein reicher Schnösel vom Festland die Finger lang macht. Diese Art von Hotels haben wir schon genug auf der Insel«, sagt Beeke und macht mit ihren Händen eine abfällige Bewegung.

»Genau da sind wir auch schon beim Punkt«, sagt Kim. »Wir würden die Pension wahnsinnig gerne übernehmen. Uns fehlen allerdings noch Fürsprecher für unseren Plan. Swantje hat es zur Bedingung gemacht, dass wir Insulaner oder Insulanerinnen für unser Konzept gewinnen. Und deswegen wollten wir dich fragen, ob du uns vielleicht als Fürsprecherin helfen kannst, Beeke.«

Beeke lacht und schüttelt gleichzeitig den Kopf. »Swantje will, dass ihr Insulaner überzeugt? Das passt zu ihr. Sie war schon immer sehr speziell. Warum will sie das denn nicht allein entscheiden? Sie weiß doch sonst alles besser. Was habt ihr denn Spannendes vor?«

»Wir würden gerne die *Pension Herzschmerz* eröffnen«, erkläre ich. »Eine Pension für …«

Beeke hört ganz genau zu. Sie unterbricht mich kein einziges Mal.

Nachdem ich ihr alles ganz genau erklärt habe, ist Beeke einen Moment lang still. Ihr Blick wandert zum Fenster.

»Liebeskummer in dem Sinne hatte ich ehrlich gesagt noch nie«, sagt sie schließlich. »Ich hatte Glück, ich hatte nicht nur eine, ich hatte gleich zwei große Lieben in meinem Leben.«

»Zwei große Lieben hört sich gut an«, sage ich – und sehe unsere Chancen schwinden. Schon wieder jemand, der noch nie richtigen Liebeskummer hatte.

Beeke greift lächelnd nach ihrer Tasse. »Ich war noch ein Teenager, als ich Theo, meine erste große Liebe, kennen- und lieben gelernt habe. Er war mein Traummann, stattlich, mutig und lebensfroh«, beginnt sie zu erzählen. »Ab der ersten Minute stand für mich fest, dass er der Mann ist, den ich heiraten möchte. Und das taten wir auch, von ihm habe ich den Namen Visser, und er hat mir meine Tochter Helena geschenkt. Helena ist ihrem Vater wie aus dem Gesicht geschnitten«, sagt Beeke und lächelt sanft. »Hals über Kopf haben wir uns ineinander verliebt, und die Liebe hielt an. Obwohl wir viele schwere Zeiten durchmachen mussten, besonders der Krieg hat es uns nicht gerade leicht gemacht. Aber Theo blieb an meiner Seite, und ich hatte Glück. Er ist nach dem Krieg zu mir zurückgekehrt. Wir bauten uns langsam wieder ein Leben auf, Theo konnte Helena und mich als Fischer gut versorgen. Seine Leidenschaft zu seinem Beruf bewunderte ich immer. Er hat ständig von der Freiheit auf dem offenen

Meer geschwärmt, die er so sehr liebte. Wahrscheinlich, weil die Menschen Freiheit nach dem Krieg erst richtig zu schätzen wussten. Theo hat das Meer geliebt. Und das Meer hat ihn geliebt – so dachte ich zumindest immer.

Doch 1966, als ich gerade mal vierzig Jahre alt war, verunglückte mein Theo. Bis heute weiß keiner, warum der Kutter gesunken ist. Ich kann mich noch an den Tag erinnern, als wäre es gestern gewesen. Theo fuhr mit seinen Männern in einer sternenklaren Nacht auf das Meer hinaus. Zwar war es ein bisschen windig, jedoch keinesfalls stürmisch oder zu riskant für erfahrene Seeleute. Als am Morgen Wrackteile angespült wurden, war zunächst nicht klar, woher sie stammten. Jedoch stellte sich sehr schnell heraus, dass es der Kutter von Theo und seinen Leuten war. Tagelang haben sie nach den Verunglückten gesucht, es wurden jedoch weder Tote noch Überlebende gefunden. So begann eine Zeit des Hoffens und der Angst. Ich rechnete fest damit, dass mein Theo auch diesmal zu mir zurückkehren würde. Ich wartete und wartete, aber Theo blieb verschwunden. Die See, die Theo so sehr liebte, hat ihn mir genommen. Sie hat sich genommen, was sie wollte, und ich blieb mit Helena zurück. Es hat mir den Boden unter den Füßen weggerissen. Einzig für Helena kämpfte ich mich aus der Trauer zurück ins Leben. Es kam der Punkt, an dem ich lernen musste, wieder nach vorne zu schauen. Genau das hätte Theo gewollt, da bin ich mir sicher.« Beeke lächelt versonnen. »Ach, was erzähle ich euch denn da? Wenn ich einmal anfange, finde ich so schnell kein Ende.«

»Ich finde, es ist eine schöne Geschichte, auch wenn sie traurig ist«, sage ich.

Beeke greift nach meiner Hand. Ihre fühlt sich kalt und ganz rau an. »Du bist ein gutes Mädchen«, sagt sie.

»Danke, das hoffe ich.« Ich zögere einen Moment, frage aber dann schließlich doch: »Dein Theo wurde wirklich niemals gefunden?«

»Nein, Theo wurde nie gefunden, aber als ich sechsundvierzig wurde, begann für mich ein neuer Lebensabschnitt. Ich habe wieder angefangen, am Leben teilzunehmen.« Sie lächelt sanft. »Und daran war ein Mann schuld. Ich war sechsundvierzig Jahre alt, Witwe und hatte eine mittlerweile sechsundzwanzig Jahre alte Tochter. Helena stand bereits auf eigenen Beinen und hatte ihr Glück mit Markus gefunden. Sie erwartete ein Kind von ihm, und ich wurde Oma. Plötzlich tauchte dieser charmante Mann in meinem Leben auf, Arne. Ein ganzer Kerl, und dann diese strahlend blauen Augen … Ich lernte ihn auf einem Fest kennen, und seitdem begegneten wir uns ständig. Er war ganz anders als Theo. Eher ruhig und sehr gefühlvoll, aber dennoch hatte er immer einen witzigen Spruch auf den Lippen. Arne leitete einen der Strandkorbverleihe hier auf Norderney. Und was soll ich euch sagen? Ich fand meine zweite große Liebe in ihm. Vor sechs Jahren ist dann auch Arne von uns gegangen, mit neunundachtzig Jahren.«

»Das tut mir leid«, sage ich.

Beeke lächelt mich an. »Der Tod gehört zum Leben. Ich für meinen Fall kann sagen, dass meines sehr erfüllt war – und immer noch ist. Jetzt im Moment sitzen gerade drei wundervolle junge Damen vor mir, die ausgerechnet mich als Fürsprecherin für ihr Projekt gewinnen wollen. Ist das nicht herrlich?«

»Könntest du dir denn vorstellen, uns zu helfen?«, fragt Kim. »Auch wenn du selbst noch nie Liebeskummer hattest?«

»Natürlich helfe ich euch! Ihr habt eine wundervolle Idee, das muss man doch unterstützen. Und außerdem …«, sie lächelt schelmisch, »freue ich mich schon auf die Gesichter der ollen Insulaner, wenn sich rumspricht, dass es bald eine Pension gegen Herzschmerz auf der Insel geben wird.«

Anna klatscht vor Freude in die Hände. »Danke!«

»Ja, vielen, vielen Dank. Damit hilfst du uns sehr«, sage ich.

Kim drückt Beeke einen Kuss auf die Wange. Die alte Dame lacht, sie hat sichtlich Spaß. »An wen habt ihr denn noch gedacht? Habt ihr sonst noch jemanden gefragt?«

»Den Bürgermeister«, sagt Kim. »Aber der will neutral bleiben. Und bei den Döntje Singers haben wir auch angeklopft. Swantje steht auf sie.«

»Wer nicht?« Beeke lächelt breit. »Sehr gute Idee!«

»Finden wir auch«, sage ich. »Aber zugesagt haben sie leider noch nicht. Sie wollen noch mal drüber nachdenken.«

»Männer! Müssen immer erst über alles nachdenken«, sagt Beeke und rollt mit den Augen.

Wir fangen alle drei an zu lachen, und Beeke stimmt mit ein.

PHASE 4

TRAUER & SEHNSUCHT

Du machst dir Gedanken, warum es schiefgegangen ist, und suchst die Schuld bei dir.
Die Sehnsucht nagt an dir, und du denkst, dass du nie wieder glücklich werden kannst.
Lass dir helfen – von einer guten Freundin.
Sie wird dir die Schuldgefühle ausreden und dir klarmachen, dass der oder die Richtige noch auf dich wartet.

21

Es ist schon nach sieben, als wir uns von Beeke verabschieden.

»Wahnsinn, was die alte Dame alles erlebt hat«, sage ich, während wir zu unseren Rädern gehen. »Und dass sie es trotz allem geschafft hat, so positiv zu bleiben.«

»Beeke ist eine bewundernswerte Frau. Aber wisst ihr, was echt peinlich ist? Dass ihre Freundin mich bei meiner Aktion auf der Tonne beobachtet hat.« Kim seufzt. »Wie konnte ich nur so doof sein, mich überhaupt dazu hinreißen zu lassen? Jetzt ist mein Fuß kaputt – und das Beste ist, dass ich noch nicht mal was gesehen habe.«

»Vergiss es einfach. Wir haben doch alle schon mal Mist wegen irgendeinem Typen gebaut. Außerdem passiert dir das nicht noch mal«, erklärt Anna. »Dann sind wir nämlich zu dritt. Lou und ich stützen dich, wenn du wieder irgendwo hochkletterst, um jemanden auszuspionieren.«

»Unbedingt!«, sage ich. Aber Anna irrt sich. Genau genommen habe ich noch nie wegen einem Mann irgendwas Blödes angestellt. Eigentlich war ich immer nur als Begleitung meiner Freundinnen mit dabei, wenn wir unterwegs waren, um jemanden zu beschatten. Vor Nils war ich ein paar Monate mit Samuel liiert. Und davor ein ganzes Jahr mit Toby. Beide Male bin ich diejenige gewesen, die die Beziehung beendet hat. Und ehrlich gesagt war ich nie lange traurig deswegen.

»Hey, habt ihr Lust zu grillen?«, fragt Kim, als wir bei unseren Rädern angekommen sind, und reißt mich aus meinen Gedanken. »Fiete würde gerne mit ein paar Leuten zu uns in den Garten kommen.«

»Klar, wieso nicht«, antworte ich und packe unsere Sachen in die Rikscha.

»Party!«, sagt Anna. »Sehr gute Idee!«

»Prima. Sie kommen nämlich um acht«, erklärt Kim und grinst. »Ich habe schon zugesagt. Wir müssen nichts machen. Sie bringen alles mit.«

»Dann lasst uns mal schnell zurückfahren«, sage ich. »Vorher eine halbe Stunde ausruhen wäre nicht schlecht. Und eine Dusche könnte ich auch gebrauchen.«

»Wer kommt denn alles?«, fragt Anna, als sie sich auf das Rad schwingt.

»Fiete, Fietes Bruder Jonte und irgendein Freund von Jonte«, erklärt Kim. »Also eine kleine gemütliche Runde.«

»Gut!«, sage ich und setze mich aufs Rad der Rikscha. »Festhalten, Kim, es geht los …«

Zurück im Garten, lassen wir uns erst mal einen Moment auf unser Matratzenlager fallen und schnaufen durch.

»Ich hoffe wirklich, dass Beeke recht hat. Wir sollten gleich noch mal mit Fiete quatschen, wenn er da ist«, schlägt Anna vor.

»Worüber?«, fragt Kim.

»Na, über die Fürsprecher. Er kennt seine Oma schließlich am besten«, antwortet Anna.

Ich nicke. »Das stimmt. Vielleicht hat Swantje in den letzten Tagen ja irgendwas erwähnt, was uns hilft. Immerhin haben wir ihn seit Montag nicht mehr gesehen.«

Anna rollt sich zur Seite. Sie stützt ihren Kopf mit der Hand ab und sieht zu Kim. »Du hängst gefühlsmäßig immer noch ganz schön an Ben fest, oder? Sonst wäre dir längst aufgefallen, dass Fiete mehr ist als einfach nur nett.«

Kim sagt einen Moment lang nichts. Schließlich erklärt sie: »Ben war toll. Ich habe ihn geliebt und tue es auch heute noch ein bisschen. Es tut mir echt immer noch leid um ihn. Obwohl es jetzt schon so lange her ist, konnte ich mich noch nicht richtig von ihm lösen. Mittlerweile ist mir klar, dass meine Flucht nicht an ihm lag. Ich habe es schlicht nicht mehr in Oberhausen ausgehalten, wollte weg von meinen Eltern. Das macht es allerdings nicht leichter, die Sache mit Ben zu verarbeiten.« Sie sucht nach den richtigen Worten. »Das hört sich jetzt wahrscheinlich hart an, aber es geht mir viel besser, seitdem ich sie nicht mehr sehe.«

»Haben sie dich denn mal besucht?«, fragt Anna.

»Nein«, antwortet Kim. »Und das ist auch gut so. Zu meiner Mutter habe ich hin und wieder mal über Whatsapp Kontakt. Ganz selten telefonieren wir. Aber dann bekomme ich in der Regel nur Vorwürfe zu hören, dass ich sie mit meinem Vater allein gelassen habe. Anfangs habe ich dann immer gekontert, ich würde zurückkommen, wenn die beiden endlich einsehen, dass mein Vater Alkoholiker ist und Hilfe braucht. Mittlerweile verzichte ich drauf. Es ist eh egal, was ich dazu sage. Und außerdem gefällt es mir hier richtig gut, und ich würde auch unabhängig von meinen Eltern hierbleiben wollen.« Sie seufzt. »Ben ist mit Oberhausen verwurzelt. Er hat seinen Bruder dort, seine Eltern, seine Großeltern, seinen Job. Ich habe ihn damals gefragt, ob er gemeinsam mit mir weggehen würde, aber er konnte sich das nicht vorstellen. Also haben wir stattdessen nach Eigentumswohnungen gesucht. Und irgendwann habe ich einfach Panik bekommen. Na ja, jetzt bin ich hier. Und er scheint sehr glücklich zu sein. Ben hat sich immer Kinder gewünscht. Jetzt bekommt er eins. Tut ehrlich gesagt schon irgendwie weh. Aber wenigstens habe ich jetzt kein schlechtes Gewissen mehr.«

»Das schlechte Gewissen hättest du schon viel früher in den Wind schießen können«, erklärt Anna. »Ben hätte mit dir weggehen können. Und er hätte nach Norderney kommen können, um dich zurückzuholen. Aber er hat es noch nicht mal versucht. Er war nicht der Richtige für dich. Der wäre dir nämlich bis ins Taka-Tuka-Land gefolgt.«

»Vielleich hast du recht«, sagt Kim.

Ich greife nach ihrer Hand. »Jetzt sind Anna und ich hier. Und wir bleiben bei dir.«

»Genau«, sagt Anna, dreht sich wieder auf den Rücken und nimmt Kims andere Hand.

Eine Weile liegen wir einfach so da, bis Anna plötzlich anfängt zu kichern. »Habt ihr Neles Gesicht gesehen, als die gut aussehende Blondine plötzlich vor ihrer Zimmertür stand?« Sie setzt sich auf. »Ich bin echt gespannt, wie das alles ausgeht. Die meldet sich doch bestimmt noch mal bei dir, Lou. Ihr Angebot, uns mit der Homepage zu helfen, war auf jeden Fall nett. Vielleicht macht sie ja schöne Seiten.«

»Macht Fiete auch«, sagt Kim. »Wenn, dann sollten wir ihn fragen.«

»Stimmt.« Anna streckt sich und sieht auf die Uhr. »Das wird knapp, es ist zwanzig vor acht. Ich spring eben schnell unter die Dusche.«

»Okay« sagt Kim. »Aber beeil dich, wir wollen auch noch.«

Ich warte, bis Anna aus dem Raum ist, bevor ich sage: »Ich glaube, dass Anna recht hat, Kim. Wenn Ben der Richtige gewesen wäre, wäre er mit dir gegangen. Oder du wärst erst gar nicht geflüchtet. Es hatte seinen Sinn.«

Kim streckt das Bein mit dem verletzten Fuß in einem Fünfundvierzig-Grad-Winkel in die Luft. »Sogar mein Spezialschuh hat seinen Sinn«, sagt sie. »Ihr seid nur deswegen gekommen.«

Ich stupse sie in die Seite. »Nein, weil du unsere Freundin bist.« In dem Moment ertönt ein lauter Schrei aus Richtung der Dusche und kurz darauf: »Lou, Kim!«

»Eine Spinne«, sagt Kim. »Gehst du? Du bist schneller.«

Lachend springe ich auf und sprinte los. Anna steht splitterfasernackt vor unserer Dusche.

»Ein Riesenvieh!«, ruft sie, als sie mich kommen sieht. »Mit ganz langen Beinen und dicken schwarzen Haaren. Sie sitzt direkt über dem Wasserhahn.«

»Okay.« Ich schnappe mir den Besen, der an der Seitenwand des Toilettenhäuschens lehnt. »Komm her, Kleine …«

»Die ist nicht klein«, mault Anna und hält mir ihren Arm entgegen. »Ich habe am ganzen Körper Gänsehaut.«

Die Spinne ist so fett, dass sogar ich mich ein wenig unwohl fühle, als ich sie behutsam von ihrem Sonnenplatz schubse. »Hoffentlich finden wir schnell eine vernünftige Bleibe hier auf der Insel.«

»Frag doch mal Jan«, schlägt Anna vor. »Als Bürgermeister hat er doch bestimmt gute Kontakte.«

»Ich weiß nicht. So gut kenne ich ihn doch gar nicht.«

»War ja auch nur so eine Idee«, sagt Anna.

Ich überlege einen Moment, bevor ich antworte: »Keine schlechte Idee. Eigentlich hast du recht. Ich guck mal, ob sich was ergibt.« Ich zeige mit dem Besen auf die Dusche. »Der Weg ist frei.«

»Danke.« Anna seufzt. »Ich hasse Spinnen.«

Zum Glück kommen die Jungs eine gute Viertelstunde zu spät.

»He, ihr drei. Das ist mein Bruder Jonte. Und das ist Max, ein Freund von uns«, stellt Fiete die beiden vor.

Neben mir grinst Anna breit. »Ein echter Max, keine getarnte Eva. Das ist ja ein Ding. Hi, ich bin Anna.«

»Lou«, sage ich und kann mir das Grinsen auch nicht verkneifen. »Hallo, ihr drei.« Ich schaue zu Fiete. Jonte hat überhaupt keine Ähnlichkeit mit seinem Bruder. Anders als Fiete ist Jonte gut durchtrainiert, was bei seinem Job bestimmt gar nicht anders geht. Er hat schulterlange dunkelblonde Haare und ganz dunkle Augen. Außerdem hat er ein sehr markantes Gesicht und das Zahnpastalächeln schlechthin. Er könnte definitiv einen Werbespot drehen, denke ich. Sein Kleidungsstil ist eher lässig, selbst wenn ich nicht wüsste, dass er Surflehrer ist, würde ich darauf tippen.

Max hingegen hat dunkelbraune Haare und grüne Augen, so wie Fiete. Die beiden sehen sich ähnlich, obwohl sie keine Brüder sind.

»Sorry, dass ich dich so anstarre, Max«, sagt Anna und schüttelt den Kopf. »Es ist nur so, dass der Name eine besondere Bedeutung hat.«

»Hoffentlich eine gute«, sagt Max, und neben mir kichert Kim los.

»Na ja … wie man es nimmt«, erklärt sie. »Wegen Max sind Lou und Anna jetzt hier. Letztendlich kann man also sagen, dass er eine gute Bedeutung hat.«

»Fein, dann ist ja alles bestens.« Max zeigt auf den Bollerwagen, der hinter den dreien steht. »Am besten laden wir sofort aus. Ist nicht gut, wenn das Fleisch so lang im Warmen steht.«

»Was ist das denn?«, frage ich und lache. »Habt ihr für die komplette Schrebergartenanlage eingekauft?«

»Wir haben für alles gesorgt«, antwortet Jonte.

»Dann mal los!«, sagt Fiete. »Ich habe Hunger.«

Die Jungs machen sich sofort ans Werk. Sie verteilen allerlei Soßen, Salate und Brot auf dem Tisch.

»Was habt ihr denn vor? Seid ihr sicher, dass nicht noch mehr Leute kommen?«, fragt Anna und zeigt lachend auf einen riesigen Berg Grillfleisch, den Fiete in Richtung Grill trägt.

»Davon ist bald nichts mehr übrig. Der Abend wird lang«, antwortet Fiete und grinst schelmisch. »Wir haben übrigens noch etwas mitgebracht, extra für dich, Anna.«

»Ach ja, was denn?«, fragt sie.

Jonte holt eine Flasche weißen Rum, eine Flasche Soda, einen Beutel Limetten, Rohrzucker und einen Topf mit frischer Minze aus dem Bollerwagen und stellt die Zutaten vor Anna auf den Tisch.

»Für Mojitos«, sagt er und grinst. »Wir haben gehört, dass du die beste Cocktailmixerin in Oberhausen bist.«

»Gute Idee«, antwortet Anna und lächelt Jonte an. »Allerdings habe ich als Barista gearbeitet, nicht als Barfrau. Aber einen gescheiten Mojito bekomme ich hin.«

»Super, kannst du mir zeigen, wie man sie zubereitet?«, fragt Jonte.

»Du weißt nicht, wie man Mojitos mixt, ist klar!«, feixt Anna. »Netter Versuch.«

Jonte fährt sich durchs Haar und grinst schelmisch. »Echt jetzt, habe ich bisher noch nicht selbst gemixt, immer nur getrunken.«

Das kann ja heiter werden, denke ich. Und dass Jonte so rein gar nicht in Annas übliches Beuteschema passt. Trotzdem wirft sie jetzt mit einer gekonnten Handbewegung ihr langes rotes Haar nach hinten und sagt: »Dann komm mal mit.«

»Und du setzt dich hin, Kim«, sagt Fiete. »Du musst dich schonen.«

»Wie kann ich euch helfen?«, frage ich.

»Du kannst auf Kim aufpassen.«

»Guter Plan!«, stimme ich zu.

»Auweia«, flüstert Kim mir zu, als wir uns nebeneinander an den Tisch setzen. »Jonte und Anna, das kann ja was werden.«

Während Max und Fiete, die selbst ernannten Grillmeister, noch mit der Holzkohle kämpfen, stehen Anna und Jonte im Gartenhäuschen und mixen Mojitos für alle. Würden die Arbeitszeiten hinter einer Bartheke sich nicht so extrem mit Annas Schlafgewohnheiten beißen, hätte sie bestimmt schon längst einen anderen Berufsweg eingeschlagen.

»Der Grill braucht noch ein bisschen«, erklärt Fiete und kommt zu uns an den Tisch.

Da kommt Anna, gefolgt von Jonte, und stellt mit einem kleinen Rums ein Tablett mit den Getränken auf den Tisch. »Einmal Mojito für alle«, sagt sie stolz. »Kommst du, Max?«

Während wir den eiskalten Cocktail genießen und warten, dass die Holzkohle heiß genug wird, erzählen wir den dreien von unserem Treffen mit den Döntje Singers und Beeke.

»Meint ihr, das reicht? Also, mit dir, Fiete, und unter der Voraussetzung, dass es mit den Döntje Singers klappt, haben wir dann ja im Prinzip schon drei Fürsprecher, selbst wenn eure Oma die Döntje Singers als eine Person werten würde«, sage ich.

»Bestimmt«, antwortet Jonte. »So, wie ich Oma Swantje kenne, ist ihr die Anzahl der Fürsprecher auch gar nicht so wichtig. Sie möchte mit Sicherheit einfach sehen, dass ihr euch für euren Plan ins Zeug legt«, sagt er, lehnt sich in den Stuhl, streckt die Beine aus und verschränkt die Arme hinter dem Kopf. »Übrigens hat Oma

Swantje zwei Enkelsöhne. Was bekomme ich, wenn ich auch für euch spreche?«

Anna zögert nicht lang. Sie schlägt Jonte mit der flachen Hand auf den Bauch. »Wenn du es nicht machst, kriegst du jeden Tag eine geklatscht!«

»Autsch!« Jonte lacht. »Jetzt mal ernsthaft. Oma hat sich in der Vergangenheit immer gegen einen Pächter entschieden, weil sie nie von der Intention der Leute überzeugt war.«

»Aber euch mag sie wirklich, und euren Plan findet sie auch interessant«, erklärt Fiete. »Da gibt es allerdings noch eine Sache, die ich euch unbedingt erzählen muss.«

»Was gibt's denn?«, fragt Kim.

»Euer Konkurrent ist auf der Insel. Ich weiß zwar immer noch nicht, wer er ist, aber ich habe ihn gestern mit Oma gesehen. Sie haben irgendetwas in ihrem Büro besprochen. Als ich heute unterwegs zum Einkaufen war, lief er mir wieder über den Weg, und zwar in Begleitung von zwei Mitgliedern der Döntje Singers. Ich dachte, ihr hättet schon eine feste Zusage, aber unter den Umständen solltet ihr da auf jeden Fall mal nachhaken«, erzählt Fiete.

Mir kippt die Kinnlade runter. »Nicht im Ernst, oder?«

»Der hat sich an die Sänger rangeschmissen? Das kann doch nicht wahr sein«, schnaubt Anna. »Und jetzt?«

»Noch mal zu Otto«, erklärt Kim. »Am besten direkt morgen ganz früh.«

»Gute Idee! Und was machen wir, wenn das mit der Pension nicht klappen sollte? Mein Kopf hat schon mit dem Ruhrgebiet abgeschlossen. Wie sieht es denn jobmäßig hier auf der Insel aus?«, frage ich.

»Also einen Job findet ihr auf jeden Fall. In den Hotels und generell in der Gastronomie werden immer Leute gesucht. Überbrücken, bis ihr was Richtiges gefunden habt, wird kein Problem, da müsst ihr euch keine Sorgen machen«, erklärt Jonte.

»Klingt logisch, bei dem Tourismus hier auf der Insel fällt einiges an Arbeit an. Das würden wir auf jeden Fall hinkriegen, Lou. Zur Not muss Kim uns anlernen«, scherzt Anna.

»Das klappt!«, sagt Kim. »Da bin ich mir ganz sicher.« Sie sieht zu Jonte. »Da wir ja jetzt noch einen Fürsprecher mehr haben.«

»Abgemacht!« Jonte lächelt schelmisch. »Und wenn eure Pension gut läuft, bietet ihr mir einen Nebenjob an. Als Seelentröster für die armen frischgebackenen Singlefrauen. Die können wir bestimmt ein bisschen aufmuntern.«

Fiete und Max stimmen ihm begeistert zu.

»Nichts da, das könnt ihr gleich wieder vergessen. Unsere Gäste sollen sich erholen und nicht direkt in das nächste Unglück rennen«, erklärt Kim und schüttelt den Kopf. »Ihr drei als Seelentröster. Das fehlt uns noch.«

»Aber schlecht ist die Idee nicht«, fängt Max wieder an, doch ich lenke das Gespräch in eine andere Richtung.

»Wie ist das mit Wohnungen hier?«, frage ich. »Auf Dauer können wir ja schlecht im Garten wohnen.«

»Mies«, sagt Max. »Das könnte ein größeres Problem werden, es sei denn, du hast eine ganze Menge Kohle auf dem Konto. Bezahlbarer Wohnraum ist auf Norderney echt rar, da kann es dauern, bis man was Vernünftiges findet. Ihr könnt euch auf eine Warteliste setzen lassen. So habe ich das auch gemacht. Ich bin ja auch nicht von hier. Bis bei mir was rumkam, habe ich allerdings ein gutes Jahr gewartet. Und ehrlich gesagt sind sechshundert Euro für ein kleines Dreißig-Quadratmeter-Appartement mit Küche auch echt happig. Der Start auf Norderney ist nicht gerade leicht, aber es lohnt sich auf jeden Fall.«

»Oh ja, da kann ich ein Lied von singen«, stimmt Kim zu.

»Wo wohnt ihr denn, Fiete, Jonte?«, frage ich.

»Oma hat zwei kleine Einliegerwohnungen«, erklärt Fiete. »Eine links, eine rechts vom Haus. Aber das sind auch nur jeweils knapp vierzig Quadratmeter«, erklärt Jonte. »Früher hat sie sie an Touristen vermietet. Jetzt vermietet sie an uns.« Er lächelt. »Zum Spezialpreis.«

»Praktisch, wenn man eine Oma mit Haus und Pension auf Norderney hat«, stellt Anna fest.

»Unbedingt!« Jonte grinst breit. »Vorübergehend könnt ihr aber auch hier im Garten bleiben, wir haben ja zum Glück Sommer, da geht das.«

»Aber langfristig ist das keine Lösung, zumal es auch eigentlich verboten ist«, wirft Fiete ein.

»Keine Sorge«, erklärt Anna. »Auf Dauer brauche ich ein vernünftiges Dach über dem Kopf. Am liebsten mit Badewanne. Mir hat die Spanner-Spinne heute gereicht.«

»Was für eine Spinne?«, fragt Max. »Noch nie gehört.«

Anna streckt ihren Arm aus. »Eine, die beim Gedanken daran schon Gänsehaut bei mir auslöst. Sie saß auf dem Wasserhahn und wollte mich beim Duschen beobachten. Lou hat mich gerettet. Sie hat sie mit dem Besen vertrieben.«

Unsere Gäste grinsen breit. »Schade, das hätte ich zu gern live erlebt. Muss ja ein gefährliches Tier gewesen sein«, sagt Jonte frech – und fängt sich wieder einen Klaps von Anna ein.

Er lacht und hält Annas Hand fest. »Ich habe übrigens eine Badewanne, die ich gern mal zur Verfügung stelle, und zwar ganz ohne Hintergedanken.«

»Echt?«, fragt Anna.

Kim rollt mit den Augen. »Was ist eigentlich mit dem Grill, Fiete? Können wir loslegen?«

»Bestimmt, ich schaue mal.« Fiete schnappt sich die Grillhandschuhe und steht auf. »Sieht gut aus«, ruft er kurz darauf.

Max springt auf. »Ich helf dir.«

Einen kleinen Moment später legt Fiete auch schon die ersten Stücke Grillfleisch und ein paar Würstchen auf den Rost.

»Mmh, das riecht aber gut«, sage ich.

Fiete und Max stehen nun wie kleine Kinder um den Grill herum und beobachten das vor sich hin brutzelnde Fleisch.

»He, Anna, wollen wir vor dem Essen noch eine Runde Mojitos für alle mixen? Ich finde, wir waren eben ein echt gutes Team«, fragt Jonte und lächelt meine Freundin an.

»Klar«, antwortet Anna. »Aber diesmal experimentieren wir ein bisschen. Ich habe da so eine Idee …«

Genau in dem Moment vibriert mein Handy, das vor mir auf dem Tisch liegt. Nils hat mir eine Nachricht geschickt.

22

Ich zögere einen Moment, öffne die Mitteilung aber dann doch.

Dass ich die Bose-Boxen behalten will, habe ich schon gesagt, das iPad auch, okay? Ich habe noch mal gerechnet. Die 3500 Euro wären trotzdem gerechtfertigt. Was ist mit den Versicherungen? Die Hausrat läuft auf mich. Willst du sie übernehmen?

»Alles in Ordnung?«, fragt Kim.

Ich seufze. »Nils hat mir geschrieben, wegen der Wohnung«, erkläre ich. »Er weiß noch nicht, dass ich sie nicht übernehmen werde. Ich antworte ihm besser mal direkt.«

He du, schreibe ich. *Ich werde die Wohnung auch nicht übernehmen. Du kannst also alles kündigen. Sollen wir über die Einzelheiten ganz in Ruhe sprechen, wenn ich wieder zurück bin?*

Ich schaue zu Kim. »Erledigt! Ich habe Nils eben geschrieben, dass ich die Wohnung doch nicht will. Das heißt, dass ich demnächst obdachlos bin und auf jeden Fall hier was finden muss.« Ich grinse schief. »Und Anna somit auch.«

Kim strahlt über das ganze Gesicht. »Sehr gut!«

»Jetzt ist es offiziell. Die Kündigungsfrist beträgt drei Monate. Spätestens Ende Oktober muss ich also raus sein. Und so lang werde ich ja auch noch in Oberhausen wohnen müssen. Ich habe ja noch meinen Job.«

»Vielleicht lässt dein Chef dich früher aus dem Vertrag?«, sagt Kim. »Du könntest ja mal fragen.«

»Ja, könnte sein.« Ich atme tief durch. »Fühlt sich irgendwie gerade total unwirklich an.«

»Ging mir auch so, als ich mich dazu entschlossen hatte, nach Norderney zu gehen«, erklärt Kim. »Das gibt sich ganz schnell wieder. Du hast den Vorteil, dass du schon Leute hier kennst. Du hast mich, Anna, Fiete, Jonte, Max – und Jan.«

»Das stimmt. Du warst damals echt ganz schön mutig.«

»Verzweifelt«, erklärt Kim. »Aber ist ja alles gut gegangen.«

Da kommen Fiete und Max mit den ersten, herrlich duftenden Grillwürstchen zurück an den Tisch. Anna und Jonte sind immer noch in der Küche beschäftigt.

»Jonte!«, ruft Fiete prompt. »Hör auf zu flirten, die Würstchen sind fertig.«

Kurz nach Fietes Mahnruf kommen Jonte und Anna aus dem Gartenhäuschen und stellen die Getränke auf den Tisch. Die Flüssigkeit in den Gläsern ist allerdings nicht klar, sondern leuchtend rot.

Anna strahlt über das ganze Gesicht. »Darf ich vorstellen: Das ist der Herzschmerz-Cocktail. Ein Mojito mit pürierten Himbeeren aus Fietes Garten.«

»Genial!«, sage ich.

»Aber so was von«, stimmt Kim zu.

»Probiert!« Anna hebt ihr Glas. »Auf die *Pension Herzschmerz*!«

Nicht nur die Idee des Cocktails ist genial, auch der Geschmack. »Die Himbeeren passen super zum Rum und der Minze«, sage ich, und die anderen stimmen mir zu.

Wir essen gemeinsam, unterhalten uns und lachen viel. Fiete spielt Musik über sein Handy ab. Jonte und Max kicken einen Fußball hin und her. Die Stimmung ist ausgelassen. Da klingelt plötzlich mein Handy, und Nils' Name erscheint auf dem Display.

»Mist! Ich muss da mal kurz rangehen«, sage ich und laufe ein Stück weit in den Garten, damit ich ungestört bin.

»He du«, sage ich.

»Hallo!«, antwortet Nils.

»Rufst du wegen der Wohnung an?«, frage ich ganz direkt.

»Ja, natürlich rufe ich wegen der Wohnung an«, wettert Nils los. »Wie stellst du dir das eigentlich vor? Und wo willst du sonst wohnen?«

»Auf Norderney«, antworte ich ehrlich.

»Wie, auf Norderney? Ist das dein Ernst? Haben die beiden Verrückten dir jetzt völlig den Kopf verdreht?«, fragt Nils.

»Nein, niemand hat mir den Kopf verdreht. Ich treffe meine eigenen Entscheidungen.«

»Schön, wenn du meinst«, sagt Nils.

Plötzlich fliegt in hohem Bogen der Fußball durch die Luft und landet direkt vor meinen Füßen. Jonte und Max kommen lachend auf mich zugestürmt und kämpfen um den Ball. »Sorry, Lou«, sagt Jonte grinsend, bevor er die Verfolgung von Max wieder aufnimmt.

»Wer war das denn?«, fragt Nils.

»Freunde von Kim«, antworte ich.

»Aha. Und hast du was mit einem von denen? Ging ja schnell.«

»Nein«, antworte ich. Da ist sie wieder, die Eifersucht. Ich dachte, das hätte jetzt endlich ein Ende.

Nils schweigt einen Moment. »Hast du mich wegen einem von denen verlassen, Lou?«

»Nein, das habe ich nicht, Nils. Davon mal ganz abgesehen warst du doch derjenige, der festgestellt hat, dass es aus ist.« In dem Moment, in dem ich es ausgesprochen habe, ärgere ich mich auch schon darüber, dass ich mich überhaupt auf die Diskussion eingelassen habe. Die Quittung erhalte ich prompt.

»Das ist jetzt nicht dein Ernst, Lou. So siehst du das?« Nils schnaubt laut auf. »Jetzt schiebst du mir den schwarzen Peter zu? Du wolltest doch unbedingt mit Anna nach Norderney. Und jetzt weiß ich auch, warum.«

»Das stimmt doch so gar nicht, Nils …«

»Na dann«, sagt er und beendet das Gespräch.

Ich bleibe einen Moment stehen und schaue fassungslos auf das Handy in meiner Hand, das prompt vibriert. Nils hat mir eine Nachricht geschickt.

Aber die 3 Monate Miete übernimmst du!

Ich seufze auf, stelle das Telefon lautlos, lege es ins Gartenhäuschen und gehe zurück zu den anderen.

»Alles in Ordnung?«, fragt Kim.

»Ja«, sage ich, fest entschlossen, mir den schönen Abend nicht verderben zu lassen. Und das gelingt mir schließlich auch. Ich genieße die ungezwungene Zeit mit meinen besten Freundinnen – und mit den netten neuen Bekanntschaften.

Neuer Tag, neues Glück. Ich strecke mich lang aus und drehe mich auf die Seite. Neben mir liegt Anna und tippt eine Nachricht in ihr Smartphone.

»Guten Morgen«, flötet sie, als sie bemerkt, dass ich wach bin.

»Morgen«, antworte ich und lächle meine Freundin an.

»Ruhe, ich schlafe«, brummt Kim und wirft ein Kissen auf uns.

Anna und ich müssen kichern. Kim strampelt sich unter ihrer Decke frei und setzt sich aufrecht hin. »Ist ja gut, ich bin wach. Wie spät ist es denn?«

Ich greife nach meinem Handy. »Neun Uhr.«

»Hat Nils sich noch mal gemeldet, Lou?«, fragt Anna.

»Nein, nach der Nachricht mit der Miete nichts mehr.« Ich seufze wehleidig. »Am liebsten würde ich direkt hierbleiben. Mir graut es davor, die Wohnung aufzulösen. Das Problem ist, dass ich nicht weiß, wo ich meine Möbel lagern soll. Solange wir nicht wissen, wie wir hier auf Norderney wohnen, wäre es sinnvoll, erst mal alles zu behalten. Wenn wir hier möblierte Zimmer bekommen, brauche ich genau genommen nichts mehr davon. Aber wenn wir Glück haben und eine Wohnung ergattern, wären ein paar Möbel schon sinnvoll. Schade, dass Nils die Wohnung nicht behalten will. Das wäre eigentlich das Sinnvollste.«

»Vielleicht findest du einen Nachmieter, der auch die Möbel übernimmt«, schlägt Kim vor.

»Hm«, mache ich. »Gar keine schlechte Idee. Ich bin gespannt, ob Nils noch da ist, wenn ich komme. Er hat gesagt, er sei nicht mehr da, wenn ich wieder in Oberhausen bin. Aber so richtig glaube ich nicht daran. Ehrlich gesagt habe ich auch ein bisschen Schiss, dass er vielleicht doch Stress macht.«

»Das kriegen wir hin«, versucht Anna, mich aufzumuntern. »Du bist ja nicht allein. Ich komme mit. Mein ganzer Kram liegt schließlich noch bei euch rum. Sollte Nils rumzicken, sperre ich ihn einfach im Bad ein, damit habe ich Erfahrung.«

Es funktioniert. Ich muss grinsen. »Gute Idee. Aber Nils ist Polizist. Ich glaube, da hast du schlechte Karten. Selbst wenn du es schaffst, ihn einzusperren, ist er bestimmt schneller wieder draußen, als wir gucken können.«

»Da hast du wahrscheinlich recht. Zumindest hat er bessere Chancen zu entkommen als Timo«, gibt Anna zu. »Aber mach dir nicht so einen Kopf darüber, das wird schon. Denk an die schönen Sachen. Wir brauchen jetzt unsere ganze Energie für unsere Pensionspläne. Heute sollten wir uns erst mal um andere Dinge kümmern. Wir müssen verhindern, dass unser Nebenbuhler unsere Fürsprecher klaut. Wir sollten unbedingt noch mal Kontakt zu den Döntje Singers aufnehmen.«

»Mist, stimmt ja«, sage ich. »Hast du eine Idee, wo oder – noch besser – bei wem wir anfangen, Kim? Bei Otto?«

»Genau. Jonte hat mir gestern Abend noch verraten, wo Otto wohnt. Da er der erste Vorsitzende ist, finde ich, dass wir ihm mal einen Besuch abstatten sollten«, schlägt Anna vor.

»Um halb zwölf und um eins habe ich jeweils noch einen Fußpflegetermin«, sagt Kim. »Sollen wir uns jetzt gleich nach dem Frühstück auf den Weg zu Otto machen? Wo wohnt er, Anna?«

»Up Süderdün, das muss irgendwo in der Nähe der Hundewiese sein.«

»Ich weiß, wo das ist, ganz in der Nähe von Neles Hotel«, sagt Kim und streckt sich. »Kaffee?«

Um kurz nach zehn sitzen wir auf den Rädern. Und eine Viertelstunde später fahren wir in die Straße gegenüber vom Hafen rein, vorbei an einem Supermarkt, und steuern direkt auf die Straße Up Süderdün zu.

»Zu welcher Hausnummer müssen wir eigentlich, Anna?«, fragt Kim.

»Ich glaube, die hat Jonte mir gesagt, aber daran erinnern kann ich mich irgendwie nicht mehr«, antwortet sie, grinst verlegen und zuckt mit den Schultern.

»Ruf ihn an und frag. Du hast doch bestimmt seine Nummer«, schlage ich vor.

»Er hat jetzt eine Surfstunde«, erklärt Anna.

»Du bist aber gut informiert«, feixe ich.

»Er hat eine Badewanne«, entgegnet Anna. »Und das meine ich auch ohne Hintergedanken.«

Kim schüttelt den Kopf und seufzt, lächelt aber dabei.

»Wir finden schon raus, wo Otto wohnt. Ich würde sagen, wir klingeln einfach mal irgendwo und fragen«, schlägt Kim vor, klettert aus der Rikscha und humpelt zielstrebig auf das erste Haus zu.

»Warte, wir kommen mit!«, rufe ich.

Beim dritten Haus haben wir Glück. Eine junge Frau etwa in unserem Alter öffnet uns.

»He«, sagt Kim und lächelt freundlich. »Wir suchen Otto, haben aber leider vergessen, in welchem Haus er wohnt. Kannst du uns helfen?«

»He, ja klar. Otto und seine Frau wohnen hier schräg gegenüber«, sagt sie und zeigt auf ein schönes großes Einfamilienhaus mit roten Dachziegeln.

G. & O. Janda steht auf dem Namensschild neben der Haustür. Kim klingelt. Es dauert keine Minute, bis die Tür sich öffnet und Otto uns mit großen Augen anschaut.

»He, was macht ihr denn hier?«, fragt er überrascht.

»He, Otto. Wir wollten noch mal mit dir reden. Tut mir leid, dass wir dich zu Hause stören«, sagt Kim.

»Wegen eurer Pension«, sagt Otto. »Na gut, dann kommt mal rein.« Er öffnet die Haustür ein Stückchen weiter. Wir folgen Otto in die offene Küche und setzen uns zu ihm an den Esstisch.

»Wollt ihr ein Glas Wasser?«, fragt er und lächelt uns an.

»Gerne«, antworte ich. »Schön habt ihr es hier.«

»Danke. Wir haben die Küche letztes Jahr erst renoviert«, erzählt Otto stolz, während er uns etwas Wasser einschenkt.

Ich trinke gerade den ersten Schluck, als er sagt: »Am besten komme ich direkt zur Sache. Wir haben uns gestern Abend getroffen, um eine Entscheidung zu treffen. Es tut mir wirklich leid, aber wir können euch nicht helfen. Wir haben beschlossen, dass wir uns aus der Angelegenheit lieber raushalten wollen.«

Damit habe ich nicht gerechnet. Es fühlt sich an wie ein kleiner Schlag ins Gesicht. »Und es liegt nicht zufällig daran, dass sich zwei von euch mit unserem Konkurrenten getroffen haben?«, frage ich ganz direkt, so wie Otto es anscheinend bevorzugt.

»Jein«, antwortet er. »Herr Diekmann kam auf uns zu, auch er wollte, dass wir seine Fürsprecher werden. Einfach, um gerecht zu bleiben, haben wir uns dann gestern Abend entschieden, dass wir uns nicht in die Sache einmischen werden. Es ist also keine Entscheidung gegen euch, Mädels. Ich finde eure Idee nämlich nach wie vor zauberhaft«, versucht Otto, uns zu trösten. »Es tut mir wirklich leid, wenn ich euch sonst irgendwann mal helfen kann, lasst es mich wissen«, bietet er an.

»Da kann man wirklich nichts machen?«, hakt Kim nach.

»Tut mir leid«, sagt Otto.

Wir unterhalten uns noch ein paar Minuten, bis Otto uns wieder zur Tür begleitet und uns verabschiedet.

»Das war wohl nichts«, sagt Anna, nachdem die Tür hinter uns ins Schloss gefallen ist.

»Unser Nebenbuhler heißt also Herr Diekmann, immerhin wissen wir jetzt, wer uns um unsere Fürsprecher gebracht hat. Sagt dir der Name was, Kim?«, frage ich.

»Nee, noch nie gehört. Ich würde sagen, wir fragen Fiete oder Jonte, wenn wir uns das nächste Mal sehen. Sie kennen echt viele Leute hier auf der Insel.«

Gerade als wir uns auf den Weg zu unseren Rädern machen, hören wir eine Stimme hinter uns. »He, wartet mal!«

Wir schauen uns um. Eine Frau läuft uns mit schnellen Schritten hinterher.

»Ich bin Grit, Ottos bessere Hälfte. Ich kann euch vielleicht helfen. Natürlich nur, wenn ihr möchtet«, sagt sie und lächelt.

Anna strahlt nun bis über beide Ohren. »Und wie wir das möchten, das wäre großartig.«

»Super, dann seid ihr heute Nachmittag herzlich zur Frauenrunde bei meiner Freundin Tjeda eingeladen. Hinter jedem erfolgreichen Mann steht schließlich eine starke Frau«, sagt sie und lacht kurz auf. »Wir sind vierzehn Frauen, allesamt mit einem Döntje Singer verheiratet. Einmal im Monat treffen wir uns zur Frauenrunde, ganz ohne Männer! Die anderen werden sich freuen, wenn ihr kommt, bestimmt haben viele von uns schon von eurer Pension gehört.«

»Das ist ja großartig, wann und wo?«, frage ich.

»Um sechzehn Uhr, hier im Nachbarhaus«, sagt Grit und zeigt auf ein Haus, welches ihrem sehr ähnlich sieht.

»Perfekt, danke. Wir kommen auf jeden Fall«, bestätigt Kim.

»Bis später, ich freue mich«, sagt Grit und verabschiedet sich von uns.

Gut gelaunt machen wir uns wieder auf den Weg zu unseren Rädern. Die kleine Motivationsspritze können wir nach der Enttäuschung mit Jan und den Döntje Singers gut gebrauchen.

»Ich habe es doch gleich gesagt«, flötet Anna.

»Was denn?«, frage ich, während ich die Rikscha in Bewegung setze.

»Na, wir hätten uns gleich an Frauen halten sollen, wie ich es gesagt habe. Frauen können mit dem Thema einfach mehr anfangen«, erklärt sie.

»Vielleicht hast du recht, ich bin auf jeden Fall gespannt, wie sie uns helfen wollen«, antwortet Kim.

Zurück im Garten, genießen wir einen Moment die Sonne, bis Kim deutlich macht, dass wir uns so langsam auf den Weg zu ihren Fußpflegeterminen machen müssen.

»In zehn Minuten müssen wir los, seid ihr fertig?«, fragt Kim.

»Ja, ich kann gern die Rikscha übernehmen«, antworte ich.

»Perfekt, dann kann ich ja heute hierbleiben, oder?«, fragt Anna.

»Klar, ich glaube, das schaffen wir auch allein. Hast du was vor?«, fragt Kim.

»Nein, aber dann kann ich endlich mal wieder einen richtig ausgiebigen Schönheitsschlaf machen«, antwortet Anna und lächelt.

Kurz darauf sitzt Kim samt Arbeitsmaterial in der Rikscha, und ich strample los.

»Möchtest du mit reinkommen?«, fragt sie mich, als wir vor der Haustür ihrer Kundin parken.

»Ich bleibe in der Rikscha und mache es mir bequem, mein Buch habe ich auch eingepackt, mir wird also auf keinen Fall langweilig«, antworte ich.

»Wenn was ist, kannst du ja einfach klingeln«, sagt

Kim, während ich den Fußpflegekoffer aus der Rikscha hieve und bis zum Haus trage.

»Mach dir keine Gedanken um mich, kümmere du dich um deine Kundin. Ruf an, wenn du fertig bist, dann hole ich dich samt Koffer wieder ab.«

»Danke!«

Ich begleite Kim noch bis ins Wohnzimmer. Auch diesmal ist es eine alte Dame, die von ihr behandelt wird. Danach genieße ich die Zeit in der Rikscha mit meinem Buch.

Nachdem auch die nächste Kundin versorgt worden ist und ich in der Zeit mein Buch zu Ende gelesen habe, kommen wir ein bisschen erschöpft wieder im Garten an. Anna finden wir tatsächlich schlafend in der Hängematte vor, so, wie sie es auch angekündigt hatte.

»He, du Schlafmütze«, flüstere ich und stupse die Hängematte an, sodass sie leicht zu schwingen anfängt.

»Hallo«, antwortet Anna und schaut uns mit zerknittertem Gesicht an.

»Was ist denn mit dir passiert?«, fragt Kim entsetzt. »Du siehst ja fix und fertig aus, ich dachte, du wolltest einen Schönheitsschlaf machen.«

»Das dachte ich auch, aber dann bin ich doch surfen gegangen«, antwortet Anna, klimpert mit ihren langen Wimpern und lächelt uns verträumt an.

23

»Du warst surfen?«, frage ich und muss lachen.

»Ja, ich konnte nicht schlafen, und mir war langweilig. Da dachte ich, ich gehe Jonte in der Surfschule besuchen. Die ist ja direkt hier um die Ecke. Außerdem finde ich ihn total süß, und da kann es nicht schaden, ihn sich zwischendurch mal ins Gedächtnis zu rufen«, sagt Anna und zwirbelt eine ihrer roten Locken um ihren Zeigefinger. »Jonte hatte auch zufällig gerade Zeit, als ich kam. Eine seiner Schülerinnen hat ihren Termin abgesagt, und so kam es dann zu einer spontanen Stunde Surfunterricht. Ich sag es euch, mir tut alles weh. Morgen habe ich bestimmt Muskelkater an Stellen, von denen ich nicht mal wusste, dass da überhaupt Muskeln sind. Ich bin mir echt nicht sicher, ob das so eine gute Idee war«, jammert Anna.

»Hat es denn wenigstens Spaß gemacht?«, fragt Kim und lacht.

»Ja, voll. Ich habe für morgen auch direkt einen neuen Termin ausgemacht. Vorausgesetzt, ich kann mich noch bewegen, aber Jonte macht das echt super«, schwärmt Anna.

»Das hört sich doch toll an«, antwortet Kim und setzt sich, bewaffnet mit einem Kühlakku, auf die Terrasse, um ihren kaputten Fuß ein wenig zu kühlen.

»Magst du Jonte?«, frage ich Anna.

»Ja, und er mag mich. So fühlt es sich auf jeden Fall an«, erklärt Anna.

»Na toll«, sagt Kim. »Wie lang bin ich jetzt hier? Fast ein Jahr! Ihr beiden seid erst ein paar Tage da und seid beide sofort verliebt.«

»Ich bin nicht verliebt!«, erkläre ich.

Anna und Kim grinsen sich an, sagen aber nichts zu meinem Kommentar.

»Ich finde ihn nett, sehr nett sogar«, gebe ich zu. »Aber erstens ist er Bürgermeister, und ich weiß nicht, ob ich damit klarkomme. Und zweitens bin ich mir nicht sicher, ob ich mich nur zu ihm hingezogen fühle, weil er ähnliche Erfahrungen gemacht hat wie ich.«

»Wo ist das Problem?«, fragt Anna. »Ist doch gut, wenn ihr jeweils nachempfinden könnt, was der andere durchgemacht hat.«

»Ich weiß nicht …«, antworte ich.

Da sagt Kim: »Dass er Bürgermeister ist, wäre für mich allerdings auch ein Problem. Jeder auf der Insel kennt ihn, er steht in der Öffentlichkeit. Und dich kennt dann auch jeder. Überleg dir das gut, Lou.«

»Noch gibt es da nichts zu überlegen!«, erkläre ich. »Ich lass es einfach erst mal auf mich zukommen.«

»Sehr gut!«, sagt Anna und lächelt. »Die Insel tut dir gut.«

Den restlichen Nachmittag verbringen wir ganz entspannt im Garten. Anna und ich liegen in der Sonne auf einer großen Decke, mitten auf dem Rasen. Kim kümmert sich um ihre Termine. Bis fünfzehn Uhr dreißig lassen wir die Seele baumeln und machen uns dann auf den Weg zu Grit und den anderen Frauen der Döntje Singers.

Wir stellen die Räder in der Einfahrt ab. Es ist gar nicht so leicht, noch einen freien Platz für die Rikscha zu finden, denn anscheinend sind die anderen dreizehn Frauen auch mit dem Rad gekommen. Nachdem wir geklingelt haben, öffnet Tjeda uns die Tür und begrüßt uns freudig. »He, ihr müsst Anna, Kim und Louise sein. Kommt rein, wir haben schon auf euch gewartet.«

Wir folgen Tjeda durch das Haus, das ähnlich gebaut ist wie das von Grit und Otto, in den Garten. In der Mitte des grünen Rasens steht ein riesiger gedeckter Kaffeetisch mit lauter selbst gebackenen Kuchen, Torten und einigen dampfenden Kannen Kaffee und Tee. Das Grundstück ist wirklich schön, links und rechts, an den Abgrenzungen des Gartens, stehen lauter Obstbäume und Sträucher. Um den Tisch herum sitzen die Ehefrauen der Döntje Singers. Als wir näher kommen, sind alle Blicke auf uns gerichtet, freundlich lächeln die Frauen uns an und heißen uns willkommen.

»Das sind Kim, Anna und Louise. Ich habe die drei heute eingeladen, damit sie uns von ihrem Plan erzählen können«, erklärt Grit.

Wir winken kurz in die Runde. Verstreut zwischen den Frauen finden wir drei freie Plätze und setzen uns.

»He, ich bin Louise«, stelle ich mich den Frauen vor. Rechts von mir sitzt Bente und auf meiner linken Seite Gesa. Beide sind sehr nett. Ich erfahre, dass Bente die Frau von Dieter, dem zweiten Vorsitzenden, ist. Gesa erzählt mir, dass die Frauenrunde jeden Monat bei einer anderen von ihnen stattfindet und der zugehörige Mann dann für einen ganzen Tag ausquartiert wird. Während ich ihren Erzählungen lausche, lasse ich meinen Blick unauffällig durch die Runde schweifen. Eine der Frauen kommt mir irgendwie bekannt vor. Sie sitzt mir schräg gegenüber, und wenn mich nicht alles täuscht, überlegt auch sie, ob sie mich schon mal gesehen hat, denn ich merke, wie ihr Blick immer wieder zu mir rüberwandert. Da greift Kim zu ihrem Kaffeelöffel und lässt ihn gegen ihr Wasserglas klirren. Augenblicklich ist es still, und alle Augen sind auf sie gerichtet.

»Ihr wisst ja, dass wir heute nicht ohne Grund hier sind. Einige von euch haben bestimmt schon von ihren Männern gehört, worum es geht …« Sie erzählt von Swantjes Entscheidung, die Pension zu verpachten, der Fürsprechersuche und von dem gescheiterten Versuch, die Männer der Frauen für unseren Plan zu gewinnen. »Und da Liebeskummer allgegenwärtig ist, sich aber niemand richtig damit beschäftigt, den Menschen zu helfen, ihn wieder loszuwerden, wollen wir den für uns wichtigen Job gerne übernehmen«, beendet Kim ihren Bericht.

»Eine sehr schöne Idee«, sagt die alte Dame, die mir immer noch verdammt bekannt vorkommt, und lächelt. »Könnt ihr euch noch an die Sache mit dem Kerl vom Festland erinnern, damals, als ich neunzehn war?«, fragt sie in die Runde.

»Und ob ich mich da noch dran erinnern kann«, antwortet Bente.

Die grauhaarige Dame lacht und führt ihre Erzählung fort. »Ich war unsterblich verliebt in einen gut aussehenden Mann vom Festland. Er war beruflich auf der Insel, und wir haben viele schöne Tage miteinander verbracht. Irgendwann ist er abgereist und hat nichts mehr von sich hören lassen, obwohl er versprochen hatte, sich zu melden. Ich habe mir seine Adresse besorgt und bin mit der Fähre rübergefahren, um ihn zu überraschen. Natürlich habe ich mich richtig schick gemacht. Hört sich romantisch an, oder?«, fragt sie und grinst frech in die Runde. »Als ich an seinem Haus ankam, konnte ich ihn schon von Weitem im Garten erkennen. Und als ich nah genug war, habe ich auch seine Ehefrau und seinen kleinen Sohn entdeckt, mit denen er gerade gemeinsam den Tisch gedeckt hat. Ich sag es euch, danach hätte ich eure *Pension Herzschmerz* gut gebrauchen können.«

»Sei doch froh, Hilde!«, ruft eine Dame von der anderen Seite des Tisches »Sonst würdest du jetzt irgendwo auf dem Festland hocken, und dein Kerl würde sich auf den Inseln vergnügen.«

Hilde. Als ich den Namen höre, fällt es mir wie Schuppen von den Augen. Das ist die alte Dame mit dem Korb voller Kirschen. Ich habe sie mit Jan getroffen, als er mich zum Spazierengehen abgeholt hatte.

Ein Lachen und Kichern geht durch die Frauenrunde, und auch ich muss grinsen, als Gesa neben mir das Wort ergreift.

»Ach, das ist doch noch gar nichts«, sagt sie und macht eine abfällige Bewegung mit ihrer Hand. »Der erste Liebeskummer war mein schlimmster. Ich war erst vierzehn und kann mich daran erinnern, als wäre es gestern gewesen. Ich war heimlich in meinen Klassenlehrer verliebt.

Auf meine kleinen anonymen Liebesbotschaften hat er nie reagiert. Als ich dann todesmutig einen Liebesbrief in seiner Aktentasche versteckt habe, mussten am nächsten Tag meine Eltern zur Schule kommen. So schlimmen Liebeskummer wie mit vierzehn hatte ich in meinem ganzen Leben nicht mehr.«

»Gut so, dafür hast du Johann. Der Lehrer lebt bestimmt nicht mehr«, mischt eine der Frauen sich ein, die selbst nicht mehr die Jüngste ist, und lacht herzhaft.

»Mit Liebeskummer kenne ich mich auch gut aus«, erklärt Tjeda.

»Wehe, du fängst jetzt wieder von deinen Geschichten mit Onno an«, ermahnt Grit die Gastgeberin.

Tjeda grinst. »Ich sage ja nur, dass ich mich gut auskenne.«

Aha, Tjeda ist also Onnos Verflossene und muss somit Swantjes Freundin sein. Es macht wahnsinnig viel Spaß, den Geschichten der Frauen zu lauschen, und auch ihnen scheint das Thema ganz gelegen zu kommen. Eine nach der anderen erzählt ihre ganz eigene Liebeskummergeschichte. Von gescheiterten Ehen über heimliche Lieben bis zu Eltern des Partners, die versucht haben, die Beziehung zu verhindern, ist alles dabei. Noch eine ganze Weile sitzen wir einfach nur da und hören zu, als uns plötzlich eine der Frauen anspricht.

»Und was ist mit euch?«, fragt sie. »Wenn ihr euch mit dem Thema so sehr beschäftigt, müsst ihr ja auch eine Geschichte auf Lager haben.«

Und die haben wir, mehrere sogar, zumindest Anna und Kim. Anna erzählt von Timo, Eva, der Aktion mit dem Badezimmer und Frau Krassnitz mit der Rohrzange. Auch Kim erzählt erst die Geschichte von Ben und ihrer Flucht und dann von der Inselgraupe und ihrem Sprung von der Tonne. Nachdem Kim mit ihrer Story fertig ist und die Damen sich köstlich darüber amüsiert haben, schauen sie mich voller Erwartung an.

»Ich hatte noch nie richtigen Liebeskummer«, erkläre ich etwas verlegen. »Ich glaube, ich habe noch nie jemanden so nah an mich rangelassen, dass er mich so tief verletzen kann, wie es in euren Geschichten der Fall war«, gestehe ich mir selbst ein.

»Das ist aber schade, Kindchen, kannst du dein Herz denn gar nicht öffnen?«, fragt Hilde und lächelt mich sanft an.

»Es fällt mir zumindest sehr schwer«, antworte ich. »Wisst ihr, ich habe Angst davor, Menschen zu verlieren, die mir nahestehen. Allein der Gedanke daran, dass mich ein geliebter Mensch verlässt oder für immer geht, macht mich traurig. Als ich zwölf war, habe ich meine Eltern und meinen kleinen Bruder durch einen Autounfall verloren. Das kann ich nicht noch mal durchstehen. Ich glaube, das ist der Grund, warum ich noch nie richtigen Liebeskummer hatte. Gefühlsmäßig habe ich mich nie vollständig auf jemanden eingelassen.« Ein Lächeln huscht über mein Gesicht. »Die Einzigen, bei denen ich das geschafft habe, sitzen hier am Tisch, meine Freundinnen.«

Es ist plötzlich still am Tisch geworden. Irgendetwas macht diese Insel mit mir, schießt es mir durch den Kopf. Ich fange an, mich mit mir selbst auseinanderzusetzen, vor allem mit Themen, denen ich immer erfolgreich aus dem Weg gegangen bin.

»Das mit deiner Familie tut mir sehr leid, Liebes«, sagt Hilde. »Aber vertrau einer alten Frau wie mir, und beherzige meinen Rat: Liebe macht verwundbar. Nur wer die Liebe meidet, kann dem Schmerz entgehen. Wenn du es jedoch schaffst, dein Herz zu öffnen, kommt der Richtige. Es gibt nichts Schöneres, als zu lieben und geliebt zu werden. Du musst dich nur trauen.«

»Danke«, sage ich und lächle zurück. Ob sie mich mittlerweile auch erkannt hat, weiß ich nicht.

»Dafür, dass Lou noch keinen richtigen Liebeskummer hatte, ist sie allerdings die weltbeste Trösterin in allen Angelegenheiten«, versucht Anna, die Situation ein bisschen aufzulockern.

»Ach, so ist das also«, sagt Gesa.

Ich lächle noch etwas in Gedanken versunken und nicke.

»Lou hat immer den passenden Rat auf Lager, perfekt für unsere Pension, würde ich sagen«, erklärt Kim.

Eigentlich wäre jetzt der richtige Moment, die Frauenrunde zu bitten, noch mal mit ihren Männern zu sprechen, denke ich. Ich kann mir gut vorstellen, dass sie sehr überzeugend sein können. Aber da muss ich an Anna denken. Wir sollten uns an Frauen halten, das hat sie von Anfang an gesagt.

»Könnt ihr euch vorstellen, uns am Montag als Fürsprecherinnen zu Swantje zu begleiten?«, frage ich mutig.

»Also, ich für meinen Teil finde, dass drei so junge, offene Frauen super zu uns auf die Insel passen. Oder was meint ihr? Meine Stimme haben sie auf jeden Fall«, sagt Grit.

Da meldet sich Hilde zu Wort. »Meine Stimme habt ihr auch. Und wenn es nach mir geht, könnt ihr auch in Zukunft gerne zu unserer Frauenrunde dazustoßen. Ihr seid zwar nicht mit einem Döntje Singer verheiratet, und die beiden, die noch übrig sind, sind eh viel zu alt für euch. Ihr seid aber drei richtig tolle Frauen«, sagt sie und lacht. »Ich finde allerdings, dass wir abstimmen sollten.«

»Gute Idee«, sagt Tjeda. »Wer dafür ist, hebt jetzt bitte die Hand.«

Nach und nach heben die Damen ihre Hände. Als dann auch endlich die Letzte der vierzehn Frauen ihre Zustimmung gibt, fällt mir ein riesiger Stein vom Herzen. Wir haben tatsächlich die Frauen der Döntje Singers als Fürsprecherinnen für uns gewonnen!

»Vielen, vielen Dank. Ihr könnt euch gar nicht vorstellen, wie glücklich ihr uns gerade gemacht habt«, sage ich, während ich Gesa voller Freude umarme.

»Und eins sag ich euch noch, ihr glaubt ja wohl nicht im Ernst, dass unsere Männer sich trauen werden, nicht mitzukommen«, sagt Grit und zwinkert uns zu.

»Genau!«, höre ich eine der Frauen rufen.

Das ist echt ein witziger Haufen, auf den wir hier gestoßen sind, denke ich und lächle glücklich. Sie haben es selbst gesagt, wir passen gut auf die Insel. Und genau das fühle ich mittlerweile immer stärker. Ich fühle mich verdammt wohl hier!

Erleichtert und zufrieden lassen wir den Frauennachmittag mit viel Kuchen und Kaffee ausklingen.

»*Girls just wanna have fun. Ohoh Girls just wanna have …*«, singt Anna vor sich hin, während wir direkt vor dem Hafen links abbiegen. »Ist das nicht cool, wir haben tatsächlich neue Fürsprecherinnen.«

»Ja, das ist genial!«, bestätige ich. »Vor allem hatten wir auch einen echt schönen Nachmittag mit den Frauen.«

»Und wie, das hat richtig gutgetan«, sagt Kim.

»Das brauchten wir jetzt auch. Erst die Geschichte mit dem Bürgermeister und dann auch noch die Absage der Döntje Singers, das war echt frustrierend«, sagt Anna. »Aber jetzt wird alles gut, das spüre ich.«

»Ich glaube auch, das war heute ein guter Schritt in die richtige Richtung. Übrigens – habt ihr mitbekommen, was eine der Frauen zu Tjeda gesagt hat?«, frage ich.

»Klar, die Sache mit Onno«, sagt Anna. »Ich wette, dass Tjeda Swantjes Freundin ist, von der Onno geredet hat.«

»Ja, das glaube ich auch«, bestätigt Kim. »Und das heißt, dass wir eine richtig gute Freundin von Swantje unsere Fürsprecherin nennen können. Besser geht's ja wohl nicht.«

»Was haltet ihr davon, wenn wir heute Abend zur Feier des Tages zur *Weissen Düne* fahren?«, frage ich meine Freundinnen.

»Oh ja, gute Idee. Anna war noch nie da, wenn man schon auf Norderney ist, muss man wenigstens auch einmal in der *Weissen Düne* gewesen sein. Ich rufe gleich mal an, wenn wir im Garten sind. Am besten reserviere ich uns einen Tisch«, sagt Kim.

»Was ist denn die *Weisse Düne*?«, fragt Anna.

»Ein echt nettes Lokal. Da kannst du super essen oder einen Drink an der Kaminlounge genießen. Aber auch die Lage ist super. Für mich ist die *Weisse Düne* einer der schönsten Orte hier auf Norderney«, erkläre ich.

»Das hört sich nach einem perfekten Abschluss für den heutigen Tag an«, sagt Anna.

24

»Wenn wir hier vorne abbiegen, müssen wir nur noch geradeaus zwischen den Dünen entlang und kommen automatisch zur *Weissen Düne*«, erklärt Kim und zeigt auf einen Pfad, der von der Straße wegführt.

Wir biegen ab und tauchen ein in ein Meer aus Sand. An einigen Stellen des Weges stehen kleine Schilder, die darauf hinweisen, dass die Dünen nicht betreten werden dürfen. Wir folgen dem Weg, der uns durch die Sandberge hindurchführt, bis wir an einer Weggabelung ankommen.

»Hier vorne rechts ist der Fahrradabstellplatz«, erklärt Kim. »Und links ist die *Weisse Düne.*«

»Das habe ich mir schon gedacht, hier ist ja sonst weit und breit überhaupt nichts«, sagt Anna, lacht und dreht sich einmal um sich selbst. »Herrlich. Habe ich euch schon gesagt, dass ich diese Insel liebe?«

Wir stellen die Räder ab und laufen noch ein Stück die Straße entlang, bis wir am Restaurant ankommen. Auf der Terrasse vor dem Gebäude stehen neben Bänken und Tischen etliche Strandkörbe. Wir lassen uns von einem netten Kellner an unseren Tisch begleiten, der sich im Inneren befindet. Die Einrichtung wirkt eher rustikal, dennoch sehr hochwertig. Das viele Holz, das verarbeitet wurde, macht die ganze Atmosphäre supergemütlich.

Annas Blick fällt auf die Kaminlounge, eine kleine Ecke, mit einigen kleinen Sesseln und einem runden Kamin in der Mitte, von der man super zwischen den Dünen auf das Meer schauen kann.

»Wunderschön«, schwärmt sie.

»Das ist echt sehr gemütlich, vor allem im Winter sitze ich da gerne«, erzählt Kim.

Wir studieren die Speisekarte. Anna entscheidet sich für »Jörgs Currywurscht« mit Bratkartoffeln, Kim bestellt Spaghetti Nordernara mit Kutterkrabben und Speck. Und ich gönne mir heute ein Wiener Schnitzel mit Apfel-Kartoffel-Stampf. Außerdem bestellen wir uns alle einen alkoholfreien Cocktail, der uns kurze Zeit später schon zum Tisch gebracht wird.

In der *Weissen Düne* ist es sehr voll. Bis auf den letzten Tisch sind alle Plätze belegt. Es ist trotzdem nicht zu laut, sodass wir uns angenehm unterhalten können. Ich lasse meinen Blick durch den Raum schweifen, wobei mir auffällt, dass die zwei Frauen in unserem Alter am Nachbartisch zu uns rüberschauen, während sie sich leise unterhalten.

»Was mache ich jetzt eigentlich mit Fiete?«, fragt Kim und holt mich damit zurück an unseren Tisch. »Meint ihr wirklich, dass er erwartet, von mir von der *Pension Herzschmerz* überzeugt zu werden? Was auch immer das bedeuten soll …«

»Das hat sich letztens zumindest so angehört«, sage ich und rühre mit dem Strohhalm in meinem Getränk.

»Glaube ich auch«, pflichtet Anna mir bei. »Du musst dringend mit ihm darüber reden.«

»Ich weiß, aber ich habe echt Angst, dass ich ihn dadurch als Freund verliere«, sagt Kim.

»Trotzdem solltest du das klären.« Ich streiche Kim über den Arm. »Sag ihm genau das, was du uns gerade gesagt hast.«

Kim seufzt. »Ihr habt recht. Wisst ihr was? Ich schreibe ihm jetzt sofort und frage, ob er gleich morgen Zeit hat. Vielleicht kommt er zum Frühstück. Und danach spreche ich mit ihm«, sagt Kim.

»Ja, mach das. Es ist wichtig für euch«, sage ich.

Kim zückt ihr Handy und tippt los.

Genau in dem Moment, in dem sie fertig ist, kommt der Kellner mit unserem Abendessen und stellt die Teller auf den Tisch. »Guten Appetit!«

»Mmh«, mache ich. »Das sieht lecker aus. Danke.«

»Schade, dass keine von uns Köchin ist, sonst könnten wir in unserer Pension vielleicht auch Mittagstisch oder Abendessen anbieten«, überlegt Anna, während sie mit der Gabel in ihre Currywurst pikst.

Doch Kim schüttelt den Kopf. »Das ist zu viel Arbeit. Dazu brauchen wir Personal. Lasst uns klein anfangen. Eine Pension mit Frühstück und am Nachmittag hausgebackenem Kuchen. Das reicht.«

Ich greife nach Messer und Gabel. »Klein würde ich unser Vorhaben nicht gerade bezeichnen. Immerhin wollen wir unseren Gästen auch in Sachen Liebeskummer helfen.«

»Okay, ihr habt recht«, sagt Anna. »Aber gut, dass wir eine Küche haben. Dann können wir wenigstens für uns kochen. Wobei …« Sie zeigt auf ihren Teller. »Das ist echt verdammt lecker!«

»Das Schnitzel auch. Willst du mal probieren?«, frage ich, schneide ein Stück ab und muss im nächsten Moment lachen, weil es Kims Gabel ist, die von meinem Teller räubert. »Das ist viel zu groß, das schaffst du sowieso nicht allein.«

Doch Kim täuscht sich. »Ich glaube, ich kann nie wieder was essen«, keuche ich. Ich habe es tatsächlich geschafft, die riesige Portion zu verdrücken. Mir fallen wieder die beiden Frauen am Nachbartisch auf, die schon wieder zu uns rüberschauen.

»Sind euch die beiden da drüben auch aufgefallen?«, frage ich.

»Die, die uns die ganze Zeit beobachten?«, fragt Anna. »Klar! Kim, kennst du sie?«

Eine der beiden hat leicht gebräunte Haut und langes braunes Haar. Die andere ist hellblond. Ihre Haarmähne reicht fast bis zum Po.

»Nö«, sagt Kim – und winkt ihnen zu.

Und da stehen die beiden auch schon auf und kommen an unseren Tisch

»He, was gibt's denn?«, fragt Kim.

»He. Ich bin Yvi, und das ist meine Freundin Melli«, sagt die Blonde. »Klingt jetzt vielleicht ein wenig merkwürdig, aber wir wollten euch eigentlich nur fragen, ob ihr die Mädels seid, die eine Pension für Liebeskranke eröffnen wollen.«

»Ja, das sind wir«, antwortet Kim, während ich noch fassungslos bin, wie schnell sich das anscheinend rumgesprochen hat.

»Ich bin Enrikas Enkeltochter. Eine der Frauen, die vorhin noch mit euch Kaffee getrunken haben«, erklärt Yvi da. »Meine Oma hat mir von euch und eurer Pension erzählt. Die Beschreibung hat auf euch zugetroffen. Anna mit den langen roten Locken, Kim mit dem gebrochenen Fuß und eine sehr hübsche Blondine namens Lou.«

»Das ist richtig. Wollt ihr euch nicht zu uns setzen?«, lädt Kim die beiden ein.

»Oh ja, gerne«, sagt Yvi, und die beiden holen ihre Stühle.

»Und deine Oma hat also von uns erzählt?«, frage ich.

»Nicht nur erzählt, sie hat geschwärmt«, sagt Yvi und lacht. »Sie meinte, drei so nette und offene junge Frauen hätte sie schon lange nicht mehr kennengelernt, und dass ich mich bestimmt gut mit euch verstehen würde. Natürlich hat sie auch ausführlich von eurer Pension erzählt. Und ganz ehrlich, eure Idee ist genial.«

»Das stimmt. Ich habe eine Freundin, die ganz sicher sofort bei euch buchen würde.« Melli schnalzt mit der Zunge. »Sie ist geghostet worden. Von einem Typen, der ihr drei Monate lang die große Liebe vorgetäuscht hat. Und dann – von einem Tag auf den anderen – nichts mehr! Er antwortet nicht auf Mails, nicht auf Nachrichten, geht nicht ans Telefon. Er hat sie komplett blockiert. Jule hat keinen blassen Schimmer, warum. Aber anstatt ihn einfach auf den Mond zu schießen, leidet sie und hört einfach nicht auf, ihm hinterherzurennen. Letztens mussten wir die halbe Nacht mit ihr im Auto vor seinem Haus verbringen, um rauszufinden, ob er eine andere hat.«

»Haben wir auch schon gebracht«, sagt Anna. »Und? Hat er eine andere?«

Melli zuckt mit den Schultern. »Keine Ahnung, zumindest an dem Abend ist keine aufgetaucht. Er wohnt knapp hundert Kilometer von Leer entfernt, zu weit weg, um ihn jede Nacht zu belagern. Ich gehe aber schwer davon aus, dass er eine andere hat. Letztendlich ist es aber egal. Jule leidet. Und das hat sie echt nicht verdient.«

»Sie komplett zu blockieren und ihr den Grund nicht zu sagen, ist aber auch fies«, sage ich.

»Ihr wohnt also nicht auf der Insel?«, frage ich.

»Beide in Leer«, antwortet Yvi. Ich bin hier zwar aufgewachsen, aber jobmäßig hat es mich aufs Festland getrieben wie die meisten in meinem Alter. Wenn du nichts mit Tourismus am Hut hast, musst du die Insel spätestens nach der zehnten Klasse für die weiterführende Schule oder eine Ausbildung verlassen. Aber sooft ich kann und es mein Dienst zulässt, besuche ich meine Oma. Und diesmal habe ich meine Freundin Melli mitgebracht. Montag fahren wir allerdings wieder zurück.«

»Wir sind beide Intensivkrankenschwestern im Leerer Klinikum«, erklärt Melli. »Eine kleine Auszeit tut hin und wieder richtig gut!«

»Das kann ich gut verstehen. Der Job ist bestimmt stressig«, sage ich. »Und hier arbeiten kommt für euch nicht infrage?«

Yvi lacht. »Ich weiß, es klingt verrückt. Wenn man auf dem Festland aufwächst, träumt man von einer Perspektive auf der Insel. Bei den meisten von uns ist es umgekehrt. Irgendwann will man hier weg, weil alles zu eng wird.«

»Nur Fiete und Jonte nicht«, stellt Anna fest.

Yvis Augenbraue schnellt in die Höhe. »Ihr kennt die beiden?«

»Es sind gute Freunde«, erklärt Kim.

Yvi grinst breit. »Nehmt euch vor Jonte in Acht. Er hat schon so manches Herz gebrochen.«

»Deins auch?«, fragt Anna ganz direkt.

Yvis Grinsen vertieft sich. »Bei uns war es andersrum. Ich war clever und habe einen Schlussstrich gezogen, bevor er überhaupt darüber nachdenken konnte. Wieso fragst du? Hast du Interesse?«

»Könnte sein«, gibt Anna zu.

»Hat er dir schon seine Badewanne angeboten?«, fragt Yvi.

Kim und ich prusten gleichzeitig los.

»Nicht lustig«, beschwert Anna sich.

»Tut mir leid«, sage ich und kichere weiter.

Anna seufzt tief auf. »Danke für die Warnung, Yvi.«

»Gern geschehen.« Yvi sieht nun zu mir. »Aber Jan ist wirklich nett. Sei lieb zu ihm.«

Mir klappt die Kinnlade runter.

Dafür hat Anna nun ihren Spaß und lacht sich kringelig.

Yvi wartet, bis Anna sich wieder etwas beruhigt hat, bevor sie sagt: »Ihr seid auf Norderney. Hier kennt jeder jeden, und alle wissen Bescheid. Hilde hat dich mit Jan zusammen in der Gartenanlage gesehen. Erschwerend kommt hinzu, dass ihr eure Geschichten gleich dreizehn Insulanerinnen erzählt habt.«

»Oje. Ich nehme an, dass ihr auch wisst, wieso ich mir den Fuß gebrochen habe«, sagt Kim.

»Tilko«, antwortet Yvi. »Aber macht euch nichts draus. Hauptgesprächsthema ist eure *Pension Herzschmerz.* Und dass Swantje am Sonntag entscheidet.« Sie lächelt. »Ich drücke euch ganz fest die Daumen!«

»Danke.« Kim seufzt wehleidig. »Vielleicht sollten wir uns das doch noch mal überlegen. Wie war das? Jeder kennt jeden, und alle wissen Bescheid?«

»Da musst du jetzt durch!«, sagt Anna. »Wenn dein Spezialschuh ab ist, denkt bestimmt niemand mehr an die Aktion auf der Tonne.«

»War doch nur Spaß«, lenkt Kim ein.

Wir unterhalten uns noch eine ganze Weile mit den beiden netten Mädels und tauschen schließlich Nummern aus. Um elf Uhr machen wir uns wieder auf den Weg Richtung Garten, während Yvi und Melli noch einen Spaziergang am Meer unternehmen.

Mittlerweile ist es verdammt dunkel geworden. Zum Glück fällt die Rikscha sofort auf. Vermutlich hätten wir sonst Probleme, unsere Fahrräder unter den vielen anderen wiederzufinden. Es ist noch immer viel los um diese Uhrzeit. Wir schieben die Rikscha und das Rad vom Abstellplatz, um die Lichter einzuschalten.

»Ich glaube, wir haben ein Problem«, sage ich, während ich verzweifelt an dem Dynamo rumfummle.

»Geht das Licht nicht?«, fragt Anna. »An meinem

Fahrrad tut sich auch nicht viel. Es leuchtet zwar ein bisschen, aber die Welt ist es nicht.«

»Das schaffen wir schon. Ich kenn den Weg«, sagt Kim und klettert in die Rikscha. Lasst uns losfahren.«

»Wie? Einfach so?«, frage ich.

»Ich schalte die Taschenlampe an meinem Handy ein, dann können wir wenigstens ein bisschen sehen«, schlägt Anna vor.

Mir ist zwar etwas mulmig zumute, dennoch steige ich auf die Rikscha und fahre im Schneckentempo los. Meine Augen brauchen einen Moment, bis sie sich an die Dunkelheit gewöhnt haben. Nach und nach fühle ich mich aber immer sicherer und kutschiere Kim durch die Dünen. Zum Glück müssen wir fast nur geradeaus fahren, denke ich, als ich Anna, die ein Stück vor uns fährt, plötzlich schreien höre.

»Aaah, stopp!«, ruft sie und legt eine Vollbremsung hin.

Ich gehe sofort in die Eisen und komme keine zehn Zentimeter hinter Anna zum Stehen. Kim klammert sich erschrocken an einem Griff der Rikscha fest. »Was ist passiert?«, fragt sie.

»Da steht jemand!«, stammelt Anna. »Da, in den Dünen.«

»So ein Quatsch!« Kim hält ihre Handytaschenlampe seitlich an Anna vorbei, wo uns durch den Lichtstrahl plötzlich zwei Augen anleuchten.

»Da ist echt was«, stelle ich fest. »Irgendein Tier.«

»Ein Reh«, sagt Kim und fängt an zu lachen. »Du hast dich angehört, als würde der Axtmörder höchstpersönlich vor dir stehen, Anna.«

»Hier gibt's Rehe?«, fragt Anna.

»Klar gibt's hier Rehe, und zwar verdammt viele. Genau wie Kaninchen haben Rehe hier keine natürlichen Feinde. Die vermehren sich wie sonst was und fressen dir den Vorgarten leer, wenn du Pech hast. Sei froh, dass es dir nicht ins Rad gerannt ist. Das passiert auch hin und wieder.«

Das Reh steht immer noch in den Dünen. Wir scheinen es überhaupt nicht zu stören. Es steht einfach da und sieht uns an.

»Husch, husch, Bambi«, sagt Anna und lacht. »Seht mal, da kommt Klopfer.«

Klopfer ist nicht allein unterwegs. Durch das Dünengras hoppeln unzählig viele Kaninchen. Und ganz in der Nähe treibt sich ein Fasan herum, der sich durch lautes »Göö-Gock« bemerkbar macht. Bestimmt wurde er von Annas Geschrei aufgeschreckt.

»Was war das denn?«, fragt Anna.

»Eine Riesenspinne«, feixt Kim.

»Haha, sehr komisch.«

»Ein Fasan«, erkläre ich, und für einen kurzen Moment blitzt mein Opa in meinen Gedanken auf. Immer wenn ich mit ihm in der Natur unterwegs war, hat er mir viel über die Pflanzen und Tiere erzählt, die wir dabei entdeckt haben. Er hätte seinen Spaß, wenn er wüsste, dass ich vorhabe, nach Norderney zu ziehen. Und Oma wird sich auch freuen, da bin ich mir sicher.

Den restlichen Rückweg überstehen wir ohne weitere Zwischenfälle.

»Was ist eigentlich mit Fiete?«, fragt Anna, als wir die Räder durch das Gartentor schieben.

»Der kommt morgen früh um halb zehn«, antwortet Kim.

»Das ist gut.« Ich gähne herzhaft. »Seid ihr auch so müde?

»Ja«, sagt Anna. »Mich hat das Surfen geschafft.« Sie schnalzt mit der Zunge. »Nicht zu fassen, dass Jonte die Badewannenmasche bei mir versucht hat.«

»Versucht?«, frotzelt Kim. »Hat doch funktioniert.«

»Bisher nur theoretisch«, erklärt Anna. »An mir wird er sich die Zähne ausbeißen!«

Lachend gehen wir ins Gartenhäuschen. Dort hole ich mein Handy raus, das ich die ganze Zeit auf lautlos gestellt und in meiner Tasche gelassen habe. Es blinkt und zeigt mir den Eingang einer Nachricht an.

Sie ist von Jan.

Ich freue mich auf morgen, lese ich – und mein Herz klopft ein klein wenig schneller.

25

»Aufstehen, wir müssen noch zu Manfred Kruse, einkaufen«, ruft Kim. »Oder zumindest eine von euch, ich weiß, es ist nervig, aber ich kann doch nicht allein.«

»Boah!«, mault Anna neben mir.

»Ist ja gut«, stammle ich verschlafen und reibe mir den Schlaf aus den Augen.

Kim ist schon aufgestanden. Sie sitzt draußen auf einem Stuhl, wie ich durch die geöffnete Tür sehen kann.

»Bleib ruhig liegen, Anna. Ich bin jetzt eh wach«, sage ich, aber meine Freundin hört mich gar nicht, sie ist prompt wieder eingeschlafen und schnarcht leise vor sich hin.

Ich rolle mich aus dem Bett und gehe zu Kim auf die Terrasse. »Na, du kleine Nervensäge«, foppe ich sie.

»Tut mir leid, ich habe schon ein ganz schlechtes Gewissen, weil ihr mich überall hinbringen müsst«, entschuldigt sie sich.

»Alles gut, du kannst doch nichts dafür. Außerdem machen Anna und ich das gerne, das weißt du hoffentlich auch«, versuche ich, sie zu beruhigen.

»Ja, danke.« Sie zeigt auf den Fuß. »Er juckt heute extrem. Ich dreh noch durch!«

»Du bist nervös wegen Fiete«, sage ich.

»Ja.«

»Wird schon alles gut. Wenn er wirklich mehr für dich empfindet, sag ihm, dass du seine Gefühle nicht erwiderst. Das ist dann halt so, das macht niemand mit Absicht«, versuche ich, Kim zu beruhigen.

»Weiß ich ja. Aber mir liegt die Rolle der Herzensbrecherin nicht. Es reicht schon, dass Ben wegen mir unglücklich ist – war.«

»Lass uns erst mal einkaufen, und der Rest wird sich schon von selbst ergeben, wenn Fiete da ist. Ich würde sagen, wir machen uns jetzt schnell fertig und düsen los, damit du auf andere Gedanken kommst.«

Nur eine Viertelstunde später schwinge ich mich auf die Rikscha. »Wo ist der Supermarkt?«

»Hier auf Norderney sagt man nicht einfach ›Supermarkt‹«, erklärt Kim. »Die kleinen Läden, die es überall auf der Insel gibt, heißen ›Manfred Kruse‹. Früher hießen sie ›Konsum‹, was ältere Insulaner immer noch sagen.«

»Na gut, dann also auf zu Manni!«, sage ich und fahre los.

Kurz darauf stellen wir die Rikscha auch schon vor dem Laden ab, gehen hinein und beladen unseren Einkaufswagen mit frischem Obst, Gemüse, Aufschnitt und Marmelade. Nachdem wir bezahlt haben, machen wir noch einen kleinen Zwischenstopp bei einem Bäcker und bestellen eine ganze Tüte voller frisch gebackener Brötchen.

»Die duften aber gut«, höre ich Kim hinten aus der Rikscha murmeln, als wir uns gerade auf den Heimweg machen. Kurz darauf raschelt und knuspert es. »Lecker!«

Ich halte kurz an, steige ab und strecke grinsend meine

Hand aus. »Weißt du noch? Die leckeren Brötchen an der Bude um die Ecke der Schule? Fehlen nur noch die Schaumküsse.«

»Damals war die Welt noch in Ordnung«, sagt Kim.

Ich lasse Kims Aussage einen Moment sacken, bevor ich antworte. »Ist sie doch heute auch wieder. So gut ging es mir schon lange nicht mehr.«

Kim lächelt mich an. »Das freut mich, Lou, ehrlich.«

Ich beiße in das trockene Brötchen und gehe zurück zum Rad. »Sogar die Brötchen schmecken hier besser als im Ruhrpott«, rufe ich, als ich losfahre. »Wer braucht schon Schaumküsse, wenn man stattdessen auch eine Prise Meer bekommen kann?«

Anna ist mittlerweile nicht nur aufgestanden, sie hat auch den Tisch gedeckt und Kaffee gekocht. Als sie uns kommen sieht, schenkt sie unsere Tassen voll. »Da seid ihr ja.«

»Guten Morgen«, sage ich und seufze wohlig auf. »Kaffee, super!«

Anna hält mir eine Tasse hin. »Jonte hat die Surfstunde abgesagt.«

»Wieso?«, fragt Kim.

»Er muss das Mädchen, das gestern nicht konnte, heute Mittag unterrichten«, erklärt Anna. »Na ja, ist vielleicht auch besser so.«

»Wieso?« Ich nippe an meinem Kaffee. »Nur weil eine andere Frau dich vor ihm gewarnt hat? Du kennst sie doch gar nicht. Wer weiß, ob sie nicht selbst Hintergedanken hatte.«

»Und die Sache mit der Badewanne?« Anna schüttelt den Kopf. »Yvi hat ganz bestimmt recht. Jonte ist ein Herzensbrecher.« Sie seufzt. »Das ist ja genau das, was ich so anziehend finde, obwohl er eigentlich gar nicht mein Typ ist. Warum kann ich nicht einfach auf Fiete stehen?«

»Genau«, stimmt Kim zu. »Warum kannst du nicht einfach auf Fiete stehen? Es ist gar nicht so lang her, da fandest du ›nett‹ noch ›sehr attraktiv‹.«

»Pst«, mache ich. »Da kommt er.«

»He«, ruft Fiete prompt, während er durch das Gartentor spaziert.

»He«, begrüßen wir ihn.

Er setzt sich zu uns an den Tisch und verschränkt die Hände hinter seinem Kopf. »Womit habe ich das eigentlich verdient?«, fragt er und grinst, als er den Frühstückstisch näher betrachtet.

»Einfach so«, sage ich.

»Aber ihr wisst schon, dass ihr euch nicht mehr anstrengen müsst, oder? Natürlich bin ich auf eurer Seite, was die Sache mit der Pension angeht. Und Jonte auch.«

Anna schenkt Fiete Kaffee ein und lächelt ihn an. »Apropos Jonte. Wir haben gestern Abend in der *Weissen Düne* Yvi getroffen.«

»Ich weiß«, sagt Fiete. »Hat sie mir eben erzählt. Wir haben uns gerade zufällig getroffen. Sie ist ganz begeistert von eurer Idee mit der Pension.«

»Ach was!« Anna setzt sich auf ihren Stuhl und taxiert Fiete.

»Ihre Oma wohnt nur zwei Häuser von uns entfernt«,

erklärt Fiete. »Sie hat mir auch von eurem genialen Coup erzählt. Echt super, dass ihr die Frauen der Döntje Singers als Fürsprecherinnen gewonnen habt. Ich schätze mal, jetzt kann nichts mehr schiefgehen. Omas beste Freundin ist auch dabei!«

»Tjeda«, sage ich, und Fiete nickt.

Aber für Anna ist das Thema Yvi noch nicht abgeschlossen. »Waren die beiden lange ein Paar?«, fragt sie ganz direkt.

»Wer?«, hakt Fiete nach. »Tjeda und Onno?«

»Jonte und Yvi«, erkläre ich, damit Anna nicht ganz allein dasteht.

Fiete überlegt einen Moment. Und dann grinst er. »Ach ja, stimmt ja. Ein paar Wochen. Aber da waren die beiden vielleicht vierzehn, maximal fünfzehn Jahre alt.«

»Ist ja ein Ding!«, sagt Anna.

»Wieso? Was ist los?«, will Fiete wissen.

»Ach, nicht so wichtig, Yvi hatte da so was angedeutet«, antwortet Anna.

»Mal was anderes«, ergreift Kim wieder das Wort. »Die Lampen unserer Räder sind kaputt. Könntest du vielleicht gleich mal gucken?«

»Meistens haben die Dinger einfach nur einen Wackelkontakt«, erklärt Fiete. »Ich schau mir das aber auf jeden Fall an.«

Während wir frühstücken, erzählen wir Fiete in allen Einzelheiten von unserem Treffen mit den Döntje Frauen.

Er lacht. »Oma wird nicht schlecht gucken, wenn ihr mit den ganzen Frauen ankommt. Wobei ihr davon ausgehen könnt, dass sie es eh schon weiß, auch wenn Tjeda ihr vielleicht nichts verrät. Aber bei vierzehn Frauen plappert bestimmt eine.«

»Könnte sein. Das wäre aber schade. Dann fehlt der Überraschungseffekt. Na ja, die Hauptsache ist, dass wir überhaupt genug Fürsprecher haben«, sagt Kim.

»Fürsprecherinnen«, korrigiert Anna sie. »Enkelsöhne ausgenommen.«

»Danke, Fiete!«, sagt Kim. »Ohne dich hätten wir das nicht geschafft.«

»Reiner Freundschaftsdienst«, erklärt Fiete. »Und purer Egoismus. Ich mag euch und freue mich wie Bolle, wenn ihr auf der Insel bleibt.« Er sieht zu mir. »Was läuft zwischen Jan und dir? Ist was dran an der Sache, dass du dir den begehrtesten Junggesellen der Insel geangelt hast?«

Ich rolle mit den Augen. »Boah, gibt es hier so was wie eine stille Inselpost?«

Fiete grinst breit. »Als still würde ich sie nicht gerade bezeichnen.«

Kim fängt an zu lachen. »Da hat er recht.«

Neben mir streckt Anna sich. »Eigentlich wollte ich heute ja meine zweite Surfstunde nehmen. Aber da Jonte keine Zeit hat, will ich die Zeit nutzen, um noch ein paar Souvenirs in der Stadt zu besorgen. Kommst du mit, Lou? Du wolltest doch auch noch was für deine Oma kaufen.«

»Ach ja, stimmt. Gute Idee«, sage ich. »Lass uns nur eben abräumen, dann können wir los.«

»Lasst mal, ich mach das schon«, bietet Fiete an.

Anna steht sofort auf. »Super, wir brauchen nicht lang.

Ich schätze, wir sind in einer Stunde wieder da. Sehen wir uns dann noch, Fiete?«

»Ich muss auch in einer halben Stunde los.« Fiete grinst. »Aber wir sehen uns morgen – bei meiner Oma!«

»Guter Plan«, sage ich zu Anna, als wir vor den Rädern stehen. »Jetzt können die beiden sich mal ungestört ausquatschen.«

»Genau.« Anna zeigt auf die Rikscha und grinst breit. »Ich fahre hin, du zurück?«

»Ja!«

»Die Rikscha ist genial«, sage ich, als wir in der Stadt anhalten. »Wir könnten sie in *Herzschmerz*-Optik anmalen und damit unsere Gäste von der Fähre abholen. Natürlich nur, wenn sie einzeln anreisen.«

»Das wird in der Regel der Fall sein. Oder meinst du, es mieten sich auch Pärchen mit Liebeskummer bei uns ein?«

»Wohl eher nicht. Aber vielleicht kommen ja Freundinnen mit.« Ich lächele Anna an. »So wie wir.«

Anna lächelt zurück. »Das könnte natürlich sein.« Sie zückt ihr Handy. »Ich notiere mir das mal eben als Idee für später. Damit könnten wir gut Werbung machen. In den Sommermonaten werden wir wahrscheinlich ausgebucht sein, so wie der Rest der Insel. Aber für die mauen Monate könnte das was sein. So nach dem Motto: Deine Freundin hat Liebeskummer? Dann schnapp sie dir, und komm zu uns auf die Insel. In der *Pension Herzschmerz* geht es dir bald besser. Oder so ähnlich …«

Während Anna fleißig in ihr Handy tippt, lasse ich

meinen Blick durch die Fußgängerzone schweifen – und bleibe an einem Tisch vor einem Café hängen. Jan erkenne ich sofort, auch wenn ich nur seine Rückseite sehe und er heute einen Anzug trägt. Ich bücke mich und tue so, als würde ich mich mit dem Fahrradschloss beschäftigen, schiele dabei weiter rüber zum Café. Jan ist nicht allein dort. Eine dunkelhaarige Frau sitzt mit ihm am Tisch. Sie ist ebenfalls sehr schick gekleidet. Ihre langen Beine stecken in einem schwarzen Bleistiftrock. Dazu trägt sie eine türkisfarbene Bluse. Ihr Haar ist hochgesteckt. Und sie lacht so laut, dass man es sogar bis hier hören kann.

»Was machst du?«, fragt Anna.

»Nicht hingucken, drüben im Café sitzt Jan mit einer Frau«, erkläre ich.

»Die mit der türkisfarbenen Bluse?«

»Ja«, flüstere ich.

»Er kann dich nicht hören«, flüstert Anna zurück.

»Lass uns abhauen«, sage ich nun etwas lauter. Ich richte mich auf und steige gerade in die Rikscha, als Jan sich umdreht und zu uns sieht. »Los, weg hier.«

Anna radelt los. Erst als wir aus der Stadt raus sind, hält sie an und dreht sich zu mir um. »Das war bestimmt rein beruflich.«

»Denk ich auch.« Ich zeige zum Deich. »Gehen wir einen Moment runter ans Wasser?«

»Okay.« Anna steigt vom Rad und schließt es ab. »Was ist los?«, fragt sie, als wir nebeneinander in Richtung Meer gehen.

»Keine Ahnung. Plötzlich aufsteigende Panik. Vielleicht, weil ich Jan noch nie im Anzug gesehen habe. Mal ehrlich, Anna. Kannst du dir das vorstellen? Jan und ich? Er ist Bürgermeister. Ich interessiere mich nicht die Bohne für Politik. Und ich würde mich niemals in so ein schickes Kostüm zwängen wie die gut aussehende Brünette, mit der er unterwegs war.«

»Das kleine Schwarze würde dir auch besser stehen«, foppt Anna mich.

Ich stupse sie in die Seite, muss aber dabei lachen. »Was mach ich denn jetzt?«

»Keine Ahnung«, sagt Anna. »Oder doch. Fang am besten an, in High Heels laufen zu üben. Ach ja, und kauf dir direkt ein Paar Joggingschuhe für die morgendliche Runde über die Insel. Oder mach erst mal gar nichts, und lass es auf dich zukommen, so wie du gestern noch gesagt hast.«

Wir sind mittlerweile am Wasser angekommen, ziehen unsere Sandalen aus und lassen die Wellen über unsere Füße schwappen. Ich atme tief ein und wieder aus. Anna legt ihren Arm um meine Schulter. »Ich sag's dir nur ungern, Lou. Aber du solltest einsehen, dass es dich voll erwischt hat. Und dass es ganz egal ist, ob der Mann deines Herzens Bürgermeister, Fischer, Bäcker oder ein berühmter Popstar ist.«

Ich schüttele vehement den Kopf. »Popstar geht gar nicht. Der hat zu viele Groupies.«

»Seh ich ein«, sagt Anna.

Ich seufze auf. »Du hast recht. Ich habe mich in den Bürgermeister von Norderney verknallt.«

Einen Moment bleiben wir noch so stehen, Arm in Arm. Da sagt Anna: »Ich wünsche dir von ganzem Herzen, dass du glücklich wirst, Lou. Du hast es so was von verdient!«

Ich blinzele die Tränen weg, die sich in meinen Augenwinkeln sammeln. »Glücklich bin ich auch, wenn das mit Jan nichts wird. Ich hab doch euch.«

Da ertönt eine laute, helle Stimme ganz in unserer Nähe und durchbricht den emotionalen Moment.

»Lou-u, Anna!«

»Nele«, stellt Anna fest.

In Begleitung von Julian, wie wir kurz darauf sehen. Die beiden kommen auf uns zugeschlendert.

»Wie schön, dass wir euch noch mal treffen«, sagt Nele, umarmt uns nacheinander und streckt danach grinsend den Ringfinger der linken Hand in die Luft. Ein kleiner durchsichtiger Stein funkelt in der Sonne.

»Wow«, sage ich. »Herzlichen Glückwunsch.«

Anna boxt Julian spielerisch gegen den Oberarm. »Dir auch, herzlichen Glückwunsch.«

Julian grinst verschmitzt. »Nach meiner doofen Nummer bin ich anders nicht mehr rausgekommen. Zum Glück gibt es einen guten Juwelier auf Norderney.« Er legt seinen Arm um Nele und zieht sie an sich heran. »Wir heiraten nächstes Jahr im Mai, hier auf Norderney.«

Nele strahlt wie ein Honigkuchenpferd. »Und wir dachten, dass wir vielleicht unsere Gäste in eurer Pension unterbringen könnten. Auch wenn sie keinen Liebeskummer haben.« Sie schmunzelt. »Na ja, zumindest die meisten nicht.«

»Das ist eine süße Idee«, sage ich. »Aber wir wissen

noch gar nicht, ob wir die Zusage bekommen. Das erfahren wir erst morgen um zehn.«

»Habt ihr denn genügend Fürsprecher gefunden?«

»Fürsprecherinnen«, erklärt Anna. »Einen ganzen Haufen.«

»Frauenpower. Das finde ich gut. Aber wenn es klappt, dann buchen wir auf jeden Fall bei euch. Wir waren vorhin schon mal bei der Pension und haben sie uns angesehen. Sie sieht sehr schön aus.« Nele bemerkt meinen irritierten Gesichtsausdruck und erklärt: »War nicht schwer, sie im Internet zu finden. Ich habe einfach nach Kims Fußpflegesalon gesucht. Mein Angebot steht übrigens noch. Ich schenke euch eine Website. Und Julian ist Grafikdesigner. Er steuert bestimmt ein hübsches *Herzschmerz*-Logo bei.«

»Ganz bestimmt«, sagt Julian. »Mach ich gern.«

»Das ist echt lieb von euch, danke. Lass uns in Kontakt bleiben, Nele«, biete ich an. »Wir müssen jetzt aber auch los, Kim wartet auf uns.«

»Liebe Grüße«, sagt Nele. »Wir sehen uns ganz bestimmt wieder. Da bin ich mir sicher.«

Wir drücken uns ein letztes Mal, bevor Anna und ich durch den Sand zurückgehen.

»Schön, dass die beiden sich wieder vertragen haben«, sage ich, als wir weit genug weg sind.

»Finde ich auch.« Anna bleibt kurz stehen, und wir sehen den beiden nach. Sie laufen Hand in Hand am Wasser entlang. »Meinst du nicht auch, es ist geschäftsschädigend, wenn wir ausgerechnet eine Hochzeitsgesellschaft bei uns einquartieren?«

Ich fange laut an zu lachen. »Überhaupt nicht«, sage ich schließlich. »Davon mal ganz abgesehen, es heißt ja nicht, dass man sich unbedingt trennen muss, wenn man mal Liebeskummer hat. Man kann ja auch wieder zueinanderfinden, so wie die beiden.«

»Du hast recht.« Wir gehen weiter. »Lass uns nachher mal googeln, was Nele für Webseiten macht. Das Angebot ist echt nett, auch das mit dem Logo.«

»Und Fiete?«, frage ich.

»Hören wir mal, was Kim gleich zu erzählen hat«, antwortet Anna. An der Rikscha angekommen, grinst sie breit. »Jetzt darfst du mich kutschieren.«

Kim sitzt allein am Tisch vor dem Gartenhaus. »Habt ihr was Schönes gefunden?«, fragt sie.

»Jan mit einer brünetten Schönheit und Nele mit Julian«, antwortet Anna. »Aber erzähl du erst mal. Wie lief es mit Fiete?«

»Fiete steht nicht auf mich«, sagt Kim. »Ich bin überhaupt nicht sein Typ. Er sieht mich eher wie eine Schwester.« Sie runzelt die Stirn. »Er hat gesagt, wenn er sich in mich verliebt hätte, hätte er es mir längst gesagt. Und dass er froh ist, so eine gute Freundin wie mich zu haben.«

»Ist doch gut«, sage ich und setze mich zu Kim.

Anna bleibt mit verschränkten Armen stehen, legt den Kopf leicht schief und taxiert Kim. »Es passt dir nicht, dass er nicht auf dich steht«, stellt sie fest. »Sonst hättest du jetzt bessere Laune.«

»Quatsch!« Kim schüttelt den Kopf. »Oder vielleicht doch, aber das hat nichts mit Fiete zu tun. Ich versteh nur nicht, warum Männer tendenziell immer den Kumpeltyp in mir sehen.« Sie zieht einen Schmollmund und sieht uns an. »Ich lass mir die Haare wieder wachsen! Und blond oder rot färben.«

Anna und ich fangen an zu lachen, und es dauert nicht lang, bis Kim mit einstimmt.

»Gut, dass ich das mit Fiete jetzt endlich geklärt habe«, sagt sie, als wir uns wieder beruhigt haben. »Und jetzt erzählt ihr. Was ist passiert?«

»Lou hat sich in Jan verliebt«, sagt Anna.

»Weiß ich doch«, sagt Kim und sieht zu mir. »Freust du dich auf heute Abend?«

26

Wir haben den restlichen Tag gefaulenzt. Und jetzt ist es plötzlich schon fast sieben, und ich habe nur noch eine gute Stunde Zeit, bis Jan mich abholt. Unentschlossen, was ich anziehen soll, stehe ich in Unterwäsche vor meinem Koffer. Hinter mir liegt ein Berg Klamotten, den ich für untauglich erklärt habe.

»Was machst du denn da?«, fragt Kim, die in die Gartenhütte gehumpelt kommt.

»Ich kann mich nicht entscheiden, was ich anziehen soll«, erkläre ich frustriert. »Irgendwie habe ich nichts.«

»Soll ich dir was leihen? Ich habe den Schrank voller Kleider hängen, die ich fast nie anziehe. Dafür müssten wir allerdings in die Pension.«

»Ich habe auch ein Kleid dabei, das dunkelgrüne Neckholder«, ruft Anna aus dem Garten. »Das gefällt dir doch so gut, Lou. Du kannst es anziehen.«

»Es gefällt mir an dir«, rufe ich zurück. »Außerdem weiß ich nicht, was er vorhat.«

»Dann würde ich eine schlichte Jeans anziehen. Und dazu – warte mal, ich glaube, ich habe da was für dich«, sagt Kim und beginnt nun auch, in ihrer Reisetasche zu wühlen. »Perfekt!« Sie hält triumphierend ein dunkelgraues Shirt in die Luft. Unten rechts in der Ecke ist mit weißem Garn ein kleines Herzchen und der Schriftzug *live laugh love* aufgestickt. »Mein Lieblingsshirt, das hat dir doch immer so gut gefallen.«

»Gute Idee«, ruft Anna.

»Danke.« Ich nehme mir Kims Shirt und meine blaue Jeans. Dazu schlüpfe ich in ein Paar bequeme Sandalen und binde mir meine Haare zu einem Dutt zusammen. Ein paar Strähnen lasse ich jedoch locker in mein Gesicht fallen.

»Sieht gut aus!«, findet Kim. »Mein Shirt steht dir.«

Ich lächle meine Freundin an. »Danke. So fühle ich mich wohl. Wie spät ist es eigentlich?«, frage ich, obwohl ich eben erst auf die Uhr gesehen habe.

»Zehn nach sieben«, ruft Anna.

Kim zeigt auf meine Füße. »Etwas Farbe für die Nägel gefällig?«

»Ja«, ruft Anna. »Ein schöner Rotton.«

»Für dich oder für Lou?«, fragt Kim und humpelt nach draußen.

»Für uns beide«, entscheidet Anna.

»Passt das denn zeitlich noch?«, frage ich.

»Auf jeden Fall«, antwortet Kim. »Du bist zuerst dran.«

Keine fünf Minuten später bearbeitet Kim meine Füße. »Ein bisschen Farbe peppt dein Outfit auf«, erklärt sie. »Der klassische Rotton steht dir.«

»Danke, Kim.«

»Schön trocknen lassen«, sagt sie, als sie fertig ist. »Jetzt bist du dran, Anna.«

»Ich hätte gerne das gleiche Rot. Und den großen Onkel bitte in Weiß mit einem roten Herzchen drauf.«

»Süße Idee«, sagt Kim und sieht zu mir. »Ich könnte dir ein kleines weißes draufmalen.«

»Schlicht gefällt mir besser.« Ich beobachte Kim bei der Arbeit. Nachdem die erste Schicht auf Annas Nägeln getrocknet ist, pinselt sie ein kleines rotes Herz auf Annas Zehennagel.

»Erinnert mich an das Deutsche Rote Kreuz«, sage ich und rufe kurz danach: »Ich hab's! So könnte unser Logo aussehen. Ein weißer schlichter Hintergrund mit einem roten Herz. Und darunter steht in einer schönen Schriftart *Pension Herzschmerz – Erste Hilfe bei Liebeskummer.*«

Anna wackelt behutsam mit ihrem großen Onkel. »Genial!«

»Finde ich auch«, stimmt Kim zu. »Allerdings würde mir das Herz in Pink besser gefallen. Das hier sieht mir doch zu sehr nach Krankenhaus aus.«

»Abgemacht!«, sagt Anna, und ich nicke.

Kim sieht zu mir. »Deine Nägel dürften trocken sein.«

»Das ist gut. Ich habe Durst. Wollt ihr auch was?« Ich springe auf und gehe ins Gartenhäuschen. Genau in dem Moment, in dem ich mit den Getränken zurückkomme, piept mein Telefon, das auf dem Tisch liegt. Jan hat mir eine Nachricht geschickt.

Fünf vor acht, denke ich. Entweder sagt er ab, oder er kommt zu spät. Doch ich täusche mich, wie ich kurz darauf lächelnd feststelle. *Bin schon fast bei dir. Aber Hilde hat mir auf dem Weg zu dir aufgelauert und hält mich in ihrem Garten fest. Kannst du mich retten?*

»Sie strahlt, Anna«, sagt Kim. »Scheint eine gute Nachricht zu sein.«

Ich zeige ihnen mein Handy, damit sie selbst lesen können. »Ich geh dann mal den Bürgermeister retten.«

Anna grinst breit. »Viel Spaß dabei.«

»Danke! Bis später, ihr beiden«, sage ich, greife nach meiner kleinen schwarzen Umhängetasche und mache mich auf den Weg zu Hilde.

»Viel Spaß, Lou. Sei brav«, ruft Kim mir hinterher und lacht. »Oder nein, sei nicht brav, genieße es einfach!«

Jan steht mit Hilde vor einem Gemüsebeet. Er hat den schwarzen Anzug gegen Jeans und ein weißes T-Shirt getauscht. Glücklich darüber, dass ich mit meinem Outfit anscheinend nicht falschliege, drücke ich Hildes Gartentor auf, zögere aber. Die beiden haben mich noch nicht bemerkt.

»He«, rufe ich. »Ist es okay, wenn ich reinkomme?«

Hilde winkt mir zu. »Louise, wie schön, ja, komm ruhig. Ich zeige Jan gerade meine Zucchini-Ausbeute.«

Mein Herz klopft mal wieder ein kleines bisschen schneller. Jan steht da, den Kopf leicht schief gelegt und sieht mich lächelnd an, als ich zu den beiden gehe.

»He!«, sage ich noch mal, unschlüssig, wie ich sie begrüßen soll. Jan die Hand zu geben wäre zu förmlich. Und Hilde kann ich auch schlecht einschätzen.

Sie macht sich hingegen keine Gedanken. »Komm her, Kleines, lass dich drücken.« Sie schließt mich in ihre Arme und hält mich ganz fest.

Überrascht von so viel Herzlichkeit, schwappen plötzlich jede Menge Emotionen in mir hoch. Ich könnte lachen und gleichzeitig weinen.

Jan hat sich für die erste Variante entschieden. Er lacht. »Lass sie frei, Hilde, sie bekommt ja kaum noch Luft.«

Hilde lässt mich los und sagt: »Ich mag sie, sehr sogar.«

»Ich mag Louise auch, Hilde.« Jan lächelt mich an. »Deswegen werde ich dich jetzt auch von hier entführen.«

Viele kleine Schmetterlinge flattern durch meinen ganzen Körper. »Und verrätst du mir immer noch nicht, wohin?«, frage ich schließlich.

»Nö«, antwortet Jan. »Und Hilde verrät dir auch nichts.«

»Du weißt es?«, frage ich Hilde, und sie nickt schelmisch. »Es wird dir gefallen.«

Jan legt seinen Arm um mich, als wäre es das Selbstverständlichste der Welt. »Wollen wir?«

Erst am Gartentor zieht er den Arm wieder zurück. Ich bin achtundzwanzig Jahre alt, fühle mich im Moment aber wie sechzehn.

»Viel Spaß, ihr beiden«, ruft Hilde uns nach, als wir unsere Räder den Weg Richtung Ausgang schieben.

Jan lächelt mich an. »Es ist nicht sehr weit.«

Wir steigen auf die Räder, ich fahre neben ihm her. Immer wieder werden wir von Insulanern freundlich gegrüßt und grüßen zurück.

»Wird das auf Dauer nicht anstrengend, wenn jeder einen kennt?«, frage ich.

»Manchmal ja«, antwortet Jan. »Aber im Großen und Ganzen komme ich sehr gut damit klar. Unter den Insulanern kennt doch sowieso jeder jeden.«

»Und alle wissen Bescheid«, ergänze ich.

»Das stimmt«, sagt Jan und schaut kurz zu mir rüber. »Hast du ein Problem damit?«

»Ein bisschen«, gebe ich ehrlich zu.

»Ich hoffe, das legt sich irgendwann«, sagt Jan. »Ich möchte, dass du die Zeit genießen kannst, die wir gemeinsam verbringen.«

»Gerade geht es mir sehr gut. Verrückt, wie sich das Leben von einem Moment auf den anderen ändern kann, oder?« Ich schiele kurz rüber zu Jan. »Nicht nur im negativen, auch im positiven Sinne.«

»Ja, da hast du recht«, sagt Jan. »Mir geht es jetzt im Moment auch sehr gut.«

Mein Herz macht einen kleinen Hüpfer vor Freude.

»Sag mal, wie lange bleibst du denn eigentlich noch auf der Insel?«, fragt Jan. »Habt ihr schon geplant, wie alles weitergehen soll?«

»Am Montag fahren Anna und ich zurück. Ich habe noch eine Wohnung, um die ich mich kümmern muss. Und einen Job natürlich auch. Letztendlich kommt es darauf an, wie Swantje sich entscheidet.«

»Und was ist, wenn sie sich gegen eure Pension entscheiden sollte?«, hakt Jan nach. »Was ich natürlich nicht hoffe. Und auch nicht denke bei den Fürsprecherinnen, die ihr gewinnen konntet.«

»Mein Entschluss steht fest. Ich komme nach Norderney. Und Anna auch. Einen Job werden wir hier bestimmt finden«, sage ich entschlossen.

»Dabei kann ich euch auf jeden Fall helfen«, bietet Jan an.

»Das wäre natürlich super.« Ich seufze. »Aber erst mal hoffe ich, dass Swantje uns nimmt. Hast du morgen vielleicht Zeit? Um zehn Uhr treffen wir uns mit Swantje und den Fürsprechern vor der Pension. Ich würde mich freuen, wenn du auch kommst. Auch wenn du nicht offiziell für uns sprechen kannst.«

»Morgen früh habe ich leider einen Termin. Ich fliege rüber aufs Festland und komme erst Montag zurück. Ich wünschte, ich könnte kommen. Aber das wird leider nichts.«

»Schade«, sage ich. Dann sehen wir uns heute also das letzte Mal, bevor ich wieder nach Oberhausen fahre. »Ach ja, falls du irgendwie mitbekommst, dass eine Wohnung frei wird, denkst du dann an uns? Auf Dauer können wir ja nicht im Garten wohnen.«

»Für euch drei gemeinsam?«, fragt Jan.

Darüber haben wir uns noch gar nicht konkret unterhalten, schießt es mir durch den Kopf. »Ja«, antworte ich spontan.

»Ich höre mich um«, sagt Jan und deutet mit dem Kopf auf eine Kreuzung. »Vorne müssen wir übrigens abbiegen.«

»Hier war ich schon mal, zweimal sogar, wenn man hier immer geradeaus fährt, kommen wir zu Beeke, oder?«, frage ich.

Jan nickt – und grinst.

»Fahren wir zum Leuchtturm?«, frage ich.

»Fast«, antwortet Jan. »Es liegt auf jeden Fall in derselben Richtung.«

Auf dem Weg zum Leuchtturm habe ich eigentlich nur den Campingplatz und die riesige Golfanlage wahrgenommen. Ich schaue rüber zu Jan. Er will doch nicht etwa mit mir Golf spielen gehen?

»Wir sind fast da«, erklärt Jan da. »Hinter dem Golfklub müssen wir rechts abbiegen.«

Erleichtert atme ich auf. Aber das Gefühl hält nicht sehr lang an. Wir fahren noch ein ganzes Stück den Weg entlang, der auch zu Beeke führt, und biegen kurz vor dem Leuchtturm ab.

»Da wären wir«, sagt Jan und steigt von seinem Fahrrad. Wir stehen vor dem Norderneyer Flugplatz, auf dem gerade ein winziges Flugzeug die Startbahn entlangrollt.

»Fliegen wir etwa irgendwohin?«, frage ich.

»Ja, aber natürlich nur, wenn du das auch möchtest«, sagt Jan.

»In so einem kleinen Flieger?«

Jan lächelt schelmisch. »Ja.«

»Puh!«, mache ich, nicke aber entschlossen. »Warum nicht?«

Wir betreten den Eingangsbereich des kleinen Norderneyer Flughafengebäudes.

»Von hier aus kann man zwischen den Inseln und dem Festland pendeln, fast wie mit der Fähre, nur viel schneller und auch ein bisschen schöner.«

Ein älterer Herr mit schneeweißen Haaren kommt auf uns zu. »He, Jan. Ich habe schon alles vorbereitet, ihr könnt direkt rausgehen.«

»Super, danke, Paul«, antwortet Jan. »Das ist Louise, sie begleitet mich.«

»Na, dann wünsche ich euch viel Spaß«, sagt Paul, lächelt und verschwindet in einem Nebenraum.

Erst nachdem Paul uns viel Spaß gewünscht hat, realisiere ich, worum es hier gerade geht. »Fliegst du selbst?«, frage ich.

Jan nickt. »Ich hoffe, es gefällt dir. Der Blick auf die Insel aus der Vogelperspektive ist einmalig.«

Ich folge Jan nach draußen auf den Flugplatz. Vor einem kleinen weiß-roten Flugzeug bleiben wir stehen. »Das ist meine Maschine«, erklärt Jan. »Eine Cessna 172 Skyhawk mit Platz für drei Passagiere.« Er öffnet die Tür. »Um auf den Beifahrersitz zu gelangen, musst du über den Pilotensitz klettern.«

Gar nicht erst drüber nachdenken, Lou, denke ich und steige tatsächlich in den Flieger. Viel Platz ist hier nicht. Ich betrachte skeptisch die vielen kleinen Knöpfe und Hebel im Cockpit. Jan klettert auf den Pilotensitz und strahlt mich bis über beide Ohren an.

»Wie lange fliegst du denn schon?«, frage ich. Prinzipiell habe ich kein Problem mit Flugzeugen, Nils und ich sind regelmäßig in den Urlaub geflogen. Dennoch ist es definitiv ein ganz anderes Gefühl, in so einer kleinen Kiste zu sitzen.

»Seit ich ein kleiner Junge bin. Mein Vater war Inselflieger hier auf Norderney, ich bin sozusagen mit Flugzeugen aufgewachsen. Mit siebzehn habe ich dann meinen Pilotenschein gemacht.« Er lächelt mich an. »Bist du bereit?« Als ich begeistert nicke, zeigt er auf einen Gurt direkt neben mir. »Dann schnall dich bitte an.«

»Okay.«

Auch Jan schnallt sich an und setzt sich ein Headset auf den Kopf. »Nicht erschrecken, wenn es gleich laut wird. Sobald wir Rollfreigabe haben, starte ich den Motor, damit wir zur Startposition fahren können.«

Trotz der Vorwarnung zucke ich zusammen, als Jan die Maschine startet. Langsam fahren wir die Rollbahn entlang. Jan schaut kurz zu mir rüber und legt eine Hand auf mein Knie. »Ist alles okay?«, fragt er.

»Ja!«, antworte ich entschlossen.

»Gut, dann geht es jetzt los«, sagt Jan.

Plötzlich ertönt ein ohrenbetäubender Lärm aus der Maschine. Jan gibt Gas. Wir rollen die Bahn entlang. Es ist sehr ruckelig in dem kleinen Flieger. Man merkt gefühlt jedes Steinchen und vor allem die Geschwindigkeit. Und dann heben wir auch schon ab. Ein leichtes flaues Gefühl macht sich in meiner Magengegend breit, als wir immer weiter in den Himmel steigen.

»Geht's dir gut?«, ruft Jan gegen das laute Motorengeräusch an. »Du siehst ein bisschen blass um die Nase aus. Unsere Flughöhe beträgt knapp fünfhundert Meter, gleich haben wir es geschafft.«

»Alles gut, ich bin nur noch nie in so einem kleinen Flugzeug geflogen«, rufe ich und halte mich mit der rechten Hand am Sitz fest.

»So!«, sagt Jan. »Jetzt kommt der gemütliche Teil.«

So schnell, wie das Gefühl in meinem Magen angeflogen kam, löst es sich wieder in Luft auf, als wir endlich die Flughöhe erreicht haben.

Fasziniert schaue ich aus dem Fenster. Unter uns liegt eine grüne Wiesenfläche und schließlich das Watt.

»Hinter uns liegt Norderney«, erklärt Jan. »Von hier oben kannst du ganz deutlich die Wattseite im Süden erkennen und im Norden und Osten den breiten Sandstrand und das Meer. Wir fliegen eine Schlaufe über unsere kleine Schwesterinsel Juist und dann wieder zurück.«

»Wunderschön!«, rufe ich und stelle fest, dass ich überhaupt keine Angst habe.

Jan wirft mir von der Seite einen Blick zu. »So wie du.«

»Danke«, sage ich und werde tatsächlich ein bisschen rot. Aber das fällt Jan nicht auf, denn ich drücke meine Nase fast gegen das Fenster, weil ich die wundervolle Aussicht genießen möchte. Unter uns glitzert das Meer rötlich in der Abendsonne. Ein kleines Boot bahnt sich seinen Weg durch die Wellen. Und plötzlich fällt mir eine kleinere Insel auf, die vor uns liegt.

»Juist«, erklärt Jan. »Sie wird von Insulanern dort liebevoll Töwerland, das Zauberland, genannt. Die Insel ist gerade mal sechzehn Kilometer lang und fünfhundert bis neunhundert Meter breit.« Er lacht. »Dort kennt wirklich jeder jeden. Und alle wissen besonders gut Bescheid.«

Die Insel ist tatsächlich viel kleiner und schmaler als Norderney. Aber sie sieht von oben mindestens genauso schön aus. »Jede Menge Sand«, rufe ich. »Sand und Meer.«

»Genau. Wenn du das nächste Mal hier bist, landen wir dort, wenn du magst. Die Insel ist auf jeden Fall einen Besuch wert.«

»Sehr gern«, sage ich und freue mich über die Aussicht, Jan wiederzusehen. Er scheint es ernst zu meinen.

»Wir fliegen jetzt zurück, drehen noch eine Runde über Norderney, dann landen wir.«

Die restliche Zeit in der Luft vergeht wortwörtlich wie im Flug. Jan fliegt einmal um Norderney herum, dann sagt er: »Wir befinden uns schon wieder im Landeanflug.«

Unser Ausflug hat gerade mal eine knappe Viertelstunde gedauert. Wir setzen rumpelnd auf dem Boden auf, rollen über die holprige Landebahn und halten kurz vor dem Gebäude wieder an.

»Geht es dir gut?«, fragt Jan.

Ich nicke glücklich.

»Schön«, sagt er und streicht mit dem Finger liebevoll über meine Wange. »Vorhin habe ich einfach meinen Arm um dich gelegt, und jetzt berühre ich dich schon wieder, ohne dich vorher um Erlaubnis gefragt zu haben. Sag mir, wenn du das nicht möchtest, okay?«

»Es fühlt sich gut an.« Ich zögere kurz, schüttele dann den Kopf und seufze. »Du solltest wissen, dass ich mich überhaupt nicht für Politik interessiere, nicht in High Heels gehen kann und mich in hautengen Kostümen mit kurzen Röcken nicht wohlfühle.«

Jan fängt laut an zu lachen. »Mir ist egal, ob du dich für Politik interessierst«, erklärt er schließlich. »Aber es würde mir gefallen, wenn du dich für mich interessieren würdest.« Er mustert mich grinsend. »Wie kommst du darauf, dass ich auf Frauen in kurzen Röcken und High Heels stehe?«

»Ich habe dich heute gesehen, im Café mit einer verdammt gut gekleideten Frau«, gebe ich zu.

»Du warst das? Ich habe Anna gesehen und die Rikscha. Ich bin davon ausgegangen, dass Kim darin gesessen hat. Warum hast du dich nicht bemerkbar gemacht?

Das war nur ein nettes Gespräch mit der Frau eines guten Freundes. Sie heißt Marlene.«

»Ich wollte euch nicht stören«, erkläre ich. »Und außerdem war ich mir ehrlich gesagt in dem Moment nicht sicher, ob ich damit klarkomme, dass du Bürgermeister bist. Du stehst in der Öffentlichkeit, ich meide sie in der Regel, wenn ich kann.«

»Du bist entwaffnend ehrlich. Das gefällt mir«, sagt Jan. »Und ich fühle mich sehr zu dir hingezogen. Gerade jetzt habe ich das Bedürfnis, dich wieder zu berühren. Ich weiß gar nicht, wohin mit meinen Händen.«

»Du könntest mir beim Aussteigen behilflich sein«, necke ich.

Jan lächelt und nickt.

Als ich aus dem Flieger klettere, merke ich, dass meine Beine etwas wackelig sind. Jan reicht mir seine Hand. Ich greife zu und schaue ihm einen Moment in die Augen, bevor er mich ganz nah an sich ranzieht.

Mein Herz rast im Galopp, und ein kleiner Seufzer entfährt mir.

»Lou …«, nuschelt Jan in mein Ohr. Ich schlinge meine Arme um seinen Körper und lehne meinen Kopf an seine Brust. So bleiben wir eine ganze Weile stehen, bis mein Herz wieder im normalen Rhythmus schlägt.

Als Jan mich loslässt, sage ich zu ihm: »Bitte gib mir etwas Zeit. Ich würde gern erst alle Angelegenheiten in Oberhausen klären, bevor ich …« Auf einmal fehlen mir die Worte.

»Das klingt vernünftig«, sagt Jan. »Ich bin noch da, wenn du zurück auf die Insel kommst. Versprochen.«

»Schön«, sage ich. »Spätestens in drei Monaten habe ich alles geregelt. Aber ich werde zwischendurch bestimmt mal über das Wochenende hier sein.«

»Das klingt verlockend.« Jan lächelt mich an und deutet mit dem Kopf auf einen Tisch neben dem Flughafengebäude. »Hast du Lust auf Wein, ein kühles Glas Wasser und einen Snack? Ich habe ein paar Kleinigkeiten für uns vorbereitet. Hier sind wir ungestört. So spät fliegt niemand mehr.«

»Gerne.«

Auch der restliche Abend verläuft wunderschön. Wir trinken ein Glas Wein, naschen dabei Trauben und Käse. Ich erzähle Jan von meinem Leben mit meinen Großeltern und wie schwer es für mich war, nach dem Unfall wieder klarzukommen. »Ich bin froh, dass ich Anna und Kim habe«, sage ich. »Nachdem mein Großvater gestorben ist, ist wieder ein Teil des Bodens unter meinen Füßen weggebrochen. Ich habe dir ja erzählt, dass meine Oma zu ihrer Schwester gezogen ist. Das hört sich jetzt vielleicht etwas komisch an. Aber seitdem fühle ich mich, als hätte ich kein Zuhause mehr.« Ich überlege einen Moment. »Oder besser gesagt habe ich keinen Ort mehr, an den ich zurückkehren kann. Verstehst du, was ich meine?«

»Ja«, sagt Jan. »Ich bin zurück nach Norderney gekommen, als es mir sehr schlecht ging. Meine Familie lebt hier. Sie haben mich aufgefangen.« Er streckt seine Hand aus, und ich lege meine in seine. »Ich hoffe, dass du hier auf der Insel dein Zuhause findest.«

»Ja, das wär schön …«

Es ist schon nach elf, als wir uns auf den Rückweg

machen. Jan bringt mich bis zum Gartentor. Am Tisch sitzen Kim und Anna. Sie winken, als sie uns sehen.

Jan winkt zurück, nimmt mich noch einmal in seine Arme und sagt: »Ich hoffe, dass wir uns bald wiedersehen.«

Ich drücke das Tor auf und gehe zu meinen Freundinnen.

»Erzähl!«, sagt Anna.

PHASE 5
HEILUNG

Du hast das Ende deiner Beziehung akzeptiert
und bist bereit, wieder nach vorn zu schauen.
Damit es keine Rückfälle gibt, such nicht die Orte auf,
die du mit deinem Ex-Partner verbindest.
Verbanne »eure« Lieder aus deiner Playlist.
Löse nicht die Blockierung auf Instagram.
Nimm dir Zeit für dich – und eine gute Freundin.

27

Es ist Viertel vor zehn, wir stehen vor Swantjes Pension und warten auf unsere Fürsprecherinnen.

»So langsam werde ich echt ungeduldig«, sagt Anna.

»Sie werden bestimmt gleich kommen«, versucht Kim, unsere Freundin zu beruhigen. »Auf der Insel ticken die Uhren anders.«

Prompt kommt ein Taxi hupend und viel zu schnell auf uns zu.

»Das kann doch nur Onno sein – oder Fiete«, überlege ich laut und muss grinsen, denn ich habe recht.

Onno hält direkt neben uns an und öffnet sein Fenster. »He, ihr drei. Ich habe euch jemanden mitgebracht«, sagt er, lächelt und deutet mit seinem Kopf Richtung Beifahrersitz.

»Beeke!«, ruft Anna, läuft um den gelben Flitzer herum und öffnet die Tür.

»Danke, dass du uns Beeke gebracht hast, Onno«, sagt Kim.

»Das ist doch das Mindeste. Wenn ich schon nicht für euch sprechen kann, bringe ich euch zumindest eine gut aussehende, junge Frau vorbei«, antwortet er und zwinkert Beeke zu. »Ich werde mich jetzt aber schleunigst wieder vom Acker machen. Ihr wisst ja. Swantje ist nicht gerade gut auf mich zu sprechen.«

»Ja, alles gut, das verstehen wir«, antworte ich und grinse.

»Viel Glück, Mädels. Ich hoffe, ihr habt später einen Grund zu feiern«, ruft Onno uns zu, während er davonbraust.

»Hallo, Beeke, gut siehst du aus«, sage ich und lächle die alte Dame an. Beeke hat sich richtig schick gemacht. Sie trägt ein dunkelblaues Kleid und hat sogar einen dezenten roten Lippenstift aufgelegt. Wenn ich in dem Alter auch noch so aussehe, habe ich alles richtig gemacht.

Während Anna sich mit Beeke unterhält, geht es jetzt Schlag auf Schlag. Immer mehr Fürsprecherinnen trudeln ein, zu Fuß oder mit dem Rad. Wir begrüßen alle und freuen uns über die gut gelaunte Frauentruppe.

Die Frauen der Döntje Singers müssten jetzt eigentlich alle da sein, denke ich, während ich durch die Runde schaue.

»Was ist eigentlich mit Fiete und Jonte?«, frage ich meine Freundinnen. »Haben die sich mal bei euch gemeldet?«

»Bei mir nicht«, sagt Anna und zuckt mit den Schultern.

»Nichts!«, bestätigt Kim. »Wenn Fiete uns hängen lässt, kann er was erleben.«

»Passt eigentlich nicht zu ihm. Er kommt bestimmt gleich«, erkläre ich optimistisch.

Kim zeigt auf die andere Straßenseite und winkt drei Frauen zu. »Schaut mal, Yvi und Melli sind auch gekommen. Aber wer ist die Dritte?«

»Das ist Nele!«, antworte ich lachend und knuffe Kim in die Seite.

»Tatsächlich. Die habe ich echt nicht erkannt, woher kennen die sich denn?«, fragt meine Freundin.

»He, schön, dass ihr da seid«, sagt Anna und begrüßt die drei.

»He ihr, wie toll. Mit euch haben wir ja überhaupt nicht gerechnet. Ihr kennt euch?«, frage ich.

»Seit eben«, erklärt Yvi. »Wir Frauen müssen doch zusammenhalten.«

»Wo hast du denn Julian gelassen, Nele?«, fragt Anna.

»Ach, der ist noch im Hotel und schläft. Wir haben gestern Abend ein bisschen gefeiert, morgen reisen wir ja wieder ab. Ich muss sagen, ein bisschen traurig bin ich schon«, erklärt Nele und lächelt uns an.

»Wir freuen uns auf jeden Fall, dass du hier bist«, sagt Anna. »Und auch, dass ihr hier seid.« Sie lächelt Yvi an.

»Es ist jetzt kurz vor zehn, wir müssen rein, auch wenn Fiete und Jonte immer noch nicht da sind«, unterbreche ich die beiden. »Hast du immer noch nichts von den beiden gehört, Kim?«, frage ich.

»Nein, sie gehen nicht ans Handy, und geschrieben haben sie auch nicht«, antwortet sie.

»Vielleicht sind sie schon in der Pension«, überlegt Anna laut.

»Klar!« Kim schüttelt den Kopf. »Dass ich nicht von selbst darauf gekommen bin. Die sind bestimmt bei ihrer Oma.« Kurz darauf wendet sie sich an die gut gelaunte Frauentruppe. »Ihr Lieben, vielen, vielen Dank, dass ihr alle da seid, um uns zu unterstützen. Gleich ist es zehn Uhr, ich würde sagen, wir gehen Swantje jetzt mal einen Besuch abstatten.«

»Und dann?«, ruft eine der Frauen. »Muss jede von uns etwas sagen?«

»Mist, darüber haben wir noch gar nicht gesprochen«, flüstere ich meinen Freundinnen zu.

»Ich denke, es reicht, wenn eine von euch im Namen aller spricht«, entscheidet Kim.

»Ich mache das!«, bestimmt Beeke und zwinkert uns zu.

»Danke, Beeke. Dann lasst uns mal reingehen«, sage ich.

Kim öffnet die Tür der Pension und betritt, gefolgt von Anna, mir und unseren Fürsprecherinnen, den Eingangsbereich. Hinter der Rezeption steht wie immer Thekla. Ihr kippt fast die Kinnlade runter, als sich immer mehr Insulanerinnen in der Eingangshalle versammeln. Nele schließt hinter sich die Tür, als wir endlich vollzählig sind.

»He, Thekla, wir haben einen Termin mit Swantje«, erklärt Kim.

»He, Swantje erwartet euch schon, ich sollte euch eigentlich in ihr Büro bringen, allerdings wage ich zu bezweifeln, dass ihr dort alle reinpasst«, stellt Thekla fest, während sie erstaunt in die Runde schaut. Das erste Mal glaube ich, ein Lächeln auf ihrem sonst so strengen Gesicht zu erkennen. »Ich werde Swantje holen, kleinen Moment bitte.«

Kurz darauf steht die Großmutter unserer Freunde lachend vor uns. Nur von Fiete und Jonte ist weit und breit nichts zu sehen.

»Na, das nenne ich mal eine gelungene Überraschung«, sagt Swantje.

»Wir dachten, du weißt schon Bescheid«, antworte ich und grinse.

»Mir hat keiner was verraten«, antwortet Swantje und winkt Tjeda zu. »Schäm dich, und du willst meine beste Freundin sein.«

»Ich wollte dein überraschtes Gesicht sehen«, sagt Tjeda und lächelt.

In der Zwischenzeit geht Beeke in Richtung der Treppe, stellt sich auf die zweite Stufe und räuspert sich. »Nun, wir haben uns heute alle hier versammelt, da unsere liebste Swantje mal wieder eine großartige Idee hatte«, beginnt sie, und schon nach ihrem ersten Satz fangen die Frauen an zu kichern.

»Swantje sucht Nachfolger für ihre Pension und hat ihre Bewerber vor die Aufgabe gestellt, Fürsprecher für ihre Konzepte zu gewinnen. Ich spreche mich hiermit im Namen aller hier anwesenden Frauen für die *Pension Herzschmerz* der drei hinreißenden jungen Damen aus. Ich denke, ihr stimmt mir alle zu, wenn ich frech behaupte, dass du, liebe Swantje, jetzt leider keine Chance mehr hast, einen Rückzieher zu machen.«

Die Frauen und wir klatschen. Nun sind alle Augen auf Swantje gerichtet, die mittlerweile Beekes Platz auf den Treppen eingenommen hat.

»Hallo, ihr Lieben. Ich bin überwältigt von so viel Unterstützung und freue mich, euch alle zu sehen«, beginnt Swantje und wird gleich in ihrer Ansprache unterbrochen.

Die Tür des Hotels fliegt mit einem Rums auf und steht plötzlich sperrangelweit offen. Alle schauen gebannt zum

Hoteleingang. Und von dort ertönen plötzlich Männerstimmen, die nacheinander anfangen zu singen. Das Ganze kommt mir sehr bekannt vor. Ich glaube, den Hit zu erkennen, zu dem alle Leute auf dem Döntje Konzert zu schunkeln angefangen haben. Die Frauen fangen an zu lachen, und Grit ruft: »Ich glaube es ja nicht, diese verflixten Kerle! Und ich habe mich schon gewundert, wo Otto heute Morgen hin ist.«

Gespannt schaue ich nach draußen. Die Döntje Singers stehen aufgereiht vor der Pension und trällern eines ihrer bekanntesten Lieder. Hinter ihnen stehen Fiete und Jonte. Sie halten ein Banner mit der Aufschrift *Pension Herzschmerz* in die Luft und strahlen bis über beide Ohren.

»Das gibt's doch nicht«, entfährt es Anna.

»Da haben die beiden aber noch mal Glück gehabt«, flüstert Kim und grinst erleichtert.

Wir gehen alle gemeinsam raus und lauschen dem kleinen Privatkonzert der Döntje Singers. Immer mehr neugierige Insulaner und Urlauber bleiben vor der Pension stehen und beobachten das Geschehen. Auch Swantje scheint es zu gefallen, sie steht direkt neben mir und klatscht gut gelaunt mit.

»Liebe Swantje«, ergreift Otto nun das Wort. »Eigentlich wollten wir uns aus der Angelegenheit raushalten, bis deine Enkel uns sehr vehement bearbeitet haben. Zwei sehr überzeugende Bengel hast du da, das muss man dir lassen. Letztendlich haben sie uns aber dazu gebracht, das Richtige zu tun. Auch wir, die Döntje Singers, möchten uns gern für die *Pension Herzschmerz* aussprechen. Die drei Mädels haben schon so viele Insulanerherzen im

Sturm erobert, da können wir sie ja wohl nicht einfach so wegschicken.«

Mal wieder sind alle Augen auf Swantje gerichtet.

»Kim, Anna und Louise, ich würde mich freuen …«, beginnt Swantje und legt eine kurze Pause ein, bevor sie uns liebevoll anlächelt. »Wenn ihr drei ab dem kommenden Jahr meine Pension übernehmt.«

»Ehrlich?«, fragt Anna fassungslos.

»Ja, ganz ehrlich. Alles Weitere können wir später besprechen«, antwortet Swantje.

Ich schaue meine Freundinnen an und falle ihnen überglücklich in die Arme.

Anna drückt Swantje einen Kuss auf die Wange.

»Du wirst es nicht bereuen, Swantje. Vielen, vielen Dank!«, sagt Kim.

»Danke schön!« Ich lächle Swantje an.

Da fällt Nele mir um den Hals. »Wie cool ist das denn? Ich freu mich ja so für euch!«

Von allen Seiten werden wir beglückwünscht. Schließlich kommen auch Fiete und Jonte auf uns zu.

»Du bist gemein«, entfährt es Kim, während sie Fiete in die Seite stupst.

»Ich weiß«, antwortet er und grinst frech.

»Die Döntje Singers waren aber auch eine harte Nuss«, erklärt Jonte. »Na ja, es hat sich dafür umso mehr gelohnt. Eure Blicke waren unbezahlbar.«

Wir lassen uns noch eine ganze Weile von unseren Fürsprecherinnen und Fürsprechern feiern, als plötzlich noch ein Taxi auf der anderen Straßenseite hält.

»Wer kommt denn da noch?«, fragt Kim.

»Vielleicht ein Gast«, sage ich, doch ich täusche mich. Aus dem Wagen steigt Jan, gekleidet in Anzug, Hemd und Krawatte.

»Ich will ja nichts sagen, aber der schicke Zwirn steht ihm«, flüstert Anna.

Jan steht auf der anderen Straßenseite und sieht zu mir rüber. Mein Herz schlägt prompt ein paar Takte schneller.

Anna schubst mich ganz leicht. »Geh schon!«

Jan hält eine leuchtende Sonnenblume in der Hand.

»Du bist hier«, sage ich. »Wie schön!«

Jan nickt. »Ich habe meinen Termin im letzten Moment noch etwas verschieben können, muss trotzdem gleich los. Aber ich wollte dich wenigstens noch einmal kurz sehen.« Er lächelt. »Du siehst glücklich aus. Es hat also geklappt?«

»Ja! Im nächsten Jahr wird es die *Pension Herzschmerz* auf Norderney geben.«

»Das freut mich, Lou.« Jan hält mir die Sonnenblume hin. »Die ist für dich.«

An einem der Blätter hängt ein silbernes, filigranes Armband.

Ich habe noch nie Schmuck von einem Mann geschenkt bekommen. »Jan ...«

»Schau es dir an«, sagt Jan.

Ich löse es vorsichtig von der Blume und entdecke den kleinen Anhänger in der Form der Insel daran. »Norderney.«

»Ja, ich hoffe, es passt.« Jan streckt die Hand aus. »Lass mich dir beim Anlegen helfen.«

Ich gebe Jan das zarte Armband, beobachte ihn dabei,

wie er den Verschluss öffnet, und bemerke gerührt, dass seine Hände dabei zittern.

»Damit du nicht vergisst, wo dein Zuhause ist«, sagt Jan, als er mir das Armband um das Handgelenk legt.

Und schon schwappen die Emotionen wieder in mir hoch. Tränen schießen aus meinen Augen, und ich schluchze auf.

»He …«, sagt Jan. Und dann umfasst er mein Gesicht mit seinen Händen und küsst mich. Der Kuss schmeckt nach meinen salzigen Tränen, nach Meer – und nach zu Hause.

Frau Krassnitz' Erdnussbuttercookies – schmecken auch ohne Liebeskummer

125 Gramm Crunchy-Erdnussbutter
125 Gramm Butter, Zimmertemperatur
200 Gramm brauner Zucker
1 Ei, Größe L
150 Gramm Mehl
1 Teelöffel Backpulver

Den Ofen auf 180 Grad Umluft vorheizen.

Die Erdnussbutter mit der Butter und dem Zucker verrühren, bis die Masse cremig ist.

Das Ei unterrühren.

Mehl mit dem Backpulver mischen. Nach und nach unter die Erdnussbuttermasse rühren.

Ein Blech mit Backpapier auslegen. Mit einem Esslöffel zwölf Häufchen daraufsetzen und 10 bis 12 Minuten backen. Nicht zu lang, die Ränder dürfen nur leicht braun sein.

Nach dem Backen die Kekse sofort mit einem flachen Kochlöffel / Pfannenwender vorsichtig platt drücken.

Fünf Minuten auf dem Blech abkühlen lassen. Dann behutsam auf einen Rost geben und vollständig auskühlen lassen.

Mein Dank gilt:

Meiner Lektorin Claudia Winkler vom Ullstein Verlag, die von Anfang an an mich und meinen Roman geglaubt hat. Vielen Dank für dein Herzblut und die großartige Zusammenarbeit.

Bastian Schlück, dem weltbesten Literaturagenten. Ohne Sie würde es dieses Buch nicht geben. Danke für Ihre Unterstützung.

Meiner Mutter, die immer da ist, wenn ich sie brauche. Danke, dass du mich dazu ermutigst hast, dieses Buch zu schreiben.

Meiner Freundin Stina, die ich immer nerven durfte, wenn ich Fragen über die Insel hatte. Schön, dass es dich gibt!

Meinen Freundinnen Hannah und Yvi, die mich regelmäßig mit ihren Geschichten zum Lachen bringen. Mein Leben wäre ohne euch viel weniger bunt!